中公文庫

花　火

吉村昭後期短篇集

吉村　昭
池上冬樹 編

中央公論新社

目次

花火

吉村昭後期短篇集

船長泣く

眠っている間と起きている間の境目が、漠としたものになっていた。その日も目ざめはやってきたのだが、捨次は夢の中にいた。

それは、夢というより幻影というべきものかも知れぬが、眠っている間だけではなく、起きている間もしばしば訪れてきて、万華鏡の色模様のように絶えず変化する。

かれの眼の前には、舟べり一面に極彩色の絵のえがかれた数艘の勢子舟（せこぶね）が一列になって走っていた。図柄は、黒地に白と朱の菱形の地合（じあい）の上に、桐に鳳凰（ほうおう）、割菊、松竹梅、菊流しなどの鯨舟特有のもので、艫（とも）には鯨をとらえたことをしめす細長い白旗が風にはためいている。水主（かこ）たちの力強くあやつる櫓（ろ）の先端には、白い飛沫があがっていた。

海浜では、尾に太綱を巻きつけられた巨大な鯨の体が轆轤（ろくろ）で曳（ひ）き揚げられていた。轆轤のきしみ音とともに、鯨の体が波打ち際に近づいてくる。海水は血で朱色に染り、それは砂地にも及んでいた。

鯨の体が半ば近く浜に曳き揚げられ、長い柄のついた刀で解体がはじまった。肉と骨が分離されると、小刀と籠(かご)を手にした女が、骨に附着した肉片をけずりとろうとしてむらがり集ってくる。中には、素早く肉片を口の中に入れる者もいた。

捨次も、女たちと争うように鯨肉をそぎとり口にはこんでいた。脂の程よくのった肉は美味で、舌の上でとろけるとなめらかに咽喉を越えてゆく。

さらに大きな肉の一塊をのみこんだ時、夢が破れた。かれは、顔をしかめ、半身を起すと操舵室の板壁に背をもたせかけた。海面に朝の陽光がまばゆく輝き、空には白雲がうかんでいる。

無事に朝を迎えることができたことに、安堵を感じた。同僚の中には、朝冷くなっているのを発見された者がいたが、かれも、夜眠っている間にひっそりと息絶えるような不安を感じていた。

かれは、かたわらに身を横たえている船長の顔をうかがった。船長は目ざめたばかりらしく、まぶしそうに眼をしばたたいて空を見上げている。

捨次は、船長に鯨の肉を食べた夢を見たことを告げたかった。故郷の海では鯨とりがさかんで、船長も骨に附着した鯨肉の味が格別であることを知っているはずであった。が、かれは、口をきくのが億劫であったし、船長の予想される反応に対するおそれもあって、口をひらくことはしなかった。

船長は、捨次が食物の夢をみたことを話すと、いつも不機嫌になる。自分だけいい目をみやがってとか、おれをうらやましがらせようとするのかなどと言って怒る。船長の夢は、一歳年上の女房と二人の子供のことにかぎられているらしく、うなされてその名を呼ぶこともある。たとえ夢の中ではあっても、美味な食物を口にした捨次に腹を立てるのだ。

捨次は、十日ほど前から視覚が鋭敏になっているのに気づいていた。もともと視力はよく、魚影をさぐるのも得意だったが、その眼が一段と冴えてきているように思える。かなりはなれた海面に鮫の尾がかすかに隠顕するのを見たこともあったし、船尾の旗竿に蟻がはいのぼって、竿の裏側にあわただしくまわってゆくのも眼にすることができた。

朝の陽光は、さほど強くはなかったが、弱くもなかった。日附は五月十一日で、気温もそれにふさわしいものであった。波のうねりはおだやかで、風もほとんどない。

捨次は、かたわらにおかれた水桶のふたをとり内部をのぞいてみた。前日の午後から夜にかけて降雨があり、その折に受けた雨水が桶の三分の一近くまでたまっている。

かれは、マストの根元におかれた船長用の桶にどの程度の水がたまっているだろうか、と思った。飲料水は、船内にあるすべての容器を並べ防水布をはって雨水を集め、全員で一定量を飲むことにさだめていた。しかし、人目をぬすんでさだめられた量以上の水を飲む者もいて、何度かそのことで争いも起ったため、船長の指示で各人が自分の桶を持つようになったのだ。

桶は、容器というより水のたまるくぼみのように感じられた。それは適度の雨量が平均に配分されている土地の浅井戸にも似て、涸れかけると降雨にめぐまれ、辛うじて幾許かの水をたくわえてくれていた。

捨次は、欠けた茶碗で桶の水をすくうと口に入れた。ひび割れた舌に水がしみ入って、疼痛がわいた。かれは、しばらく水をふくんで口中を十分にうるおしてから、ゆっくりとのみこんだ。

かれは、横顔に船長の視線を感じて、首を曲げた。粉をふいた干柿のように白っぽく乾いている船長の顔はむくみ、手も足もふくれている。船長の眼が、捨次の眼に向けられていた。その凝視は、船長としての威厳をしめそうとしているような意識的なものが感じられ、捨次は視線をそらせた。

ステ……と船長はかれを呼ぶ。四十歳の船長が十五歳下の捨次を呼び捨てにするのは当然で、それは捨次が漁船に乗った時以来変らない。

捨次の母は多産で、かれの姉をうんだ時これ以上子はいらぬという意味で末子と名づけ、つづいてうまれたかれを、捨子でもしたいという気持で捨次と名づけたという。そうしたいきさつを、子供の頃から母の不用意な茶のみ話できいてきた捨次も、船長から伊沢という姓で呼ばれずに、ステといわれることに平静ではいられなかった。それでも、船長の口にするステという言葉には、親しみにみちたひびきが感じられ、かれは、その呼名にむしろ愛着をいだくようになっていた。

しかし、船が漂流船になってからその語調に特別なひびきがふくまれているのを感じるようになった。船長が自分の権威を必要以上に主張し、捨次に完全な服従を強いるような作為がみられるのだ。そして、それは、船長の体の衰弱が増すにつれて一層露骨になってきていた。捨次は、白けた気持を味わっていたが、ステと呼ばれると気圧(けお)されたように素直に応じ、船長の命ずるままに動いてしまう。

かれが水を飲むのを待っていたように、船長が、

「ステ」

と、言った。口をきく力も失せかけているはずなのに、その言葉は全身の力をふりしぼって発するらしく張りがあった。

「魚を、とれ」

船長の眼は、義眼のように捨次の眼にすえられたまま動かない。

捨次は、ハイと答えたがすぐには腰をあげなかった。体を動かすのが大儀で、昨日よりも激しい疲労が全身にひろがっているのを感じた。

五日前に鮫を釣り上げて食い、大半は干物にしたがそれも残り少くなっている。かれは、かたわらにある釣竿をとりあげ、鮫の干した内臓を釣針につけると、船べりに這(は)っていっ

た。

十九トンの漁船の船体は、周囲を海草におおわれていた。

船べりに海草が附着しはじめたのは、船が潮流と風に押し流されるようになってから二カ月ほどたった頃であった。それらは、初め糸屑のように細く海水にゆらいでいたが、日を追うて太さを増し、水温が上昇する頃になると船体から上質の養分を吸収でもしているかのように太い茎をのばし葉をひろげて、逞(たくま)しい生き物のように増殖しはじめた。

船体は、緑、紅、紫などさまざまな色彩、形態をした海藻と小さな貝類などにびっしりとおおわれ、大きな昆布科の海草が根をはり、茎と葉を海面に厚い裳裾(もすそ)のようにひろげている。波のうねりが高い日には、それらが大きく起伏をくりかえし、あたかも船を剛毛におおわれた海獣さながらにみせた。シケがやってきても、海草の葉が千切れることはあったが根は船体をつかんではなさなかった。

捨次は、海草のゆらぐ海中に眼を向けた。繁茂した海草の間に鱗(うろこ)を光らせた小魚の群がみえる。小魚は、一定方向に泳いでいるが、先頭の一団が向きを変えると、他の小魚も次々にそれにならい、鱗に反射する光が変化してゆく。

かれは、片膝(かたひざ)をつくと釣針を投げ、竿を船べりの柱に結びつけた。関節がはずれてしまったような激しい疲労が湧いていて、かれは、息をあえがせて操舵室の屋根の下に這いもどった。

身を横たえたかったが、船長の眼を意識して板壁に背をもたせかけた。船長は、捨次に見張りの役目も課し水平線に船があらわれるのを見落すことのないよう命じている。捨次が坐ったまま眠ったり、甲板上に横臥（おうが）したりすると、足をのばして蹴（け）りつける。

捨次は、海上に眼を向けたが、その眼にはうつろな光しかうかんでいなかった。すでに三カ月半も水平線に船影を見たことはない。遠く鯨の群が潮を吹き上げながら通過してゆくのをみただけであった。

かれの眼は、甲板上に置かれた遺体に向けられた。数は六体で、それ以外に甲板下の船室に四体の遺体がある。甲板上の遺体は、藤吉、良之助、勇吉、良治、由次郎、寅吉のもので、大半は海草におおわれ、判別が困難になっている。

遺体の変化は同一ではなく、二種に大別できた。体が膨脹し腐爛する過程は同じだが、その後の変化に差がある。或るものは肉がとけて流れ、骨が露出し、白骨死体になった。藤吉、良之助がそれに属していたが、それとは対照的に、良治、勇吉の遺体は、腐爛が終ると同時に肉は乾燥し、収縮した。膝頭の骨は露出していたが、他の部分には茶褐色の肉が残っている。死亡して間もない由次郎、寅吉の遺体は、後者の経路をたどりそうだった。

前夜の雨に濡（ぬ）れた甲板の表面から、淡い水蒸気がゆらぎながら立ちのぼっている。捨次は、由次郎のひらいた口のなかからのぞく歯列に数日前から湧きはじめた淡い藻の色をながめていた。

捨次が船長から航海日誌を書くように命じられたのは、昨年末の十二月十五日の朝であった。船長は、三崎を出た日から書けと言ったが、神奈川県三崎港を出たのは十二月五日で、十日前にさかのぼって書かねばならなかった。

船長は、船が漂流しはじめてから日誌にむかう気持になれぬのだと言ったが、捨次は、船長自身が書かねばならぬ日誌を自分に代筆させようとする理由に気づいていた。船長は、船員たちにさとられまいとしていたが、漢字は拾い読みすることができても書けず、平仮名の用法も誤りが多く、満足に書けるのは片仮名だけだと言われていた。

それは事実らしく、渡された日誌を繰ってみても、天候状況はハレ、アメ、クモリ、漁獲もマグロ二十一、サメ五、風向は東がイース、西がウエス、北東がノーイスなどと記されていた。そして、十二月五日以後の記述も片仮名で書かれていたようだったが、それらは指に唾液（だえき）をつけて消したらしく、紙の表面が薄黒く毛ばだっていた。

船長が捨次に代筆を命じたのは、航海日誌が事故発生日以後は単なる作業結果をしるすものではなく、遭難の経過をしめす記録であることを自覚したためと思われた。船が救出された折には、航海日誌が監督官庁に提出され、多くの人の眼にふれる。当然、船長が片仮名のみしか書けぬことが知れてしまうが、船長はそれを恐れて、小学校を卒業後高等小学校で二年間をすごした捨次に日誌の記録を命じたにちがいなかった。

捨次は、日誌を渡されると、大正十五年十二月五日の欄に、午前零時三崎港を出港と書き、それから記憶をたどって日誌を文字で埋めていった。

船は、銚子沖に出て鮪漁に従事する予定であったが、天候不良のため翌六日午前八時に銚子港に入港し、その夜、捨次は当直で船内にとどまっていた。船長をふくめて半数近くは女郎買いに出掛け、翌七日、天候が回復したので、正午すぎ船は銚子港を出港、日没時に銚子東方五十浬沖の漁場に到着した。

八日の欄に、捨次は、「午前三時より商売」と書いた。魚影は薄かったが、翌九日には鮪二百貫、鮫四尾の漁獲があった。

翌日、船は鮪を求めてさらに沖へとむかったが、鮫が十五尾かかっただけで鮪は一尾も釣れなかった。

この日までの記述について仲間にきいてまわったりして正確さを期したが、十一日以後のことは容易に書きとめることができた。その日の夜明け前に、船長は沖へ船を出しすぎたと判断したらしく、操業の中止を命じて船を反転させた。天候は曇で、日没時には小雨がぱらついた。

船は、翌十二日朝まで南西方向に舳を向けて走りつづけたが潮流と逆行しているため船は進まず、陸岸を眼にする位置に達することはできなかった。

捨次は、十一日の欄に、「三十時間舟を走らせしが、山見えず、速潮に乗つたのである」

と、記録した。それにつづいて十二日の欄には、「午前九時頃突然機械クランク部が折れ、チョット思案にくれた……」と、記した。日誌の記録者として船内の者が平静さを失わなかったことをしめすために「チョット……」という表現を使ったのだが、クランクが折れたことは、修復不能の致命的な故障であり船の機能を失ってしまったことを意味するもので、「チョット思案にくれた」どころではなかった。

船員たちの顔からは血の色がひいていたが、かれらは、感情が表面にあらわれるのをつとめておさえているようだった。

エンジン航行が不可能になったので、船長は、小さな帆をマストにあげさせた。しかし、風向が西に変り、陸岸とは逆方向に進んでしまうので帆をおろさねばならなかった。

翌日と翌々日は、一時東北東の風が吹いて西方に帆走できたが、それも北風に変り、その上風の勢いも強くなって、再び潮流におされて南東方向に流された。

翌十五日朝、船長から航海日誌を書くように命じられたのだが、船長は、日誌を渡しながら「食糧の量もしらべて日誌に書け」と言い、さらに、「食糧は丸四カ月分あるから心配はない、とおれが言ったことも書いておくのだ」ともつけ加えた。船長は、船が発見され収容された後、日誌を通してかれが常に冷静な判断を失わなかったことをしめそうとしていることはあきらかだった。

その日、朝食をはじめて間もなく、初造が甲高い声をあげて立ち上り、北方を指さした。

その方向に二十トン程度の漁船が見えた。

「フライキ」

船長が命令を下し、初造がただちに船名を染めぬいた紫色の旗を竿に結びつけ、操舵室の上にあがって勢いよく振った。捨次たちも手をふったが、漁船は速度を落すこともなく水平線を西の方向に遠ざかっていった。

捨次たちは失望したが、すぐに気持を取り直した。船は、陸地から遠くはなれているわけではない。その附近は航路にあたっているにちがいなく、漁船以外に運送船、軍艦の往来もあるはずだった。

捨次は、船内の食糧を調べ、船長に報告した。米四俵、醤油三升、酢四合、大根四本、牛蒡(ごぼう)六本、芋五百匁(もんめ)、味噌一貫目、茶一斤(きん)、干瓢(かんぴょう)百匁、鮪二百貫、鮫二十尾、烏賊(いか)三百杯で、船長は、節約してできるだけ食いのばしをはかるように炊方に命じた。

捨次は、日誌の代筆を託されたことが嬉しく、これらの数量を日誌に記し、さらに、船長に迎合する気持もあって、「船長は、自分は船長である故難義するのは仕方ないが、皆は気の毒であると話してをる」と、書き加えた。事実、船長はこれに類したことを捨次にもらしたのだが、その記述を無言で見つめていた船長は頬をゆるめて日誌を捨次に返した。

しばらくすると東の風に変ったので、小さな帆をあげ、漁船の消えていった方向に走った。船にめぐりあえそうな予感がしきりにして、翌日も捨次たちは夜明けとともに海に眼を向けていた。期待は的中し、午前七時すぎ南方から五、六百トンの貨物船が進んでくるのがみえた。

捨次たちは旗を二本出して振り、油をしみこませた布に火を点じて黒煙を立ちのぼらせ、救出を乞うた。しかし、貨物船は、難波船であるとは気づかなかったらしく、北の方向に去っていった。

船影を眼にすれば救出されると思っていた船員たちは、再び船が去ったことに衝撃を受けていた。そして、なおも海上を見つめていると、午前十時少し前、南西方向にあきらかに鮪漁船と思える船を発見、旗をふり、布をもやし、メガホンを口にあてて叫んだ。漁船は、しきりに魚影をさぐっているらしく附近をゆるやかに移動していたが、三十分ほどした頃、こちらに舳を向けて近づいてきた。

捨次たちは、歓声をあげて一層激しく旗をふったが、漁船は、舳を返すと西南の方向に去っていった。

やがて天候がくずれ、雨になった。船は西方にむかって帆走し、船長は潮の色が赤みをおびているので陸岸の近くにきていると言ったが、日没までには陸影を眼にすることができなかった。

翌十七日朝は東北の風が強く、西方へ帆走したが早い潮流に押されて進まず、やがて風もおとろえ、船体は潮にのって流されるままになった。その日は、期待に反して船影を見ず、船は金華山沖を東に向って流されていると推測された。

夜は一面の星空であったが、翌日午後から天候は悪化し、暴風雨になった。高々とそびえ立つ波濤（はとう）が押し寄せ、船は波間に落ちこむと次には波の頂きにのしあげられる。船長は、船体の安定度を保つために碇（いかり）二本を海中に投げさせた。

翌十九日も風は吹きつのり、さらに碇を一本投げて、船はそれを曳きながら東へ流された。船の位置は、金華山沖五百浬、八丈島北方五百浬と推定された。

船員たちは、船が陸岸から遠くはなれたことを知っていた。船影を見ることはなく、船はつらなって押し寄せる波にもまれ、甲板は絶えず海水で洗われていた。

捨次は、あらためて潮流の無気味な力を知った。それは、広い幅をもつ河に似たもので、流れのままに運ばれてゆく。船に小さな帆をはってみても、布にうける風の圧力では潮流に対抗することはできない。

南の方向に位置すると推測される八丈島へ船を寄せようという意見もあったが、自由に航走する能力を失っている船には不可能なことであった。

「思い切ってアメリカまで行くか」

と、船長が言った。

捨次たちは笑いかけたが、決して冗談ではないことに気づいた。潮は東へ早い速度で流れ、風向も概して西で、船は潮流と風で東へ押し流されている。そのまま進めば、太平洋を横断してアメリカ大陸の沿岸に達することはあきらかだった。

船員たちは、自然の力にさからっても好ましい結果を得られぬことに気づいていた。陸岸からはなれまいと努めたが、それは徒労に終り、船は遠く金華山沖に流されている。むしろ船長の言う通り潮流と風に船を託してアメリカ大陸の沿岸方向に流される方が良策かも知れなかった。

船員たちは、船長の意見に同調し、指示にしたがうことを誓った。まず、潮流に押し流されるのを防いでいた三本の碇を上げ、さらに船の動きを早めるために帆を張った。帆は西風をうけてふくれ、船は東へ走りはじめた。

船は、広大な太平洋の一個の浮游物と化したが、船員たちに混乱はほとんどみられなかった。それは、アメリカ大陸が気の遠くなるような距離にあるわけではないという意識があったからであった。かれらの故郷では、アメリカへ出稼ぎにゆく者が多く、いわばアメリカはなじみ深い異国であった。客船に乗れば十日ほどでアメリカの太平洋沿岸の港町に達することも知っていたし、帆をはり潮流に流される船の速度が仮に客船の速度の十分の一だとしても百日間――三カ月余でアメリカ大陸に漂着する。食糧は節約すれば四カ月近くはあり、途中魚を釣ってゆけば食糧に困ることはなさそうだった。また飲水もドラムカン二本分がのせられていて、天水をためて補充してゆけば渇きをいやすこともできるはずであった。

「わずか三カ月のことだ」

機関長の伝二郎が、屈託のない表情で言った。

三カ月間は決して短い日数ではないが、かれらにはそれほど長い期間にも思えなかった。鮪漁の漁船は、太平洋沿岸一帯に魚影を追いつづけ、北上して北海道南部の海を主漁場にする。漁に出れば二、三カ月、長期にわたる時には半年近くも故郷に帰ることはない。その間に各地で寄港をくりかえしはするが、いずれにしても三カ月という期間には苦痛を感じない。それに、途中で航行中の船に発見される可能性も十分にあり、その場合には三カ月余という期間は短縮される。遠く外洋に出て漁をすることになれたかれらには、悲痛な空気は淡かった。

船は東へ流れ、寒気は徐々にやわらいだ。風が出れば、小さな帆をあげ、舳を東に向けつづけた。

十二月二十八日には無風となり、気温もかなり上昇した。捨次たちは、船が日本とアメリカとの中間あたりまできているのではないか、と話し合った。

一月一日の朝が、あけた。

捨次は、その日の欄に、「元日のこととて飯に菜で御めでたい御祝を済まし、いろいろおもひ〳〵に話して夜に入つた。午後七時風静かになり流した」と記し、日附の年号を大正十六年にあらためた。

捨次は、薄く眼を閉じていた。

海に突き出た岬の付け根が、ほのかに白い。それは、彼岸桜の群落で、風が起ると花弁が舞い上り海面に散る。花弁の乱舞がやんでしばらくすると、また白いものが湧く。それは、近くの磯に濃い密度で落下してゆく時もあれば、高く上昇し、遠い海面にまばらに散ることもある。

白い花弁が、花籠から落ちる紙片や硬貨とかさなり合った。花籠は、富裕な家で葬儀が営まれる時、葬列が寺に到着すると同時に境内でふられる。花籠は、太い竿にくくりつけられていて、竿を上下に荒々しくふると、籠にはられていた和紙が破れて、中に入れられていた硬貨が紙片とともにこぼれ落ちる。人々は、その下にむらがって硬貨をひろい合うが、捨次も少年時代、花籠が出るときくと寺の境内に走った。

「ステ」

船長の声に、岬から舞い上る花弁も、花籠からこぼれ落ちる硬貨と紙片の像も消えた。

釣竿が、いつの間にかしなっている。しかし、捨次はそれが魚のかかったためではなく、釣針がなにかにひっかかって引かれているのだということを知っていた。

かれは、操舵室の板壁から背をはなすと船べりに這っていった。そして、釣竿をつかんでひいてみると、推測した通り針が海面にゆらぐ海草にかかっていて、強くひくとすぐにはずれた。餌は針についたままになっていたので、かれは、再び針を海中に投げた。

かれは、無性に腹が立ってきた。毎日、日誌を書いているので日附は確実だったが、船長が三カ月余でアメリカ大陸の沿岸につくと言っていたのに、すでに五カ月が経過してもその気配はない。その間、一月二十七日に西方にあきらかに外国船と思える商船が見え、船板を焼いて信号に使ってみたが、船は東方に去ってしまった。

船影をみたのはそれが最後で、動くものと言えば鯨の群につづいてオットセイが船の近くに浮き上ったのを眼にしただけであった。船長は、オットセイがいるのは陸岸が近い証拠だと言って、帆を張り北の方向に進んだりしたが、島らしきものは発見できなかった。

船長は、自分の判断に強い自信をもっているらしく、不安そうな表情をみせることはなかったが、実際は誤算だらけと言ってよい、と捨次はひそかに思っていた。

食糧にしても、四カ月は十分にあり、米飯をとらず粥(かゆ)にして節約すれば大幅に食いのばしはできると言っていたが、二月上旬には早くも食糧が残り少くなっていた。四俵あった米も、わずか二斗ほどになっていて、病人が出た時に粥として食べさせることにしておいたが、船員たちは仮病を使って粥をすする。そうしたことが度重なって、二月下旬には米(こめ)櫃(びつ)も空になってしまった。残っているのは鮫と烏賊の干物少量で、むろん醬油、味噌、野菜はなかった。

米が尽きたことは、船員たちを狼狽させた。かれらは、米が予想よりも早く消えたことをいぶかしみ、人の眼を盗んで米を食っていた者がいたのではないかと疑った。そして、エンジン故障によって漂流しはじめてから以後の記憶をたどったが、その疑念が根拠のないものであることに気づいた。

かれらは、米を粥にしてはいたが、分量を定めず思うままに食べていたので節約の意味はなくなっていた。それに、理由をつけてはかたく炊いた飯を丼に山盛りにして食べたことも米の減少をうながした。それまでに三隻の船を眼にしたが、それを祝って飯を炊き、元日にも食べたし、七草、旧正月にも米飯で祝った。オットセイの姿を眼にした日も、病人用にとっておいた残り少い米を粥にして食べようと言う者すらいた。

縁起を重視するかれらは、幸運の訪れを願うのだが、それが節食計画をみだす原因にもなった。それは、かれら自身に責任のあることだが、捨次はそうしたことを黙許し、自らも米飯を食べていた船長の軽率さが腹立たしかった。船員たちの欲望をおさえる立場にあるのに、それを怠った船長が統率者として無資格者に思えた。

他の者たちも同じように考えているにちがいなかったが、船長を非難するような態度をとる者はいなかった。船長は日頃から平静さを失わぬ男で、それは船がエンジン故障を起して以後も変りはなかった。船には船長より年長の者も多く、水兵上りの男も二人いたが、かれらは背の低い船長に心服し、その前で身をすくめていた。

全く大した船長だ、と捨次は何度胸の中でつぶやいたか知れない。米が尽きた時も船長は表情を変えず、「これからは、魚を釣って食うのだ」と、つぶやくように言っただけであった。

しかし、米が尽きたことは、かれらの生活に根本的な変化をあたえた。それまでは長い航海とでもいった趣きがあったのだが、その日から漂流船に身をゆだねている者としての生活がはじまった。

最も顕著な変化は、死の不安をいだくようになったことであった。かれらは、死が驚くほど身近にあることを意識しはじめた。それは、食糧が尽きれば確実に訪れてくるもので、残されたわずかな量の鮫と烏賊の干物だけでは、十日ほどの生存を約束してくれるにすぎぬことにも気づいた。

船長の言葉通り、生きてゆくためには魚を釣って食糧とする以外に方法はなかった。船員たちは、釣竿を持ち出し、鮫と烏賊の干物を海水でもんで柔かくして針につけ、海面に投げた。

捨次は、釣竿を手に船べりに並んだ仲間の姿を恐しいものでも見るようにながめた。それは見なれた情景であったが、かれらの表情は、いつものそれとは異っていた。かれらにとって魚を釣るという行為は、いわゆる「商売」であったのだが、それが飢えをまぬがれるための切ないものに変っている。眼には、死に対するおびえの色が落着きなくうかんでいた。

かれらは、無言で釣竿をにぎっている。捨次も他の者と交代して釣糸をたれたが、だれの針にも魚はかからなかった。

捨次たちは、職業柄魚の群れている海域がどこにあるかを知っていて、その場所におもむき、釣竿をさしのべ、時には網をはった。かれらは、他の多くの漁船とともに季節の移り変りに応じて漁場から漁場へ移動し、魚をとってきた。むろんその年の天候不順、風向、潮流の些細な変化によって不漁を味わうことも多かったが、概して生計を立てるのに十分な漁獲に恵まれていた。

しかし、そのような過去の体験は、かれらが向き合っている海には本質的に無縁のものであった。針につけた餌は、竿をあげてみても小魚のついばんだ気配すらない。捨次は、広大な海洋に魚の群れている個所――漁場はごくかぎられた範囲で、他の部分はほとんどが魚の棲まぬ海であることを知った。

その日は、一尾の魚もかからず、翌日も翌々日も同様で、仲間たちの顔に不安と焦りの色が濃くなった。

五日目の夕方、捨次たちは船の近くに異様な形をした魚が海面に浮いているのを発見した。長さが二間近くもある卵形をした大魚で、水中を漂い流れてくるように船に近づいてくる。

銛（もり）打ちの巧みな常太郎が、船べりに身を乗り出し、徐（おもむ）ろに反転しかけた魚の体に銛を打ちこみ、甲板に曳き揚げた。

捨次たちには初めて眼にする魚であったが、船長と機関長の伝二郎は、それがまんぼうという魚であることを知っていた。一同は大いに喜び、すぐに切り刻んで食べた。予想以上に美味で、食べ残した肉は翌日天日に干して貯蔵した。

捨次は、航海日誌にそのことを記述せねばならず、まんぼうとはどのように書くのかと船長に問うた。船長は、まんは百、千、萬の萬、ぼうは坊主の坊だと言い、捨次はその日の日誌に、「萬坊を突き取り、目出度く笑ふ」と、記した。

その後、まんぼうは十日に一度ほどの割合で船の近くに姿をあらわし、釣針にかかったり銛に突かれたりした。一日に三尾のまんぼうを釣り上げたこともあった。

三月に入ると、水温の上昇のためか船べりに海草の成育がいちじるしく、それと同時に小魚の姿も眼にできるようになった。それらの小魚は、潮流とともに移動しているらしく船の海草の間に定住し、海中を眼でさぐってみると少くとも四種類以上の小魚が群れていた。そして、それらの小魚をねらって魚が、さらにその魚を追って鮫もやってきた。が、そうしたことは稀で、数日間に中型の魚か鮫が一尾でも釣れればよい方であった。

暴風雨が襲ってきて波に翻弄(ほんろう)されることはあったが、その度に碇をおろし顚覆(てんぷく)の危険を避けた。その間にマストは中途から折れ、帆布は破れてボロに等しいものになっていた。

船員たちに手足のむくみが目立つようになった。その症状は一カ月ほど前からきざしていたのだが、手と足が倍近くにふくれあがり、体を動かすのが大儀らしく甲板に身を横たえている者も多くなった。

その頃から、船べりをおおう海草が、甲板の上にまで這い上るようになってきた。それらは、船べりから甲板の板のつなぎ目をつたわって伸び、徐々に甲板上にひろがってゆく。波の飛沫を受けたり降雨の後には、藻の緑が鮮やかな色をみせていた。

三月九日、初めての死者が出た。捨次たちには、それが唐突な死であり、余りにも早すぎる死であるようにも感じられ、放心した表情で遺体を見つめていた。

死んだのは機関長の細井伝二郎で、三日前から船室で臥していたが、夜の間にひっそりと息をひきとったらしく、その日の朝、冷くなっているのが発見された。

伝二郎は最年長の五十二歳で、かれの死が年齢に密接な関連があるとも思われたが、捨次はそれがほとんど関係のないことに気づいていた。十八歳の頑健な体をした辻内良治もむくんだ足を投げ出して横になったままだったし、軽症であるか重症であるかの差はあってもほとんど全員に同じ症状があらわれていて、それが死につながってゆくおそれがあると思われた。捨次の願いは、一日でも長く生き延び、陸岸に漂着するか他船に発見されて救出されることに尽きていた。

遺体の処理について、船長を中心に会話が交されたが、話はあっさりとまとまった。かれらは、異国に水葬という習慣があることを聞き知っていたが、海中に投棄でもするようなその処理方法が非情なものに感じられた。死者はあくまでも土に帰すべきもので、故郷の地、それが不可能の場合は船が漂着した地に埋葬することが、死者に対する儀礼であり遺族への義務であると信じていた。そうしたことから、かれらは水桶を棺桶代りにして伝二郎の遺体をおさめ、船室に安置することに定めた。

　かれらは沸かした海水で遺体を丁重に清め、髭を剃り船室に運びおろした。そして、空の水桶の中に遺体を押しこんだ。

　その日の夕刻、北方から飛んできた大きな海鳥が甲板に降り立った。鳥は人の姿をおそれず、近づいた由次郎につかまえられ棒でたたき殺された。鳥は肉づきがよく、船員たちは火を起し、焼いて食べた。久しぶりに口にする美味な食物で、船員たちの中には機関長の霊が贈ってくれたのだと言って涙ぐむ者もいた。

　捨次たちは、機関長の死を悲しみ、やがては自分たちも同じ運命をたどるにちがいないと思ったが、死への恐怖がまき起す混乱はみられなかった。せまい空間で三カ月間単調な生活をおくってきたかれらの感情の起伏は、乏しいものになっていた。かれらの眼からはしばしば涙が流れ出たが、それはほとんど意味のないもので、なぜ涙を流したのか原因も思いつかないほどであった。

　機関長の死に、かれらは肩をふるわせて泣いていたが、翌日になると船室によどみはじめた腐臭に顔をしかめ、唾を吐き散らし、鼻を手拭で不快そうにおおっていた。

死後三日目には死臭が一層激しいものになったが、その日の正午すぎに銛打ちの巧みな直江常太郎が、黄色く濁った眼を大きくひらいたまま甲板上で死亡した。

　捨次たちは、嘆き悲しんだが、その度合は機関長の死亡時ほどではなかった。かれらは遺体を湯灌し、まばらに生えた茶色い髭を剃ってやり、腐臭の充満する船室に運びおろした。棺に代用できる容器はなく、遺体をせまい寝台に横たえた。

　その日の夕刻、大きな鮫が一尾釣り上げられ、常太郎が招き寄せてくれたものだと言ってあらためて涙を流す者もいた。

　それから五日後、臥っていた松本源太郎が死亡し、捨次たちは少し泣いた。その日も獲物があるだろうと期待し、釣竿をさしのべていたが、魚はかからなかった。かれらは、源太郎の体を海水で拭ってやっただけで、髭に剃刀をあてることはしなかった。

　死が日常的なものになりはじめていた。十日後の三月二十七日朝には、寺田初造、横田良之助が二人とも死亡しているのが発見され、翌々日の午前九時には、桑田藤吉が恐しいほどの呻き声をあげ、体を痙攣させながら絶命した。捨次たちは、泣くことも湯灌をしてやることもなかった。

　さらに四月六日午前零時頃辻内良治、十四日午前十時詰光勇吉、十九日午後一時上手由次郎がそれぞれ死亡。捨次は、その度に航海日誌に書きとめたが、二十五日に死亡した三谷寅吉については書くことを失念した。その日、甲板に舞いおりた大きな海鳥を捕えたことに気をうばわれていたためで、日誌には、「波静、風少し、帆悪しきため帆の手入れす、船流す、大鳥の馳走す」と書いたのみであった。

生きているのは、船長と捨次二人になった。

捨次は、寅吉が死んだ折には泣くこともなかったが、船長は最初に機関長が死んだ時も、それ以後も眼をうるませることさえしなかった。船長は、無表情で遺体をながめ、その処理を指示するだけであった。

遺体は、初めのうち船室にはこびおろされたが、それは四体にとどめられていた。室内に充満する死臭に辟易（へきえき）してはこびおろす者がいなかったためで、それ以後、遺体は甲板の舳に近い部分に引きずっていって放置された。

船室の遺体に比較して、甲板上の遺体の変化は早かった。

死後、腐敗は匆々（そうそう）にはじまり、発散する死臭は風に吹き散らされた。遺体は陽光にさらされ、波しぶきを浴び、雨にたたかれる。腐肉はとけて甲板上から海に流れ落ち、或るものは素早く白骨化し、或るものは乾燥してミイラ状になっていった。

気温の上昇につれて、甲板上にひろがっていた海草が、遺体の上にも這い上りはじめた。その速度は次第に早まって、死後日数のたった遺体は巨大な毬藻（まりも）のようになっていた。

「ステ」

船長の声に、捨次はふりかえった。

船長が身を横たえたまま口を開け閉じしている。それは、水を飲みたいという仕種であった。

捨次は、操舵室の板壁から背をはなし、マストの付け根に固定された水桶に這い寄ると、茶碗に水をすくい、船長に近づいた。

船長は、顔を横に向けると口をあけ、捨次は茶碗のふちをひび割れた唇に押しつけて水を少量ずつ口に流しこんだ。

「あと一杯、飲みなさりますかい」

捨次は、船長の冷い視線に身のすくむのを感じながら、乾いた声で言った。

船長は、かすかに頭をふった。それは、船長としての矜持をたもつための虚勢のようにも感じられた。

茶碗を水桶のかたわらにもどした捨次は、船長のズボンが濡れ、甲板に黄色い液体が流れているのに気づいた。船長の体はかなり弱っている、とかれは思った。数日前の朝までは、船べりに這っていって陰茎を海面に突き出して放尿していたが、それ以後は、操舵室の屋根の庇の下に身を横たえたまま動こうともしない。手も足も顔もむくみ、眼の白眼の部分が黄色く濁っている。

寅吉が死亡してから、捨次は、船長の命じる用事を一人でやらねばならなくなっていた。

帆をつくろえ、船板をはずして薪を割れ、湯を沸かせ、火種を見てこい、釣竿を左舷にも二本出せなどと、船長は絶えず捨次に声をかけ、その度に捨次は小まめに体を動かした。

船長は、船内の作業に一切手を出さない。針に魚がかかった時も傍観しているし、魚を切りひらく時も、そこに庖丁を入れろとか血ぬきをしろなどと指示するだけで、魚を釣った捨次の労をねぎらうこともしない。

同僚の相つぐ死によって、釣った魚を食べられる分量がそれだけ増し、空腹感を味わうことも少くなった。水も節約することなく飲むことができ、気分的には楽であった。しかし、捨次は、次第に増す手足のむくみが無気味で、深い疲労にも不安を感じていた。腰痛も起り、食欲もなくなってきている。それは、死亡していった者の体に例外なくあらわれた症状だった。

「おれたちも、死ぬのでありますかい」

捨次は、寅吉が死亡して間もない或る日、むくんだ足の脛を指で押しながら船長にたずねた。

「そんなこと、おれは知らぬ。お前は死ぬかも知れぬが、おれは死なれぬ」

船長の答は、素気なかった。

船長の体の衰弱はいちじるしく、釣った魚にも余り食欲をしめさなくなっている。ズボンの裾をまくりあげてさすっている足は、薄気味悪いほどふくれ、爪が小さくみえた。その足を見た時、捨次は、船長の方こそ先に死ぬ……と、思った。

かれは、水桶を引き寄せると再び水を飲み、船べりに這っていった。尿を垂れ流したままの船長の姿を見るのは、ためらわれた。威厳を保ちつづけてきた船長にとって、そうした姿を捨次にみられることは恥辱にちがいなく、陽光が尿を蒸発させるまで素知らぬふりを装っていようと思った。

船長が哀れであったが、ひそかに小気味良さも感じていた。

寅吉が死亡してから、捨次は、船長に特殊な感情をいだくようになっていた。それは、船長よりも一日でも長く生きたいという強い願望で、少くとも肉体的には船長より優位に立ちたいという意識であった。

そうした感情は、船長の側にもあるらしく、捨次の顔色や手足のむくみに探るような視線を向けてくる。捨次に間断なく命令を発するのも、労働を強いることによって疲労度を増させようとくわだてているようにも感じられた。

歩行も困難になった捨次に、帆柱の滑車を修理するよう命じたのも、帆柱から落ちることを期待したからではないかという疑いすらいだかせた。それは寅吉が死んだ翌日の四月二十六日のことで、捨次は帆柱にのぼり体を綱でしばりつけて滑車を修理した。その日の日誌に、捨次は、「小生生れて始めて船の帆柱に登り、死物狂ひにて帆柱のブロックを直す」と書いたが、甲板に坐って帆柱を見上げていた船長が恨めしかった。

船長は、魚をひらくと必ず指をのばして肝をつかみ、口に入れてしまう。出来るだけ栄養価の高いものを摂取したいという気持からなのだが、捨次に食えと言ってくれることはなかった。

四月末になると、すでに船長は立って歩くことが辛いらしく、這うようになっていた。時折りマストにつかまって立っていることもあったが、今にもくず折れそうに膝頭がふるえていた。

船長が臥したままになったのは、五日前の朝からで、捨次も歩くことがほとんど不可能になっていた。

「今日は、一日中のんびりと寝てすごす」

船長は、足腰の立たなくなったことをさとられまいとするらしく、まるで休養をとるようなことを言ったが、その翌日も翌々日も体を起すことはなかった。

捨次は、そうした船長を無言でながめていた。自分の体も極度に衰弱しているが、船長の体の状態はさらに悪化している。肉体的には自分の方が優位に立っていることはあきらかで、かれは、その優劣の差の大きさを船長に見せつけるように故意に這いまわったり、時には好きな歌謡曲の「月は無情」や民謡の「鴨緑江節（おうりょっこうぶし）」を口ずさんでみせたりしていた。

捨次は、船べりに坐って水平線に眼を向けていた。

一月二十七日に外国船を眼にして以来、三カ月半の間に一艘の船も視界に姿をみせない。海にはおびただしい船舶が往来しているはずなのに、船影すらみえないことが不思議に思えた。

寅吉が死んでから数日後、捨次は、船長に、

「アメリカは、まだ遠くへだたっているのでありますかい」

と、たずねた。

船長は、唇をなめると、

「ほんのこの先だ。たんとはかからずアメリカへつく」

と、さりげない口調で答えた。

捨次は、船長の言葉を信じる気持になれなかったが、自信にみちたその表情を眼にすると、船長の言葉は的中するかも知れない、と思った。船は依然として潮流にのって流れていて、学校で教えられた地理の知識を思い出しても、たしかに船はアメリカの方向に進んでいるはずであった。

「ステ」

また船長の声がした。

顔をねじ曲げると、船長が右手をわずかにあげ、足の下方を指さしている。捨次は、そ

の方向に眼を向けた。

黒頭め、と、かれは舌打ちした。肥えた一匹の鼠(ねずみ)が、船長の膝頭に前趾(まえあし)をふれさせて中腰に立っている。その鼠は捨次たちの前にしばしば姿をあらわし、黒頭と名づけられていた。

鼠がいることに気づいたのは、船が漂船になってから一カ月ほど後であった。捨次たちは、船内に鼠が生き残っていることに驚き、鼠たちがひそかに船内の食糧を食っていたことも知った。

しかし、かれらには鼠を根絶させる方法がなかった。鼠とり器が船室に一個あったが、金網がさびて破れていて使用できず、猫いらずに類した鼠駆除薬もなかった。やむなくかれらは、残った食物をドラムカンや甕(かめ)に入れたりして鼠に食い荒されるのをふせいだ。

捨次たちは、鼠をみると物を投げたり箒(ほうき)で追ったりしたが、鼠がいるのは好ましいことだと言う者もいた。火災の起る家屋に棲む鼠は、発火前に屋外へ逃げ出すというが、それと同じように沈没寸前の川舟から鼠がのがれて岸にむかって泳いだという話もきいたことがあるという。そうした実話から考えても、鼠が船内に棲息しているのは、生存の条件がまだそなわっていることを意味するもので、むしろその存在は喜ぶべきことだという。

船内に棲む生き物としては、鼠以外に蟻がいた。巣はマストの根元附近にあるらしく、その近くで見ることが多かった。捨次は、蟻がなにを糧として生きているのか不審に思った。おそらく蟻は、船が岸につながれている時に船内に入りこんだのだろうが、土も草木もない船内に巣をつくる必然性はないはずだった。

かれは、時折り蟻の動きを眼で追っていた。疲れを知らぬように往き来する蟻たちの逞しい生命力に感嘆し、その黒く光った体に、土の匂い、草いきれ、小川の水のかがやきを思い起していた。

黒頭と名づけられた大きい鼠は、昼間でも甲板におかれた船具のかげに出てきて、居眠りでもするように眼を閉じ、体をゆらせていることがあった。頭部は黒かったが、胴の体毛は薄れていて、生れてからかなりの月日をへているらしかった。動作もゆったりとしていたが、棒などを手に近づくと、驚くほどの速さで身をひるがえし、板の隙間などに姿を消した。

夜、船室に鼠の走る音がしていたが、食糧不足が深刻になった頃から物音もほとんどしなくなった。しかし、黒頭は、甲板上で居眠りをしたり、船室におりる梯子段の下や工具箱のかげでうるんだような眼を光らせていた。捨次は、鼠の間で共食いが起り、それが黒頭の生命を維持させているにちがいない、と思った。

鼠が再びふえはじめたのは、死者が出るようになってからであった。

稀に船室に入ってゆくと、鼠が遺体の附近から壁の方向へ散るのがみえた。甲板上でも、夕方になると放置された遺体の近くに黒いものが動きはじめる。遺体をおおう海草に足をすべらす鼠もいたし、藻を食べている鼠を眼にしたこともある。深夜には、なにかをかじる音が断続的に起っていた。

遺体が鼠たちの飢えをいやし、増殖をうながしていることは確実で、鼠が船長の膝頭に趾をふれさせているのは、船長に程なく死が訪れることをかぎとっているからかも知れなかった。

船長は、かすかに顔をゆがめている。捨次は、しっ、しっと声をあげ手をふった。鼠は、頭をかしげ、身動きもしない。

かれは、拳をにぎりしめて船長の体に這っていった。鼠の眼が、かれに向けられ、急に体をめぐらすと肥えた臀部をゆらせて操舵室の向う側に消えた。

船長は、眼を閉じた。

「何時ですかい」

捨次は、船長に低い声をかけた。

船長の手が上衣のポケットに近づいたが、それ以上は動かなかった。昨日は、大儀そうにポケットからニッケルの懐中時計を指にはさんでとり出し、捨次に文字盤をしめしたが、すでにその力も失せてしまっているらしい。

船内で時計を持っているのは船長だけで、捨次たちが時刻をたずねると、徐ろに時計を出して教えてくれる。そして、竜頭の音を楽しむようにまわしてからポケットにおさめるのが常であった。

捨次は、手をのばすと、ポケットから時計をひき出し、文字盤をみた。針は、十二時少し前をしめしていた。

「正午ですい」

捨次は、船長に言うと、竜頭を巻いて時計を船長のポケットにもどした。

昼食時であるのに、空腹感はない。鮫の干物が残っていて、二、三日間は飢えを感じずにすみそうであったが、それを食べるのにも飽いていた。

「昼飯を食べなさりますかい」

捨次は、しわがれた声できいた。

船長は、なんの反応もしめさず空を見上げ、徐ろに眼を閉じた。魚の干物を多く食べてきたが、口に入れるとむせ返るようで咽喉を通りにくくなっている。船長は、生きた魚か鳥の肉以外には口にできなくなっている。

捨次は、不意に、船長のポケットから時計をひき出した行為を船長がどのように感じているか不安になった。

時計をとり出し、時刻をつたえ、竜頭を巻くのは、船長のみがくりかえしてきたことだが、捨次は、勝手に時計をひき出し時刻をたしかめた。それは無断で船長の私物に手をかけた礼を失した行為であった。船長が時計をひき出すこともできなかったので、捨次は思わずポケットに手をのばしてしまったのだが、常識的に考えてみても当然許可を得なければいけなかったのだ。

捨次は、船長の気分を損ねることが恐しかった。

かれは、船長の顔をうかがったが、不機嫌そうな表情はうかんでいない。もしかすると、船長は捨次の行為に憤りをしめす気力も失われているのかも知れなかった。

「十七夜には、きっといいことがありますい」

捨次は、声をはり上げて言った。船が現われるか、それとも島かアメリカ大陸につくか、神、仏があるとしたら、そのようなことがなくては不都合だ、と、かれは腹立たしげに胸の中でつぶやいた。

十七夜は旧暦の毎月十七日におこなわれる月祭りで、各家々から水垢離をとった人々が海浜に出て、昇る月に線香を供える。その夜は小さなおしら餅をつくるが、それを食べると手足の病いにかからぬと言われている。

かれは、餅の柔い感触を思い出しながら水平線に苛立った眼を向けた。船が漂流しはじめてから常食になった粥を食べることに飽いたが、米が尽きた後は熱い粥のうまさを何度思い起したか知れなかった。初めの頃には、まだ味噌も醬油もあって、それらを粥に少量おとして食べた。

風が出てきて、海面が波立ち船がゆれはじめた。

「ステ」

かすれた声がした。

捨次は船長がなにを指示しようとしているのか、すぐにわかった。風向が帆走に適しているので、帆をあげさせようとしている。尿を垂れ流しにし時計もつまみ出せぬほど衰弱しているのに、次々に命令を下して自分を酷使する船長に反感をいだいた。

お前は死ぬかも知れぬがおれは死なれぬ、と船長は言ったが、その言葉の裏には自分だけは死なぬという傲慢な信念がひそんでいる。しかし、どちらが先に死ぬか勝負はついているのだ、とかれは思った。

同僚たちの死は、突然のようにやってきた。故郷のことや天候の話をしているうちに、少し黙っていると思って眼を向けると、すでに呼吸が停止していることもあった。かれらに共通していたのは、船長と同じように体を動かせず横臥していたことで、そうした前例から考えると、死は近々のうちに船長の体に訪れてくるのかも知れなかった。

捨次は、拗ねたような気分になって返事もしなかった。

「ステ」

再び船長のかすれた声がした。

捨次は、顔を船長に向け、風が出たのに初めて気づいたように空を見上げた。そして、操舵室の屋根の下から這い出ると、マストの下に近づいた。

かれは、マストの根元にむすびつけられたロープをつかみ、体重をかけてひいた。帆は小さいが、帆桁（ほげた）がついているので重く、少し上方へ動いただけであった。かれは、息をあえがせながらロープにしがみつき、全身の力をふりしぼってひいた。

船長は、黄色くにごった眼で捨次が帆をあげるのを見つめている。ようやく帆がマストにあがり、風をはらんでふくれた。

捨次は、ロープを結びつけると、その場に仰向けになった。胸に錐（きり）でもねじこまれるような激しい疼痛が起っていて、呼吸が苦しい。今まで経験したこともない鋭い痛みに、かれは、死が身近にせまっているような恐怖を感じた。

かれは、呻き声をあげ、胸に手をあてた。幸いにも、しばらくすると痛みが徐々にやわらぎ、呼吸も楽になってきた。船は帆に風をうけて進み、舳にくだける波が、水しぶきになって散り、帆の破（わ）れ目が風にはためいて鳴っていた。

かれは、いつの間にか眼を閉じ、眠っていた。夢が訪れ、おびただしい光をみた。それは、小さな藁舟（わらぶね）にくくりつけられた燈籠の群で、川面をゆっくりとくだってゆく。やがてそれらは、河口に出ると急に上下にゆれながら扇状にひろがって岸から遠ざかる。灯は、はてしなく川から海へと流れ出て、沖まで光が充満した。

顔に、冷いものがふれた。

かれは、眼をあけた。冷いものは雨滴で、いつの間にか空が黒雲におおわれている。

雨音が増し、かれは身を起すと這って操舵室の屋根の下に入り、板壁に身を押しつけた。雨脚が急に密度を増し、甲板や遺体の上に白い飛沫があがりはじめた。風も強くなって、帆布が音をたててはためく。海面にゆらぐ海草は大きく起伏し、その上に雨の水泡がひろがっていた。

かれは、船長の姿をながめた。船長は、膝から先の部分を降雨にさらしたまま帆を見上げている。捨次は、船長が帆の張り具合に不服なのではないか、と思った。

帆は、マストの頂きには達せず、三十センチほど下方にとまって風にゆれている。ロープをマストの根元に固縛する時、帆がずり落ちたらしい。

船長の冷い眼が、いまわしく思えた。たしかに帆は正しくマストの頂きにあげなければならぬのだが、衰弱した体には帆を張るだけでもやっとであった。

書類のことが、思い起された。寅吉が死亡して間もなく、船長は罫の入った紙に鉛筆をなめながらなにかを書いていた。その真剣な表情と、捨次にむけられる眼の光に、それが船長の職務と密接な関係をもつものであることが察しられた。船内の記録としては、捨次が代筆を命じられている航海日誌が唯一のものだが、さらに船長は、遭難原因をはじめ事故の背景について責任者としての報告書を書き残そうとしているにちがいなかった。

捨次は、それを当然のことと思ったが、鉛筆を動かしながら時折りこちらをうかがっている船長の眼に落着きを失った。書いている内容を捨次に知られたくないという気配が十分に感じられ、腕で紙をかくすようにして、鉛筆を動かしている。

捨次は、その報告書には船員の言動をきわめて批判的に記述した個所があって、船員たちの拙劣な判断と行動、利己的な行為などが列記されているにちがいないと思った。もしもその推測があたっているとしたら、その中に自分のことも必ずふくまれているはずだと想像した。

船長が自分に好感をいだいているとは思えなかった。肉体的に衰弱のおそい捨次をいまわしく思い、その感情を報告書の中にむき出しにしているおそれがあった。

雨水が甲板を流れ、船長の服も濡れている。が、船長は、身じろぎもせず音をたてはためく帆を見上げていた。

雨勢がおとろえ、雲が切れた。遺体をおおう海草は雨水を十分に吸いこみ、緑の色をみずみずしく冴えさせている。

雨脚が細くなって、日がさしてきた。船はかなりの速さで帆走し、船べりに附着した海草が後方になびいていた。

捨次は、操舵室の屋根から吊した鮫の干物をむしると口に入れ、丹念にかみはじめた。食欲はないが、少しでも食べられる物を口に入れなければ生きてはゆけぬ、と自分に言いきかせた。

ステ、と船長は捨次を呼んで絶えず用事を言いつけ、その都度、捨次は体を小まめに動かし、船長の命令を忠実にはたしてきた。それなのに、些細な過失を誇張して書き残されたりしては、今まで船長の命令にしたがって働いてきた甲斐がない。船長は死に、自分も救出されず死亡するかも知れない。いずれ船は、他船に発見されるか陸岸に漂着するだろうが、もしも船長の報告書に自分の不都合なことが記されていたら、人々はそれを信じ自分を非難するだろう。

かれは、体中に熱いものがひろがるのを感じた。尿を垂れ流しにしている男をおそれる必要はない、と思った。

かれは、船長に眼を向けた。顔から血の色がひき、動悸がたかまるのを意識した。

「これからも、いくたびか雨が降りますい。折角に書かれた報告書が濡れてはいたましいではありませぬか。航海日誌はブリキカンに入っとりますから、日誌の間にはさんでおきましょうぞい」

捨次は、息をあえがせながら言った。

船長は、うつろな眼をして帆を見上げている。

「そのようにしましょうぞい」

捨次は、船長の体に這い寄った。

このようなものを残されてたまるか、死んだ後までこの男の思い通りにはさせぬ、と、かれは気持をたかぶらせて、上衣のポケットに手をさし入れた。指に、分厚い滑かなものがふれた。油紙につつまれた書類であった。

かれは、紙包みを手に、這って操舵室の板壁のかたわらにもどり、油紙につつまれたものをしばらくの間ながめていた。

書類を読んでみたい欲望が、たかまった。もしも自分のことを悪意にみちた表現で書き記してあったらすぐに破って海に投げ捨ててやろう、と思った。

書類をぬかれても、なんの抵抗もみせなかった船長の無力さが、かれを大胆にした。油紙をとりのぞき、封筒から折りたたんだ二枚の紙をとり出した。紙をひろげてみると、そこには片仮名文字が並んでいた。かれは、船長が片仮名以外の文字を書けぬことが事実であるのを知って苦笑した。

かれは、文字を追ったが、顔から笑いの表情が消えた。それは、報告書ではなく二人の子供と妻宛に書かれた手紙であった。

カツヱ

オマヘノガッコウノソツギョウヲミズニ、トッタンハカヘレナクナリマシタ。ナサケナイ。オマヘハコレカラカシコクナリテ、ガッコウモシタリ、ハハノタシニナリテヤッテクダサレ、タノミマス。カシコクタノミマス。ハハノイフコトヲキイテクレ

トッタン

キクオ

トッタンノイフコトヲキキナサイ。オキクナリテモ、リョウシハデキマセン。カシコクナリテクレ、タノミマス。ハハノイフコトヨクキキナサレ

ツマノオツネサマ

サテワタシコトハシアワセノワルイコトデス。ワタシノタメニアナタニクロウヲサセマシテマコトニスミマセン。アナタモコレカラハクローデス。コドモラフタリヲタヨリニシテヒトニワラハレヌヨウタノミマス。イサクノヂイサンヤバーサンニヨロシクイフテクダサレ。ワタシモアト十二三ネンイキタカッタ。フタリノコドモタノミマス。キクオガオキクナリテモカナラズリョウシダケハサセヌヤウタノミマス。イツマデカイテモオナジコト、ワタシスキナハソウメンニモチデシタナ

捨次は、額に手をあて、膝に視線を落した。

船長の妻や子供は、かれもよく知っていた。かつゑは小学校六年生、喜久雄はまだ小学校にも入らぬ男児で、妻のつねは、色の浅黒い体の大きな女であった。かれらは、出港の時に三人で見送りにくることが多かったが、船長はなんの感情もあらわさず、岸壁で手をふる妻子たちにこたえることもしない。そんな船長が、遺書を書いていたとは想像もできなかった。

かれは、船長の顔をうかがった。船長は、眼を閉じている。

ふと、捨次は思いがけぬものを眼にして身をかたくした。眼尻からにじみ出た涙が、頬

をつたわり耳のあたりまで流れている。泣いている、と捨次は胸の中でつぶやいた。船長の船に乗ってから十年近くたつが、涙を見たのははじめてであった。船長の眼は、いつも乾いていて感情をあらわさない。妻子を思い出して泣いているのか、捨次が遺書をとり上げるのをこばむこともできぬ自分を情なく思っているのか。それとも、感情とは無縁の眼球をうるおす分泌液が、ただ流れ出たにすぎないのか。

捨次は、紙片を封筒におさめ油紙で包んだ。見てはならぬものを見てしまった気まずさが、胸によどんだ。

船長に、嫉妬に似たものを感じた。捨次には多くの兄や姉がいるが、両親はかれが小学校低学年の頃相ついで病死し遺書を書くべき対象もいない。かれは、厄介者として兄の家や姉の嫁ぎ先を転々として育てられ、その間に味わわされた屈辱が今でも痼（しこり）のように残り、兄や姉に歪んだ感情しかもてないでいる。妻にと思った農家の娘もいたが、家をつがねばならぬ立場にある女で、親のすすめで他の男を婿に迎えた。そうした自分に比べて、船長には語りかけられる家族がいる。

捨次は、うつろな気分で眼を開け閉じした。

まばゆい陽光があふれ、甲板上の海草から水蒸気が淡くゆらいでいる。濡れた帆が、かわきはじめていた。

いつの間にか、船長は口をひらいていた。唇も、のぞいている歯も乾いている。

捨次は、眉をしかめ、手をのばすと船長の手首にふれてみた。体温が失われ、血管は動きを停止していた。

かれは、操舵室の板壁に背をもたせかけた。一人きりになったという実感は、湧いてこなかった。それよりも、その日の日誌にどのようなことを書こうかと思案していた。雨が降ったこと、風が出てきたので帆をあげたこと、船長が死んだこと、それに船長が泣いたことも書くべきか、と思った。

太陽が、わずかに傾きはじめている。

ふと下腹部に温いものがひろがり、それにつれて草色のズボンの股の付け根が濡れて変色してゆくのに気づいた。かれは、頭をかしげた。信じがたいことであった。放尿の感覚が麻痺してしまっているほど、体は衰弱しているはずがなかった。

物憂い気分であった。

「トッタン」

かれは、意味もなくつぶやいた。

風が変わったのか、帆がしおれたり再びふくれ上ったりしている。

かれは、腰の下から流れ出ている黄色の液体に、焦点の定まらない眼を向けていた。

一九二七年（昭和二年）十月三十一日、アメリカ太平洋岸のワシントン州シアトル沖八マイルの海上で、アメリカダグラー汽船所属の貨物船ウエスト・アイソン号が、漂流中の一漁船を発見した。船体に記された船名は薄れていたが、日本語の文字が読みとれた。

船体は分厚い海草におおわれ、生存者はなく、二名がミイラ、十名が白骨となっていた。ウエスト・アイソン号は、漁船をポート・アンゼルスに曳航（えいこう）、消毒後、十一月四日にシアトル港に繋留（けいりゅう）した。

船中の遺品の中に航海日誌があり、それによると、最後に船長と船員の二名が生存していたが、五月十一日に筆が絶たれていた。

シアトルの新聞は、連日、第一面で報道し、桟橋は黒山の人でうずめられたと記している。

なんという明るさだ、と、和夫は思った。道沿いに並ぶ商店が、秋の陽光に光り輝いてみえる。歩道を往き交う人の姿も、澄み切った空気の中で輪郭を鮮明に浮き上らせている。

かれは、眼鏡のふちに指先をふれて街のたたずまいをながめた。前日の夜、初めて眼鏡をかけて眼鏡店を出た折のことがよみがえった。かれは店の外で立ち、未知の世界に突然足をふみ入れたような驚きを感じながら、繁華街の夜景を見つめた。そこには、きらびやかな光と色彩の氾濫(はんらん)があった。ネオンの群が、夜空を背景に光の演技をくりかえしている。すだれを捲き上げるように色光の縞(しま)を這い上らせ、次には瀑布のように降下するネオン塔。北斗七星を模した七個の光の中にカメラの商品名を断続的に浮き上らせているもの。それらの中を、鴨居や柱を伝わる鼠(ねずみ)に似た動きでサインボールの光が入り乱れるように走っていた。

高校を卒業して臨床検査技師学校に入学した頃から、映画館に入ると無意識にスクリーンに近い席に坐るようになっていたが、それが眼の異常によるものとは気づいていなかった。

十日ほど前、勤務先の監察医務院の食堂で昼食をとっている時、隣の食卓で食後のコーヒーを飲んでいた部長監察医の芝田が、

「おい、村瀬。お前、近視だろ。なぜ眼鏡をかけないんだ」

と、言った。

そんなはずは……とかれは頭をかしげたが、芝田はまちがいない、という。死体解剖中、壁一面にとりつけられた大きな黒板にデータが項目別に白墨で記載されてゆくが、それに視線を向ける和夫がその都度眼を細めるのは近視である証拠だ、と、芝田は言った。

「眼鏡をかけぬと、眼に疲労が積み重なっていいことはない。眼鏡店でしらべてもらえ」

芝田は、煙草に火をつけながら言った。

和夫は、そのようなことをくりかえしていることを自覚していなかったが、午後おこなわれた解剖時に、黒板を見る自分が自然に眼を細めているのに気づいた。眼の構造から考えても、遠近調節筋を強く使用するのは芝田の言う通り近視であることをしめしている。日常生活に不自由はないが、眼に負担をかけることになるので、前日の夜、繁華街に出ると眼鏡店に入り、検眼の末、軽度の近視の眼鏡を買い求めたのだ。

軽いふちのものが良いとすすめられ、細いステンレス製のものにしたが、それでも鼻梁(びりょう)にかかる重さが意識される。と同時に、一種の器具である眼鏡を顔につけていることに新鮮な刺戟も感じていた。

「警察へ寄らずに、大学病院へ直行していいんですね」

運転手が、念を押すように言った。

「ああ。警察の連中は病院で待っているそうだ」

後部座席に坐っている若い監察医の黒川が、しわがれた声で答えた。

四つ角の信号が黄色になり、さらに朱色に変った。車は徐行し、停止した。

和夫は、助手台から信号燈を見上げ、新たな発見をした。円型の信号燈をおおうガラス面の内部には細い金属線が縦横に張られているらしく、拡大された蠅の複眼のような模様が入り、その背後に横向きの電球が透けてみえる。横断歩道の信号燈に眼を向けたかれは、そのガラス面が格子縞ではなく、さざ波の立つのに似た紋様であることにも気づいた。歩く人間の形が青い光の中に浮き出ているが、それが点滅すると、夕焼けの空を背に立っているような人影に変った。

車は、角を曲ると、両側に石塀のつづいた坂を登ってゆく。塀をおおう蔦(つた)の葉は、所々褐色に枯れ、小さな葉の先端がちぢれていた。

右手に煉瓦(れんが)づくりの塀があらわれ、車は、門を入った。外来患者の診療時間なので駐車場には車が並び、玄関に人の出入りも多い。運転手は、駐車場の奥に車をとめた。

車からおりたかれは、洗い晒された白衣をつけ、同じように白衣を着た黒川の後から鞄を手に病院の入口に歩いた。黒川はかれより二歳上の二十七歳で、一昨年の春に同時に医務院へ入ったが、その折に定められた監察医、助手の関係は、今後も変ることはない。年を重ね、自分よりはるかに若い医師の助手になるのを想像すると、少し気が重くなるが、その頃にはそうしたことにもなれて、これといった感情をいだくこともなくなるだろう。

かれは、受付の後にある事務室に入り、監察医務院から来たことを告げると、中年の男がすぐに腰をあげた。そして、廊下に立っている黒川に挨拶し、廊下を歩きはじめた。長椅子に患者が坐っている外科外来の前を過ぎると、男はガラスの張られたドアを押した。そこから病棟になっていて、エレベーターで四階にあがった。

男は、面会謝絶の札が出た病室の前で足をとめると、ドアを指さし、「ここです」と、黒川に言った。

黒川がドアをノックしてあけ、和夫もそれにつづいた。病室は広い個室で、ベッドに頬骨の異様に尖った女の遺体が横たわり、部屋の隅の椅子に五十年輩の男と二十二、三歳のネッカチーフを頭の後で結んだ女が坐っていた。

窓ぎわに立っていた紺の背広を着た男が軽く頭をさげた。何度か会ったことのある所轄警察署の刑事で、黒川とかれに、御苦労様です、と低い声で言うと、

「亡くなられた方の御主人と娘さんです」

と言って、部屋の隅に眼を向けた。

男につづいて娘が、腰をあげた。長身の男の顔は青ざめ、娘は泣きはらした眼をして体を小刻みにふるわせている。

黒川は、男と娘に近づくと型通りの悔みを述べ、

「法律上の規則で検案させていただきます」

と、言った。

刑事が、休憩室で待っているように、と慇懃な口調で言うと、男と娘はあらかじめ刑事から説明をうけていたらしく、無言で頭をさげて部屋を出て行った。刑事が部屋の錠をかけた。

刑事は、メモを手に説明しはじめた。死亡者の姓名、年齢を口にし、二年前子宮癌の手術を受けたが再発して二十日前にこの病院に入院した、と述べた。この日の朝、付添いの娘が地下の売店に行って病室にもどると、女が縊死をはかっているのを発見したという。

「そこに腰帯を結びつけて……」

刑事は、廊下の側にある鉄枠でふちどられた高窓を指した。

すぐに看護婦につづいて医師が駈けつけ頸部から帯をはずしておろすと、まだ心臓がかすかに動いていたので蘇生処置がとられたが、生き返ることはなかったという。正常な病

死以外の変死は、すべて監察医務院の検案を要するので、病院から所轄警察署に連絡されたのである。

ドアをノックする音がし、刑事があけると、三十歳前後の医師と二十五、六歳の看護婦が入ってきた。

和夫は、黒川にうながされて遺体のパジャマを剝いだ。手足の関節にしこりが生じていて、すでに硬直がはじまっていることが知れた。骨格図そのままに骨が皮膚の上に浮き出た裸身があらわれ、腹膜にも癌組織が転移しているらしく、腹部の下方だけがふくれ、癌手術のメス痕が刻まれていた。

黒川は、頸部に手をふれ、視線をすえた。帯の食いこんだ索溝が、顎の下から斜め後の上方に赤黒い筋となって印されている。瞼を裏返した黒川は、

「溢血点なし」

と言い、和夫は書類の所定欄にボールペンを走らせた。外観からは決して扼殺または自絞ではなく、自殺を目的とした縊死行為であることはあきらかだった。

「遺書はありましたか」

黒川が、刑事を振返った。

「ありません。遺族の話によると癌の再発を嘆いていたらしいので、病苦を悲観したものと判断しています」

刑事が、答えた。

黒川は、医師から患者が癌の末期であったことを聴取し、縊死未遂後にとった病院側の処置についてたずねた。

医師は、頸部から帯をはずさせた女を床に仰臥させて体の状態をしらべた。呼吸は停止していたが心臓に微弱な鼓動が残っていたので、マウスツウマウスの人工呼吸法と心臓マッサージをおこなった。が、呼吸は恢復せず、ストレッチャーで手術室に運んで閉塞麻酔機を装着したが、それも効果なく三十分後に死を確認し、蘇生法を中止したという。

「肋骨が二本折れているようですが、心臓マッサージによるものですね」

黒川がたずねると、医師は、そうです、と答えた。

食器棚の上に置かれた時計が、澄んだ音を立てはじめた。金色の文字盤の上で淡緑色の針が、十一時をさしている。

「解剖の必要がありますか」

刑事が、探るような眼をして言った。眼尻に乾いたやにがへばりついている。

「必要はないでしょう。検案書を書きますから事務机のある部屋に案内して下さい」

黒川は言うと、ドアの近くに立つ若い看護婦にパジャマを遺体に着せるように指示した。

医師と刑事の後から病室を出た和夫たちは、看護婦詰所の裏側にある事務室に入った。

和夫は椅子に坐ると、警察署と遺族にそれぞれ交付する死体検案調書と死体検案書を黒川の前に差出した。黒川は、所定の欄に記号のような文字で外景検査状況を記載してゆく。右足の脛の部分にみられた打撲傷は、首をくくった後に起った強い痙攣によって、その部分が近くのスチームの角に当って生じたものと認められることなども記された。

黒川は、顔をあげると、

「死因をどうするかだ」

と、つぶやくように言った。

縊死行為は駈けつけた医師と看護婦によって途中で中断されているので、死因を縊死とすることはできず、その行為によって末期症状の患者の体の衰弱が加速され、死に至ったとも考えられる。若い黒川には、いずれとも判断がつきかねるようであった。

黒川はしばらく思案していたが、立つと電話機に近づき、ダイヤルをまわした。医務院の上司の判断を仰ぐようだった。

黒川が低い声で状況を説明し、しきりにうなずいていたが、五分ほどして受話器を置いて机の前にもどってきた。

「さすがは部長だ、なれたもんだよ」

と、かれは言ってボールペンを取り上げた。

死因の欄には、一時血流が停止し意識も失ったことから遷延性窒息によるものと判断される、と記され、身体状況の欄には子宮癌の末期、と書きそえられた。

黒川が書類を書き終えると、刑事が縊死した女の夫を連れてきた。黒川は署名捺印をした検案調書を刑事に、検案書を男に渡した。

刑事は、変死であるが解剖の必要はなく、検案書を役所に提出すれば埋火葬許可証が交付され、焼骨もできる、と男に説明した。男は、うなずき、あらたまった表情で黒川と和夫に頭をさげた。

和夫は、黒川とエレベーターで階下におり、病院を出た。陽光は明るく、医務院の車に樹影が濃く落ちていた。

かれは、白衣を脱ぐと助手台に身を入れた。

車が走り出した。かれは、遺体を横向きにした時、背にかなり大きな痣があり、そこに生えた短い毛の中から二、三本の剛そうな白毛が伸びていたことを思い起した。

「あの体では、首をくくらなくても長くて一カ月はもたなかったでしょうね」

かれは、後部座席に顔を向けた。

「そんなにはもつまい。腹のふくれ具合をみると、大分腹水がたまっていたよ」

黒川は、眠そうに眼をしばたたきながら興味もなさそうに言った。

遺体を解剖するため医務院に運ぶ必要もなくてよかった、と和夫は思った。

車が坂をくだり、停止信号でとまった。かれは、眼鏡を少しずり上げると信号燈に視線をすえた。

「次は麴町(こうじまち)ですが、警察へ寄りますね」

運転手がギアーを入れながら言った。

ああ、と黒川が答えた。

車は動き出すと、道をゆっくり左折した。


私鉄の駅の階段をおり改札口をぬけると、和夫はガード沿いの道を歩いた。電車が弧をえがいた高架線の上を、車輪の音をひびかせながら遠ざかってゆく。

ガードの下の支柱と支柱の間は上下二層になっていて、倉庫に使用されている。が、しばらく行くとそれらの区劃(くかく)が二階式の住居になっていて、靴屋や駄菓子屋などもあり、店から電光が路上に流れ出ていた。

和夫は、家具商の資材置場のかたわらにある狭い階段を上ると、薄い板戸の錠をあけ、電燈のスウィッチを押した。部屋は八畳の和室と六畳の板の間で、狭い炊事場と手洗いがついている。独身のかれには十分すぎるほどの広さで、部屋代は安い。

薬缶(やかん)で湯を沸し、インスタントコーヒーをつくった。

その日、子宮癌患者以外に二体の検案をおこなった。

一体は、高級住宅街に住む七十一歳の男の遺体であった。男は二階のテラスに立っていたが、体をもたせかけた手すりの基部が腐朽していて下に落ち、庭の踏石に頭部を打って即死した。石の角には白い毛髪が血とともにこびりついていた。墜落死であることはまちがいなかったが、墜落の原因が頭蓋内出血か、心臓のショックなどで手すりにもたれかかったためか不明で、それをあきらかにする必要から解剖のため医務院に送った。

他の一体は、郊外に住む三十八歳の主婦であった。その家には三坪ほどの池があって水を浄化する循環用ポンプが置かれていたが、漏電しているのに気づかず、池の水に手をふれて死亡した。手指の皮膚が黄褐色に変色し硬くなっていて、その中央部にほぼ円形の陥没部が認められたので、感電死であることは疑いの余地がなく、その場で検案書を作成し遺族に交付した。

テレビのスウィッチをひねると、コーヒーカップを手に柱にもたれた。若い歌手が上体をゆすりながら歌っている。

かれは、画面をながめながら時折り机の上に置かれたプラスチック製の水槽に視線を向けた。そこには晩春に買った十尾ほどの目高が入っていて、いつの間にか一尾ずつの特徴を見分けられるようになっている。腹部の少しふくらんだ目高は雌で、雄は、頭部が張っていて体は細い。一尾残らず元気がよく、藻に微細な卵もうみつけたが、親がそれらを食べつくしたらしく孵化した気配はない。半月ほど前に一尾が死んだが、それは茶色い大柄な雄だった。

死んだ目高は底に沈み、白っぽく変色し、他の目高につつかれたらしく腹部がちぎれそうにくぼんでいる。そのうちに、白いかびが湧き、小さな繭玉(まゆだま)のようになっている。

時折りかれはミジンコの粉末を目高にあたえているが、餌食いもさかんなその雄だけが、どのような原因で死んだのか、かれには理解できなかった。目高の死に気づいた時、水質その他が適さず、他の目高も次々に死ぬかも知れぬと想像していたが、他の目高は相変らず餌をひろい、泳ぎまわっている。おそらく雄は、これといった原因もなく死んでしまったにちがいない。

かれは、かびに包まれた目高の死骸を見ながら十歳の折にみた父の死の情景を思い起した。若い頃水泳選手であった父は、均整のとれた逞(たくま)しい体をしていたが、胃癌におかされ死を迎えた頃には、顔も小さく骨の浮き出た体になっていた。

危篤状態におちいってからも、生れつき心臓が丈夫であるためか父に死の瞬間は容易に訪れなかった。少年であったかれにも、父の肉体が死にかたくなに抵抗しているのが知れた。首に太い綱をかけられた父が、死の世界に強い力で曳(ひ)きずりこまれてゆくのを、こらえているようにも思えた。やがて、父の呼吸が不揃(ふぞろ)いになり、父が綱の力に屈するのを感じた。

小学校六年生の折に、かれはあらためて生命というものの測り知れない強靭さを知った。遊び友達の数人が、野良猫の首に綱をかけ、裏山へ連れこんだ。猫は、家々の台所にしのびこんで食物をあさり廻ることを常としていたので、猫を殺すことに意見が一致した。

一人が綱を樹木の枝にかけ、それをひいて幹にしばりつけた。猫は宙吊りになり、暴れはじめた。和夫は、頸部を圧迫されて啼声(なきごえ)も立てられぬ猫がすぐに息絶えるにちがいないと思ったが、猫は予想に反して体を動かしつづけている。見守る友達は笑いながらながめてはやし立てていたが、いつの間にか黙しがちになった。猫の動きは変らず、絶えず脚をはね上げさせ、時折り激しく乱れる。

友達の顔から笑いの表情が消え、眼にも無気味なものを前にしているおびえの色が濃くなっていった。和夫も、猫の生命力の強さに恐れを感じた。猫が小動物という概念とは無縁の、獰猛(どうもう)な野生動物に思え、友達の中には後ずさりする者もいて、かれらの顔からは血の色がひいていた。

一人が堪えきれぬように幹にしばりつけた綱をとき、手をはなした。和夫は他の友だちと山道を逃げるように駈け下った。土の上に落ちた猫が、首に綱をかけたまま樹林の奥に走り去るのがみえた。

この折の記憶は、強い印象となって胸に刻みつけられ、父の死の情景と重なり合った。人間の肉体は機械に似て、胎内から鼓動をはじめ数十年も血液を送り出し運び入れている心臓の動きを停止させるには、想像を越えた力が必要なのだ、とも思った。

父は、田舎町の製材所の事務をやっていた身で貯えもほとんどなく、死後、生活は窮した。母は農家に臨時に雇われたり道路工事に出たりしていたが、脾弱(ひよわ)な体をしていたので過労のため寝こむことが多かった。和夫は新聞配達をして学校に通ったが、家の生活はわずかに飢えをしのぐ程度であった。

それを見かねた親戚の者から母に再婚話があった。珍しく薄化粧した母が、親戚の女と出掛けてゆき、二時間ほどして帰ってきた。先方の男は母を気に入り、その夜に話はまとまった。

和夫は、母とともにわずかな家財を載せた軽四輪車で町をはなれ、地方都市に住む男の家に行った。男は、食肉用の馬を買い集めては東京に送る仕事をしていて、妻と死別してから一人暮しをしていた。

新しい生活がはじまり、和夫は近くの中学校に通った。男の収入は多く、母や和夫に着物や洋服を買ってくれた。食事もそれまでとは比較にならぬほど豊かで、男は必ず晩酌をした。夜、和夫は階下の小部屋で寝、母は男の後について二階へあがっていった。

男は浅黒い顔をしていて、歯にプラチナをかぶせていた。和夫にも親切で気さくに声をかけたり、小遣いをくれたりした。

和夫は男に悪感情はいだかなかったが、母の男に仕える態度に嫌悪をいだいた。母は、毎日薄化粧をしていて男の身の廻りに小まめに気をくばり、男に頬笑みかけたり異様に光る眼を向けたりする。母の細面の顔にはかすかに血の色がさしていた。

和夫は、そのような母を眼にするのが堪えられず、自殺を考えたことも何度かあった。

深夜、家をぬけ出て川にかかった橋の上に立ったこともあれば、学校からの帰途、鉄道の柵をのりこえ、雑草の中に坐っていたこともある。が、その都度、父の死の情景や猫の姿がよみがえり、気持は萎えた。生と死の間には厚い隔壁があり、それを突きぬけるには大きな力が作用しなければ不可能で、死の領域に入りこむことなどできそうには思えなかったのだ。

高校に進学した年、母は妊娠し、翌年春に難産の末、女児を産んだ。その直後から、かれは家を出ることをひそかに考えるようになった。男は実子を得たことをひどく喜び、乳首を嬰児(えいじ)にふくませている母のかたわらに坐り、嬰児の頬を指先で軽くつついたりする。そうした情景に、和夫は、嬰児を中心に母と男との世界が形づくられ、自分の生活はこの家にないことを感じた。

卒業期がせまり、進学希望者と就職する者とが分けられた。かれは、進学できる立場になく、たとえ男が学費を出してくれると言ってもこれ以上世話になりたくはなかった。その都市から遠くへだたった地に行き、自立の道を探す気持をかためていた。

そのような折に、理科の教師から思いがけぬ話があった。厚生省の管轄下に臨床検査技師を養成する学校があって、学費は免除され、学生寮も完備している。在学期間は三年で、卒業後、国家試験をへて官公立の医療機関や大学附属病院などに技師として就職できるという。

理科系の学科に興味をもっていたかれには願ってもない話で、技師という言葉にも魅せられた。それに、その学校は東京にあって、男に金銭的な援助を乞うこともなく進学できることが好都合であった。

かれは、年が明けると入学試験を受け、合格通知を得て上京した。母は駅のホームまで見送り、手紙をくれるように、と何度も言ったが、かれは無言でうなずいただけであった。

かれは学生寮に入り、学校に通いはじめた。奇異に思ったのは在校生の九割近くが女子で、偶然そのような割合になったのかと思ったが、授業を受けているうちにそれも不自然な現象ではないことを知った。学科目は、治療の基礎になる血液、尿その他各種の検査に必要な知識の習得で、病理組織、薬化学、生化学、物体検査など多岐にわたっていた。それらは机の前での仕事で、女性に適した分野と言えたが、そうした方面に興味のあったかれは、学校の空気にもなじんで学業にはげんだ。そして、夜は、近くの繁華街にある大きな中華料理店でボーイとして働き、生活費を得ていた。

卒業の一カ月前、十一科目にわたる国家試験にも合格して検査技師の資格を取得し、いくつかの大学附属病院に就職しようと願書を出したが、ことごとく不採用になった。その年の国家試験合格者は多く、将来、病院の負担度の高い男子より女子が優先して採用されたためであった。かれは失望し、就職先を求めて歩きまわったが、効果はなかった。

或る日、担任の教授の部屋に呼ばれた。教授は、監察医務院から検査技師を欲しいという申出があり、すでに採用人員三名中二名が内定しているが、それに応じてはどうか、という。和夫は、即座に意志がないことを伝えた。

在学中、大学病院の手術室や解剖実習室とともに特に許されて監察医務院の解剖室も見学した。病院での解剖は死亡した入院患者の死因を確かめるためのもので、遺体も新しいので薄気味悪くはあったが視線をそらすことはなかった。医務院の解剖は、対象が変死体であるだけに病院のそれとは本質的に異っていた。遺体も死後の経過時間に長短があって、それにともなって外観もさまざまであった。外景検査も綿密で、それにつづいておこなわれる解剖も、死因の徹底究明を目的としたものだけに、手足をのぞいた体の大半が解剖器具の使用対象になっていた。

和夫は、十数名のクラスの者とガラス張りの見学室に身を寄せ合うように立っていた。明るく清潔な解剖室では、ステンレス製の四つの台の上で人体がひらかれていた。左端の台におかれた遺体は腐爛して足の骨の一部が露出し、粘液がにじみ出ていた。

解剖医は男女二人ずつで、助手らしい中年の男と若い男が台のかたわらでせわしなく作業をしていた。白衣をつけぬ二人の男が右端の台の近くに立っていたが、服装からみて警察関係者らしかった。

ガラス面を通して解剖室に顔を向けていた和夫は、遺体から視線をそらせがちだった。体が冷え、意識がしばしば薄れかけたが、手すりをつかんで立っていた。静かに部屋を出て行く者の顔は青白く、顔の毛穴がひらいてみえた。三十分ほどの見学だったが、見学室にとどまっていたのは半数にみたなかった。

かれは、解剖の助手をしていた若い男の姿を思い起した。医務院の採用募集に応じることは、変死体を日常的に扱うことを意味している。

教授は、かれが拒絶することを十分に予測していたらしく、口もとをゆるめると、

「住めば都というじゃないか。現実にあのような所で長い年月仕事をしている人がいるのだ」

と言った。さらに教授は、生真面目な表情をすると、解剖は臨床検査の基礎で、それに従事できるのは検査技師としての本来の使命をみたすものだ、と説いた。大学の解剖学教室では実験用の遺体が不足しているが、医務院では材料に事欠かぬのだから恵まれた職場だと考えるべきだ、とも付け加えた。

そのような説得にも、和夫は応じる気にはなれなかったが、教授の口からもれた二人の内定者の氏名を耳にして動揺した。一人は同じクラスの曽根英一で、他は平岡典子という学生であった。

かれは、曽根が採用申込みに応じたことを意外に思った。曽根は貧弱な体をし、かなりの内股で、体育の時間に走る時は常に最後尾であった。声もか細く、白い顔に淡いそばかすが浮き出ている。弱々しげな曽根が、変死体の解剖助手を引き受けたことが信じられな

かった。が、和夫は曽根なら不思議はないのかも知れぬ、と思い直した。曽根は、常に明るい表情をしていて、自分の体格が劣っているのを意識していないようにみえる。かれには、ひるむことのない神経がそなわっているのかも知れなかった。

女子学生が監察医務院に勤務するなどということは、想像すらできなかった。勤め口に困るはずもない女子学生が、あえて医務院からの申出に応じる気持が理解できなかった。医務院で二人の女医を眼にしたが、女には生来そのような仕事をすることにためらいを感じぬ要素がひそんでいるのだろうか、とも思った。

かれは返事を保留し、教授の部屋を辞した。ガラス面を通して眼にした解剖室の情景がしきりによみがえり、ガラス面の内部に身を入れて日を過す気にはなれなかった。が、かれの内部には若者らしい感情もきざしはじめていた。同じように医務院の見学もした曽根が申込みに応じ、さらに女子学生が就職するというのに、それを避けようとしている自分が卑劣のようにも思えた。

教授は、現実にあのような仕事をつづけている人たちがいると言ったが、かれらはかれらなりに使命感をもっているのだろうか。大学病院などに勤務し、検査台の前で顕微鏡をのぞいたり試験管をふったりして過すよりも人体をひらくことに意義を感じているのかも知れなかった。

かれは、一週間ほど就職口をさぐったが徒労に終った。このまま卒業期を迎えれば、学生寮からは出され、高い間代をはらってアパート住いをしなければならず、その生活をささえるために働く必要もある。翌春に勤め先が見つかる可能性は薄く、生活に押し流されて一生検査技師としての仕事に従事できぬ恐れも多分にある。

かれは教授室を訪れ、医務院に行くことを申出た。ためらいのない口調で述べることができたのは、曽根と女子学生に対する虚栄心からであった。

初めて勤務する日の朝、かれは曽根と駅の改札口で待合わせ、バスに乗った。平岡典子という女についてたずねると、曽根は言葉をかわしたこともあるらしく、いい女だよ、と吊皮をつかんで言った。

四階建の鉄筋コンクリートづくりの医務院は白い瀟洒な建物で、事務受付に氏名を告げると院長室に行くよう指示された。関係者以外立入りを禁ずるという紙の貼られたガラス扉を押し、二階に上ると、院長室と記された部屋があった。

ドアをノックして開けると、院長の姿はなく、ソファーに平岡典子が坐っていた。和夫は、曽根と並んでソファーに坐り、頰をゆるめて軽く頭をさげた。

小づくりの顔に長く垂らした典子の髪が印象的で、背丈は普通だったがジーパンをはいた足が形良く伸びている。和夫は、あらためて典子がこのような職場に勤める気持になったことをいぶかしんだ。

十分ほどすると、柔和な眼をした院長が部長監察医と入ってきて、和夫たちの挨拶に応えた。院長は、型にはまった訓示をし、すべて部長監察医の指示にしたがうように言った。

和夫たちは、院長室を辞して部長室に行き、監察医務院の機構と仕事についての説明をうけた。

医師が経過を十分に診ていた患者の死は病死とされて死亡診断書が出され、役所に提出されて埋火葬も支障なくおこなわれる。が、それ以外の原因不明の突然の病死、自・他殺、災害死等はすべて変死扱いとされ、警察署からの求めによって監察医務院の検案の対象になる。

監察医は、助手とともに現場におもむいて検案するが、その件数は医務院管轄下の東京都内だけで年に六千件近い。そして、検案で死因を確認できたものはその場で監察医が検案書を遺族に交付し、一般の病死と同じように埋火葬も許されるが、死因不明の遺体は医務院に運ばれる。付添いの者が遺族室で待つ間に、約一時間を要して解剖を終え、切開部を縫合して遺体を柩(ひつぎ)にもどし、埋火葬に必要な検案書を添えて医務院の専用車で柩を遺族の家に運ぶ。医務院では、さらに遺体から臓器の一部、血液、尿等を採取し、精密な化学検査、病理組織学検査をへて総合結果をまとめ、一カ月後に診断書を交付し、同時に衛生局長、検察庁、警察署に解剖報告書を送り、それによって遺族は生命保険の受領などが可能になるという。

その日は、院内の見学だけに終り、翌日から部長の指導のもとに三カ月間の研修がはじめられた。

和夫が連日おこなわれる解剖作業に堪えることができたのは、曽根と典子の存在を意識したからであった。少くとも外見上は、二人とも動揺をみせる気配はなかった。和夫は、時折り他の台で器具を扱い臓器を取り出すかれらの姿に視線を走らせたが、白衣と白帽をつけたかれらの顔に、表情らしきものはなかった。

しかし、腐爛死体が同時に二体解剖室に運びこまれた日、曽根が自分と同じように悪心とたたかいつづけていることを知った。室内に防臭剤が撒布(さっぷ)され、それが腐臭とまじり合って異様な臭いがたちこめ、かれは嘔吐に襲われたが、室外に出て行ったのは曽根の方が先だった。

和夫が洗面室でうがいをしていると、手洗いから出てきた曽根は血走った眼で、これはすごいや、とひきつれた顔に笑いの表情をうかべた。当然、典子も悪心におそわれたにちがいないと思っていたが、再び解剖室にもどってみると典子はマスクをして作業をつづけていた。和夫は、羞恥を感じた。典子には人体を切りひらき、腐臭にも堪え得る生得的なものがひそんでいるのではあるまいか、と、卑屈な気持にもなった。

和夫が職場を捨てなかった理由の一つは、部長の芝田が絶えず口にする言葉によるものであった。

「なれるんだよ、なれてしまうんだよ。おれなど三十年間もやっているが、なんとも思わなくなっている。なれてしまうものなんだよ」

芝田は、明るい眼をして言う。

なれるんだ、なれてしまえば気にならなくなる……和夫は作業をつづけながら同じ言葉を胸の中でつぶやく。それが自らへの暗示になるのか、かれは、いつの間にか遺体や死臭になじみ、半年ほどたった頃にはほとんど気にもならなくなった。

医務院で仕事を休むのは元日のみで、医師や助手は交代に休日をとる。和夫たち技師や下働きの作業員には特別手当と休日出勤手当がつくので、経済的には恵まれていた。和夫は、監察医の黒川と解剖をおこない、記録補佐員の代りに外部への検案に出掛けたりしていた。

医務院に勤務してから二年半、かれの死に対する意識は変った。危篤におちいりながらかたくなに死にさからいつづけていた父や、首を吊られながらも衰えをみせなかった猫もいるが、同時に死を呆気なく受けいれる肉体も多いことを知った。

検案、解剖の対象になる変死者は、不慮の死にさらされた者たちで、和夫は、人体が精妙で堅牢なるものである反面、些細なことが原因で機能を停止するもろいものであることも感じた。路上、車中、宴席、自宅等あらゆる場所で、突然の死に見舞われる者。スポーツの競技や練習中に急死する男女。汗疹(あせも)予防の粉を吸いこんだり、顔の上に飼い猫に坐られて口鼻をふさがれ窒息死する幼児など病・災害死は数知れない。

そうした変死体に連日のように接してきたかれは、死の要因はあらゆる所にころがっていて肉体に死を強いるもので、むしろ自分が生きているのが偶然であるようにさえ感じた。

水槽の底で白いかびにおおわれた目高の死も、他の目高が生きていることから考えて生存に適した環境での不意の死であったのだろう。

テレビの画面では、歌手が甲高い声をあげて歌いつづけている。ライトの光を浴びながら激しく体を動かしている歌手の体内の血流は速いはずで、歌うことが呼吸を無秩序にし心臓の負担を極度に増加させ、死がにわかに訪れても不思議のない状態に身を置いている。

和夫は、息苦しさを感じて画面から視線をはずした。

電車の近づく音がし、窓外の人家の物干台の柱が、ヘッドライトの光芒に明るく浮び上り、頭上に車輪のレールの接目（つぎめ）を次々に鳴らす音がつづき、遠ざかってゆく。

かれは、茶色い畳の上に仰向けになると薄く眼を閉じた。

バスを降りると、かれは傘をひろげ歩道から医務院に通じる舗装路に入った。道は、わずかに上り傾斜になっていて、雨水が路面を流れ下っている。前日までは気づかなかったが、葉のほとんど落ちた銀杏（いちょう）の梢近くに、黄色い葉とともに二個の実が寄り添うように残っているのがみえた。

関係者出入口から入り、ロッカー室で着換えをし白衣をつけて技師室のドアを押すと、温気で眼鏡のレンズがかすかに曇った。かれは、煙草をくゆらせている中年の技師に挨拶し、給湯器で茶を受け、自分の机の前に坐った。

自然に視線が壁に向けられた。平岡典子と記された木札は、休職の部にかけられたままになっている。典子が無断欠勤したのは二カ月近く前で、数日後、部長宛に休職届が郵送されてきたという。

「理由は一身上の都合とだけ書いてある。過労のため病気になったとか母親が重病なので看護しなければならぬとか、嘘でもいいからもっともらしい理由をつけてくれれば、事務処理も楽なのに……。それに、休職期間も書いてない」

部長は、苛立(いらだ)ったように言った。

典子の休職で、部長は、退任した速水という元技師に連絡をとり、臨時雇として解剖室に配置した。戦後、旧海軍看護科の下士官、兵が数名医務院に採用され、かれもその一人で一等衛生兵曹であった。国家試験が施行された折、かれらは既得権で試験を受けることもなく解剖技師として作業をつづけることを許された。例外なくすぐれた技術の持主たちで、ことに速水はぬきん出ていて三十年近くも解剖室に勤務した。かれの指は、長い間フォルマリンにふれてきたため関節が少ししか曲らなくなっていたが、解体器具の扱いは機敏で、しかも的確であった。

一身上の都合とはなんなのだろう、と、思った。典子とは医務院に勤務してから休憩時間や食事の折に言葉を交すことが多かった。言葉に北国の訛(なま)りが少しあって、澄んだ声に肉感が感じられた。典子は時折り長い髪を細い指先で後にかきあげ、その度にうぶ毛にふちどられた初々しい生え際がのぞいた。

　そのような折の典子に、和夫は女としての魅力を感じたが、作業中の彼女の表情を思い出すと気持も冷えた。典子は、女の監察医の助手をし、生来器用なのか技術の上達は和夫や曽根よりも早かった。作業中の典子は、別人のようであった。髪を白い帽子の中にまとめている彼女の顔は、下ぶくれし、顔立ちが変ってみえた。表情の動きはなく、取り出した臓器を同じように無表情な中年の女医に渡す。眼には、遺体の各個所が映っているはずだが、無機物のように固定し、指先だけが素早く動いているだけであった。

　そのような典子を眼にすると、彼女の周囲には侵しがたい壁に似たものがあって、内部に入りこむことをきびしく拒んでいるように思えた。

　彼女は、無造作な服装をして通勤していたが、半年ほど前からあきらかな変化がみられた。退勤時刻になると、化粧をし、華やかな色の衣服に着かえ、スカートをひるがえして小走りに医務院を出てゆく。医務院入口にある赤電話の前に立っていることも多く、受話器を手にしたまま長い間黙っていたり、顔に甘えの色をうかべてなにか言ったりしていた。

　一身上の都合とは、急に華やいだ彼女の服装の変化と関連があるように思えた。典子は、男女の交りの過程で生じがちな感情のせめぎ合いに身を没し、勤務に従事する気も失せて、それが休職という形にむすびついたのかも知れなかった。

……技師や記録補佐員がつづいて姿を現わし、曽根も部屋に入ってきた。そして、和夫の隣の席に腰をおろすと、

「眼鏡をつくったね」

と言って、興味深そうな眼をかれにむけた。曽根の顋（あご）には、剃（そ）り残した数本の色素の乏しい毛がみえた。

検案のため補佐員が二人連れ立って出て行って間もなく、部屋の壁にとりつけられたマイクロフォンから、

「午前中の検査は目白二件、新宿一件、志村一件です。目白二件、新宿一件が到着しています」

という声が流れ出た。各警察署の管内で起った変死の遺体が、収容室に運びこまれてきているのだ。

曽根が立ち、和夫も腰をあげた。廊下の天井から吊された蛍光燈が切れる寸前で、消えたりついたりしている。白いガラス管の中に橙色の光が透けてみえた。

準備室に入ると、すでに速水が身仕度を終えていて、和夫は曽根とゴム長靴、ゴムエプロンをつけ、帽子をかぶり、メリヤス製の手袋をはめた。

解剖室は明るく、解剖台のかたわらにある台に並べられた器具類が照明燈に光っている。

部長と黒川をまじえた三人の医師がつづいて入ってくると、作業員が死体冷蔵庫から出した遺体をストレッチャーにのせて運んできた。

和夫の前に置かれたのは、痩せた男の遺体であった。黒川が遺体の栄養状態、皮膚の性状について口にすると、補佐員がそれを黒板に記してゆく。ついで頭部が調べられ、髪と陰毛の長さの計測、眼、口腔、耳をはじめ体の表面の検索がおこなわれ、外景検査を終えた。和夫は、黒川の指示をうけて解剖刀で顎の下から股のわれ目まで、臍の左側を一直線に切り開いた。

勤務して以来八百体近い遺体を扱ってきたかれの手は、機械的に動いた。胃、腸、脾臓、腎臓、肝臓、精嚢、睾丸をつぎつぎに切り取り、重量を計測し、黒川に手渡す。黒川は、それらの臓器に縦横に解剖刀を入れ、一部をフォルマリン液の入った広口瓶に沈める。

その間に、和夫は鋏刀で左右の肋骨を切断し、肋骨を胸骨とともにはずして台に置いた。そして、心臓と両肺を取り上げ、それぞれ計量器にのせた。黒板には、臓器の重量が記録されていった。

ついで、作業員に遺体の頭部を持ち上げさせ、左耳の上にメスを入れ反対側の耳の上まで切り、切開部に指を入れて頭皮をつかみ、剝いだ。光沢をおびた頭骨があらわれ、かれは電気鋸をとると頭骨の側面に沿って円形に挽いた。栗の花に似た匂いとともに骨の粉末が散り、鋸の刃は適度な深さで移動してゆく。鋸を置いたかれは、容器の蓋でもとるように頭骨の上部をはずし、その下からあらわれた硬膜を慎重に切り開き、脳をとり上げた。かれは、それを黒川に渡し、手の動きをとめた。解体作業は終り、黒川が死因を見出すことだけが残された。

隣の解剖台では、曽根が、いつもの癖で調子をとるように撫で肩の体を動かしながら作業をしている。遺体は肥満した老婆で、解体に手間取っているようだった。

和夫は、脳を切り刻んでいる黒川をうつろな眼でながめた。解剖室に入って作業をはじめてから思考力が消えたように頭の中は空白になっている。死臭が鼻をかすめ臓器が視覚に映じているのだが、これといった感情もなく、ただ手が無意識に動いているだけであった。部長が口癖のように洩らす、なれてしまうものだといっていた言葉は、このような虚脱した時間に埋れることを意味するのだろう、と思った。

空洞化した遺体を見下しながら、或ることに気づいた。今まで開いてきた遺体とは異って臓器の形態も色彩も鮮明にみえる、神経、腺の仕組みも細部まで視覚に映じ、分泌物も照明燈に光り輝いている。毛細血管も先端までみえ、動・静脈のひろがりが、交通網図を連想させた。

かれは、眼鏡のふちに手袋をはめた指先をかすかにふれさせた。

黒川が、死因を確認したらしく、

「いいよ」

と、言った。

うなずいた和夫は、脳片を集めて頭部におさめ、頭蓋骨をかぶせて頭皮を素早く縫った。臓器を所定の位置にもどし、肋骨も胸部におさめて縫合した。それらがすべて終了すると、作業員が遺体に水をかけて血液や頭髪に散った骨粉を流し、体の表面を布で拭き、髪を梳いた。

作業員がストレッチャーに遺体を移し、冷蔵庫室の方へ運んでいった。

和夫は、黒川の後から解剖台のかたわらをはなれて準備室に入ると、エプロンをはずして廊下に出た。黒川は、解剖記録に視線を落して歩きながら、

「路上で倒れていたそうだが、死因は大葉性肺炎だな」

と、つぶやくように言った。

医務監察室に向う黒川と別れて技師室に入った和夫は、ソファーに腰をおろした。疲労が急に湧き、眼を閉じた。遺体の男は、外形からみても栄養状態が悪く、困窮した生活をしていたにちがいなかった。医師の治療をうけることもなく、行き倒れになったのだろう。

かれの胸に、作業を終えた後必ず訪れる沈鬱な気分がひろがっていた。男の臓器を見たかぎり異常らしいものはなく、肺炎の治療を受けていれば死が訪れることはなかったはずだった。男の死が、呆気ないものに思えた。

和夫は、時折り、心臓の鼓動や呼吸に異常があるのではないかと、自分の体内をうかが

うように身動きせずにいることがある。呼吸が不整になったような錯覚におそわれて、深夜起きることもある。路上を歩いている時、かたわらの建物の上部にとりつけられた看板が落ちてきそうな予感がして、足を速めることもあった。

医務院の者たちは、隣接の公立病院で定期的な健康診断を受ける定めになっていて、かれも勤務についた年の春と秋に病院へ行ったが、これ以後、足を向けることはしない。医務院で診断を受けるのは事務室の者たちだけで、部長をはじめ監察医、技師、補佐員、作業員も無視していることを知ったからだった。そして、それが連日変死者を扱っていることに原因のすべてがあり、かれも自然にかれらにならうようになった。

遺体はさまざまで、死因も多様であった。臓器は見事なほど健全で一部にわずかな故障がみられるだけで急死した遺体があるかと思うと、それとは対照的に、生きていることが不思議に思えるほど臓器が欠陥だらけであるのに、他の原因で死亡したものが運びこまれてくることもある。肥満は心臓病、動脈硬化、糖尿病などをひき起すと言われているが、それを裏づけるものは少く、動脈硬化などはむしろ痩せた者の方に多い。このような例は他にも数知れずあって、巷間(こうかん)、医学的な知識にもとづいて流布されている説と相反した例をしばしば眼にし、戸惑う。監察医や技師たちが健康診断を受けぬのは、死というものが医学判断や予測を越えて訪れてくる確率の高いことを感じているからにちがいなかった。

ポックリ病と俗称される青壮年急死症候群におかされた二十四歳の男の遺体を扱って以

来、健康診断を受ける気持はさらに失せた。その信用組合に勤務する男は、身長百七十五センチ、体重六十七キロの均整のとれた体格をし、臓器その他も健全そのものであった。男は、就寝後二時間ほどたって急にうなり声をあげて体を激しく痙攣させ、それに気づいた母親が救急車を呼んだが、病院に到着した時には死亡していたという。死因は心臓死ではなく脳死の範疇に属し、睡眠中の無呼吸発作が突然の死につながるとされているが、それを引き起させる原因はあきらかにされていない。

和夫はその後も同じ症状で急死した遺体を何体もひらいたが、死亡者は若く、自分もその年齢層にあることが無気味であった。

……ドアがひらき、曽根が顔を洗ったらしくタオルで水気をぬぐいながら部屋に入ってきた。

「脂肪が多くて参ったよ。冠状動脈がかちかちになっていて、メスも入らないくらいだった。よく生きていたものだ」

曽根は、給湯器から茶を受けながら言ったが、ふと思い出したように、

「昨日の午後、保険証書がとどいたよ」

と言って、自分の机に近づいた。

かれは、抽斗から紙袋を取り出してきて和夫に渡した。

生命保険への加入を口にしたのは、曽根だった。曽根は、他の技師たちが例外なく保険

に入っているのを知り、自分たちもそれにならおう、と言ったのだ。

和夫がためらうことなく応じたのは、曽根が自分と同じような感情をいだいていることに気づいたからであった。技師たちが加入しているのは、毎日接する遺体によって死を身近なものに感じ、それに対する恐れから自分なりの準備をととのえておこうとしていることはあきらかだった。

二十代半ばの男が保険に加入するのは稀なことにちがいなかった。が、かれは、根強い死への不安を保険の掛金を支払うことによって少しでもまぎらせたかった。と同時に、保険への加入をすすめてくれた曽根に、自分と同じ世界に身を置く者同士の親密感もいだいた。

保険金の受取人について、曽根は故郷にいる老父を選んだが、和夫は当惑した。唯一の肉親である母にするのが常識だが、再婚した母に自分の生命を代償にした金を得させる気にはなれなかった。母は、かれが上京後しばしば手紙を寄越したが、返事を出すことはほとんどしなかった。和夫の父のことをすっかり忘れ去ったように、男との生活に満足しきっている母が許しがたいものに思えた。そうした和夫の感情にも気づかぬらしく、母は、幼い女児を中心に男と三人で撮した七五三の祝いの写真も送ってきたりした。かれは、それを一瞥しただけで屑籠に捨てた。女児が自分に似て眉毛が濃いことも不快だった。

かれは、考えあぐねた末、父の墓が立つ故郷の菩提寺の住職を受取人にした。自分の死後、保険金で父の墓のかたわらに小さな墓を立て、残金は永代供養料にして欲しい、と手紙に書いて送った。

「部長に笑われたよ、時計を月賦で買っている身なのに保険に入ったのかって……。そう言う部長も奥さんを受取人にかなりの額をかけているそうだ」

曽根は、サンダルをはいた足を伸ばした。

和夫もくつろいだようにソファーに背をもたせた。保険証書を手にしたことで、わずかながらも気持が安らぐのを感じていた。

昼食後、作業は定刻通り午後一時からはじめられた。

かれの解剖台に運ばれてきたのは、ガス瞬間湯沸器の事故で中毒死した二十三歳の女であった。口唇、耳、爪が淡紅色を呈し、鮮やかな朱色をした屍斑がみられ、外景検査だけでも一酸化炭素中毒死の特徴が顕著であった。かれは、メスを動かし、肋骨をはずして臓器を次々に取り上げた。

遺体が運ばれてきた時、頭部を眼にしたかれは、かすかに顔をしかめた。茶色に染められた女の頭髪は長く、そのような髪の頭部にメスを入れるのは厄介で、縫合もわずらわしい。

作業員が長い髪に水をかけ、櫛（くし）を使って前後に分けて手で押えた。女の顔が髪にかくれ、和夫は、髪の分け目をたどって慎重に皮膚を切り開いていった。毛髪がメスにからみ、その度に作業員が櫛でメスの刃先から長い毛をはずして梳き直す。それが何度もくりかえされ、ようやく切開を終え、頭皮を剝ぐと露出した頭蓋骨に鋸をあてて脳を摘出し、黒川に渡した。

和夫は、淡い陰毛にうつろな眼を向けたり脳を切開している黒川をながめたりしていた。やがて黒川の死因の検索も終り、和夫は臓器を体内にもどし、十分近くもかかって針にからみつく毛髪を取りのぞきながら頭皮の縫合を終えた。

作業員が胸から下腹部にかけての縫合部分に肌色のテープを貼り、遺体をストレッチャーで冷蔵庫室に運んでいった。

黒川が解剖台のかたわらをはなれかけた時、隣の解剖台で臓器を切開している芝田が、

「珍しい例だから見ておけよ」

と、黒川に言った。

黒川は芝田に近づくと机の上に置かれた検査記録の紙片を手にとり、眼を通してから和夫に渡した。

遺体は三十五歳の主婦で、突然叫び声をあげて倒れたので救急病院に運ばれた。翌日、口唇チアノーゼ、呼吸困難、胸内苦悶も消えたので胃内視鏡等により診察したが異常はみられなかった。病院では後腹膜腫瘍（しゅよう）の疑いをいだき、造影剤を動脈に二回にわたって急速注入したが、三十分たった頃ショック状態を呈し、救急蘇生術がおこなわれたが、造影剤

注入後約三時間で死亡したという。それは変死扱いとされ、遺体が医務院に運びこまれてきた。

「気管に管を入れて人工呼吸をし、心マッサージ、カウンターショック療法などの積極的な蘇生術をやっている。肋骨が折れ、胸部に皮下出血がある」

芝田は、肋骨をメスでさし示した。さらに腹膜をひらいてみせ、

「病院の推測通り腫瘍がある。検査結果を検討してみないとわからぬが、血管造影剤の注入によって腫瘍からカテコラミンが大量放出し、そのためのショックを起したのだろう」

と、言った。

精密検査の粗雑さで死亡した遺体が運びこまれてくることはあるが、造影剤の注入だけでショック死した遺体を眼にするのは、和夫にとっても初めてであった。

芝田が、閉じていいよ、と言うと、曽根が臓器を体内におさめた。

その日、和夫は少憩の後、再び黒川と解剖をおこなった。遺体は便所で倒れているのを同居人によって発見された七十歳の男であった。前額部に擦過打撲傷があったが、それは倒れた折に壁に額を打ちつけたものにちがいなく、死因は心臓破裂であった。作業を終えたのは、午後三時すぎであった。

かれは、準備室でエプロンと手袋をはずし、長靴をサンダルにはきかえると浴室に行った。作業をした者は入浴するが、それは体を清めると同時に死臭を体から取りのぞくため

であった。

タイル張りの広い浴室には、監察医、技師、作業員らのにぎやかな声がみちていた。和夫は、湯に身を沈め、しこった腕を何度も伸ばしたりもんだりした。

湯からあがると、石鹼で頭を洗い、体中に泡を立てた。天井に近いところにガラス窓がつらなっているが、眼鏡をはずしているためぼやけてみえる。曽根が、作業員と肩を流し合っていた。

浴室から出て着換えの下着をつけていると、芝田が入って来て着衣を脱いだ。

「村瀬、平岡君の母親から手紙が来てな。あの娘（こ）、死んだそうだ」

芝田が、パンツをぬぎながら言った。

和夫は体をかたくし、芝田を見つめた。

「なんで死んだんですか」

「それは書いてない。日光の山中でこの世を去りましたとあるだけだが、文面から察すると自殺のようだな」

芝田は釈然としない表情をしてガラス扉をあけると、湯気の立ちこめる浴室に入っていった。

和夫は、椅子に腰をおろした。華奢な体つきをした典子の姿が思い起された。顔の色艶はよく、体にこれといった故障もないようだった。交通事故にでも遭ったのか、それとも芝田の言う通り自ら命を断ったのだろうか。一身上の都合という漠然とした理由で休職していることと死亡場所を考えてみると、芝田の推測が当っているように思えた。

しかし、和夫は典子の死を自殺とむすびつけることにためらいを感じた。少くとも典子は二年余も変死体に接し、その数は数百体に及んでいるはずで、多くの自殺した遺体も手がけている。自分がそうであるように、典子にとっても死は身近なものであり、生命そのものが存続しているのは偶然の結果だと感じているはずであった。

そうした意識から、解剖室に勤務する者は、自殺などに少しの関心もないようにみえる。和夫も自殺した遺体を扱うたびに、それらの男女に滑稽感に似たものすら感じるようになっている。かれらは行為を実行に移す前、あれこれと思い悩み、その末に綱に首をかけ、薬物をあおるのだろう。が、死は、かれらが思いつめて決行しなければならぬほど物々しいものではない。和夫には、自殺者の意気ごみが大袈裟（おおげさ）なものに思え、それは解剖室で作業をする他の者たちにも共通した意識にちがいなかった。

芝田は、自殺らしいと言ったが、釈然としない表情をみせたのは基本的にあり得ぬことだと思っているからにちがいなかった。自分たちに自殺は無縁なものだ、と和夫は思った。

作業員につづいて、曽根が浴室から出てきた。かれは、和夫に視線を向け、下着をつけると向き合った丸椅子に腰をおろした。

「平岡さんが死んだんだってね」

曽根は、煙草にライターの火をつけた。

「部長は、自殺らしいと言っていた」

和夫が言うと、曽根は、暗い眼をして黙っていた。

和夫は、曽根から煙草をもらい、くゆらした。

二人は、無言で坐っていた。

「同期の三人のうち、早くも一人が欠けたわけか」

曽根が、煙草の灰をかたわらの空缶の中に落しながら低い声で言った。


年末が近づき、毎年の例で搬入されてくる遺体の数が増した。日曜出勤がつづき、かれは疲れきって高架線の下の部屋にもどると、早目に就寝した。始発の電車が通る音がしても目覚めぬことが多かった。

年が明け、和夫たちは交代に休日をとったが、部長は元日を休んだだけで出勤していた。

一月中旬、和夫は代替休暇をとり、浅草から私鉄の特急電車に乗った。日帰り旅行をすることは曽根に告げてあった。

一週間前、和夫が日光に行ってみたいともらすと、曽根は真剣な表情をして、おれも行ってみたいが休日がとれぬので、君だけでも行ってくれ、と言った。かれは、典子の親に悔み状を出したが、それだけでは気がすまず、典子の死んだ地におもむいてみたいと思っていた、と告げた。

和夫の旅の目的は、曽根と同じ感傷的な心情から発したものだが、典子の死因が不明であることに落着かぬ思いで、それをたしかめておきたい気持が強かった。

日光山中の死であれば、正常な病死とは考えられず、変死扱いにされているはずであった。その方面は監察医制度から除外されていて行政検察医が検案、解剖をすることになっている。名簿を繰ると日光で診療所を開業している医師がその指定をうけていることを知った。

一人欠けた、という曽根のつぶやきが胸にしみついていた。かれらが医務院に入って以後、新たに雇われた者はいない。検査技師を必要とする病院が激増し、医務院の募集に応ずる者はいないのだという。和夫は、曽根と二人で寄り添っているような物悲しい気持にもなっていた。

かれは、自分の視線が車内の乗客たちの体を自然に探っているのに気づいていた。それは医務院に入って以来習性化したもので、肥満した男や女の体を眼にすると、メスを胸部から腹部にかけて引きおろす時に盛り上るように現われる脂肪が思い起され、頭髪を短く刈った男を見ると切開も縫合も容易だ、などと思う。

かれには、悠長な表情をして談笑したり紅茶を飲んだりしている乗客たちが不思議なものに思えた。かれらは、死に突然襲われることを予想すらせず時間を楽しんでいるようにみえる。

かれは、座席の背を後に傾け、窓外に眼を向けた。前方に雪におおわれた山なみが、澄んだ空を背景につらなっていた。

……診療所は、中禅寺湖の近くにあった。

電話をかけてあったので、雇われているらしい女が応接室へ案内してくれた。

かれは、長い間待たされた。電話を二度かけたが、いずれも医師は往診中で、二度目の電話で会う時間が指定された。

隣室に人の気配がすると、白衣を着た六十年輩の痩せた男が入ってきた。和夫は名刺を出し、挨拶した。

男は、長身の体を椅子にもたせかけると、電話での来意をきいていたらしく、

「あの娘さんは監察医務院に勤めていたのかね」

と言って、名刺にあらためて視線をむけた。

男は、監察医務院の前院長や定年退職した監察医と面識があることを口にし、三十年前からこの地域の検察医をしていて、検案、解剖に従事していると言った。

「あの娘さんのなにを知りたいんだね」

男は、煙草をとり出した。

「死因です」

「それは自殺だよ、睡眠薬をのんでね」

男は、無表情に答えた。

睡眠薬で自殺をはかる者は死亡するまでの時間が長いので、大半が営林署員、ハイカーなどに発見されるが、季節柄山歩きをする者が少く、それに現場が人眼にふれぬ林の中の窪みであったので二カ月近く発見されなかったという。

和夫は、茶色いしみの所々にうかんだ男の顔を見つめた。典子の死は自殺ではなく、山中で道に迷い斜面から落ちて死亡したのではないかと思ったりしていただけに、男から自殺であることを告げられると意外な気持がした。ハンドバッグに失恋した旨を記した遺書もあり、自殺であることがあきらかなので検案だけですませたという。

部屋に案内してくれた女が、コーヒーを運んできた。男は、物憂げにカップにミルクを入れると、

「君も知っているだろうが、確実に死のうと考えている人間は首吊りが多い。睡眠剤ではなかなか死ねないし、あの娘さんも死ぬという強い気持はなかったのかも知れないが、服用した量が致死量に一致していた」

と、言った。

「遺体の様子はどうでした」

「半ば白骨化していた。こんなことを言っていいかどうかわからんが、骨盤にプラスチッ

ク製の避妊リングがはさまっていた」

男は、口をすぼめてコーヒーをすすった。

電話のベルがかすかにきこえ、看護婦がドアを細目にあけると、往診依頼の電話だ、と言った。男は立ち、部屋を出て行った。

かれには、これ以上男からきくことはなかった。男は多忙らしく、辞去すべきだと思った。かれは、眼の前に置かれたカップを取り上げて少し飲んだ。

廊下に足音が近づき、男がドアを開けて入ってきた。和夫は腰をあげ、丁重に礼を述べた。男は、診療所の出入口までついてきて見送ってくれた。

扉の外に出た和夫は、きびしい冷気に身をちぢめた。かれは、根雪におおわれたゆるい傾斜の道をおりた。

遺書に失恋したことが記されていたというが、推測通り休職は男の存在と関係があったことを知った。容易に想像できることだが、男が典子のもとを離れていったのは、彼女の勤務先の仕事の内容を知ったからなのだろう。典子はうろたえて勤務をやめたが、男との関係を恢復するには至らなかったにちがいない。

車道を横切ると、湖畔の空地がひろがっていた。雪が斑らで、人の姿はない。岸に塗料のはがれたボートが、裏返しにされてつらなっていた。

かれは、コートの衿を立ててベンチに腰をおろし、湖を見つめた。

自分には、たとえどのように精神的に追いつめられた立場におかれても自ら命を断つなどということは考えられない。同じ仕事をつづけてきながら、典子が自ら命を断ったのは一般人の感情をそのままもちつづけていたからにちがいない。

それとも……、とかれは思った。生きていることと死との隔壁は他愛ないほど薄く、それを知っていた典子は、むしろためらうこともなく死の領域に足を踏み入れていったのだろうか。

湖面は静止し、囲繞（いにょう）する樹林や山々を冬空とともに映している。眼鏡のレンズを通して、枯れとがった樹々の枝が網目のようにみえた。

寒気に堪えきれず、腰をあげた。診療所の後方に重なり合うようにつづく丘陵に眼を向けた。白骨の露出した典子の遺体が、雪におおわれた丘陵の光景と重なり合った。

かれは、コートのポケットに手を入れ車道の方に歩きはじめた。

花曇り

ホームの反対側を急行電車が走り過ぎ、人気のないホームに土埃（つちぼこり）が舞いあがった。洋一は、自分の乗っている電車がすぐにそれを追って発車するにちがいないと思ったが、ベルは鳴らない。車内は空いていて、乗客が点々と座席に腰をおろしているだけであった。ようやくドアがしまり、電車が動き出した。線路の継目に車輪のあたる音が前方から近づき、車輛が左右にゆれ、吊革がおどった。駅の両側には柵をへだてて飲食店、商店などが看板をみせて並んでいたが、すぐにそれらは消えて、さまざまな形と色をした住宅がつらなるようになった。右手は高台で、傾斜地に窓ガラスを光らせた大きな和風の家が見え、その上方に金網のフェンスにかこまれた学校らしい鉄筋コンクリートの建物がある。赤松が、周囲に太い枝を伸ばしていた。

洋一は、その建物を見あげながら、自分だけが小学校に行かず母と電車に乗っていることに後めたさに似たものを感じた。

朝、いつものように定刻に起き着替えをはじめると、ベッドの毛布の衿から顔を出した母が、

「今日は学校へ行かなくてもいいのよ」

と言い、眼を閉じた。風邪ぎみであるとか消化不良を起しているとかすると、大事をとって学校を休ませる母だが、体は少しも悪いところはない。窓の外には、春らしい明るい陽光がひろがっていた。

理由がわからぬままに再びパジャマを着てベッドに入ったが眠れず、退屈だった。かれは、ひそかにベッドからおり、食堂に行くとテレビのボタンを押し、音量を低くした。が、どの局の番組も大人がしゃべっている映像しかうつらないので、テレビを消した。窓から路上を見おろしてみると、すでに登校する生徒の姿はなく、クリーニング屋の白い小型のライトバンが、マンションの入口にとまっているだけであった。

母が寝室から出てきたのは十一時近くで、ネグリジェの上にガウンをまとったままパンを焼き、ハムを切った。眉毛を短くカットしてある母の顔は、はれぼったい眼をしているので白けてみえる。パンにマヨネーズを塗ったが、半切れほど食べると、コーヒーを黙って飲んでいた。

洗面をすませた母が黒い服を着、さらに小抽斗から新聞の小さな切り抜きを出すのを見

たかれは、ようやく学校へ行かなくてもよいという言葉の意味を理解することができた。一昨日の朝、新聞を見つめていた母が、パパよ、と言って或る個所をさししめした。父の姓名が活字になり、横に黒い線がひかれていた。母が学校を休ませたのは、父の葬儀に自分を連れてゆくためであることを知った。

洋一は、母が出してくれたよそゆきの紺色の洋服を着た。母は、髪を後でまとめ、白粉は塗ったが唇に紅はささず、マスカラもつけなかった。

黒い服の上に紫色のコートを着て座席に坐っている母は、いつもとちがってつつましくみえた。膝の上の黒いハンドバッグに置かれた指の爪のマニキュアも無色で、前に顔を向けたまま坐っている。

葬儀と言えば、昨年秋に営まれた祖父の葬儀の情景は印象深く、その折に初めて母の生れ育った地も知った。

新設された新幹線の列車に乗り、いくつ目かの駅で特急列車に乗り換え、二時間ほどして菊人形の飾られている駅でおりた。駅前から乗ったタクシーは、古びた家並のつづく町をぬけて、田畠のひろがる道から山道に入った。くねった道を長い間進み、短いトンネルを過ぎると、藁葺屋根の家が点在する地の小川のかたわらでとまった。

母は、川沿いに歩き、白い幟のような長い旗のひるがえっている家に入った。家には黒い着物や服を着た人たちがいて、エプロンをつけた女たちが台所と部屋を往き来していた。

白い布におおわれた大きな桶の前に坐った母は、机におかれた灰壺に線香を立てて合掌し、洋一もそれにならった。年老いた男が桶の蓋をとり、母に見るよううながした。近寄って中をのぞきこんだ母は、顔を伏せると、ハンカチを口にあてた。

膝をついている母の肩に手をおいて立っていた洋一は、背伸びをして内部を見た。地肌のすけた短い白髪の老いた男が、坐っていた。首の後からまわした太い縄が下方に張られ、掌を組んだ手首に縛りつけられている。薄茶色の染みのういた顔の皮膚が青白く、それが死んだ人であることを知ったかれは、めまいをおぼえて母の体によりかかった。

母と挨拶を交す女たちは、感嘆したように眼を大きくひらいて、きれいになった、と強い訛りの言葉を口にし、洋一に顔を向けて、きれいな子だ、と言って見つめていた。男たちも笑顔を向けて挨拶をしていたが、なかにはうかがうような眼をして黙っている人もいた。

母の肌の白さとなめらかさは、女たちの間で際立っていた。女たちの顔は一様に日焼けし、中年の女の頰には、糸みみずのような細い血管がうき出ていた。男も女も、衣服から観葉植物の鉢の土に撒かれる肥料の粉に似た匂いがしていた。

母は、幼い頃から親しかった女の肩に手をおいて、なつかしそうに眼をかがやかせて話し合ったり、老いた女の手をにぎって涙ぐんだりしていた。母の声には張りがあり、表情も生色にみちている。かれは、母が自分の存在をすっかり忘れているらしいことに、嫉妬に近いものを感じていた。

やがて桶が太い角材に綱で吊され、かつぎあげられて家を出た。位牌、写真の入った額、花などを手にした人たちが桶の前後に列をつくり、僧が鉦をたたきながら読経して細い道を進んだ。先頭には旗竿を持った男が歩き、長く白い旗がなびいて洋一の顔にふれ、再び舞いあがる。

坂道をたどると、墓の並ぶゆるやかな傾斜地があり、その一部に穴がうがたれていた。桶が底におろされ、土が落されて、やがて盛り土になった。僧の読経に人々は唱和し、洋一は、かたわらに突き立てられた旗を見あげていた。

家にもどると、二間つづきの部屋に長い台がいくつも置かれ、食物を盛った大皿が並べられていた。お銚子が次から次へ運ばれ、台をはさんで坐った男たちが杯をとり、女たちが酌をした。声が徐々にたかまり、笑い声も起って、にぎやかな空気になった。

年老いた白髪の男が母を呼びにきて、洋一は母とともに、男について奥の小さな部屋に行った。そこには母の兄とその妻が、かたい表情をして並んで坐っていた。

白髪の男が、低い声で母に話しはじめた。兄は少し眼を伏せ、妻は背をまるめていた。

「遺産と言っても田畠とこの家と、それに小さな山林があるだけだしな」

兄は、けわしい眼をしてつぶやいた。

頬をゆるめてきいていた母が、口をひらいた。

「私はこの家を出た女で、そのようなものをもらってもどうにもなりません。兄さんたちのいいようにして下さって結構ですよ」

その言葉に、老人は大きく何度もうなずき、兄は表情をやわらげた。洋一は、顔を伏せた兄の妻が少し歯をのぞかせて笑っているのを見た。

兄は上機嫌になって母の手をとり、客たちのいる部屋に連れて行くと、台のかたわらに坐らせた。兄から杯に酒をついでもらっている母は、相変らず口もとをゆるめていた。

その後、葬儀の営まれる家を見るたびに旗がないかと探るのが癖になったが、一度も眼にしたことはない。それらの葬儀はなんとなく事務的な感じで素気なく、白い旗の後から列をつくって歩く葬儀の方がはるかに好ましく思える。

父の葬儀はどのようなものなのか。おそらく町で見かけるのと同じであるにちがいないが、それは町の習慣でやむを得ないことなのだろう。


電車が速度をゆるめ、車内アナウンスが次の停車駅を告げた。母は腰をあげ、洋一も立ち上った。

電車が停止し、ドアが開いた。小さな駅で、降車客は少い。

動き出した電車の方向にホームを歩き、改札口を出た。両側に桜の樹が寄りかたまっていて枝を長く伸ばし、花弁が駅前のせまい広場に散っている。

まばらに商店が並び、喫茶店の脇から入る道があって、角に紺色の背広を着た若い男が二人立ち、一人が矢印のついた紙を胸の前にひろげていた。

降車客の中に黒い服を着た中年の男がいて、かれらに近づき言葉を交すと、道を歩いてゆく。母は、若い男たちの前で軽く頭をさげて通り過ぎた。

長い塀のある家が多く、和風の建物が門の奥に見える。瀟洒(しょうしゃ)な洋風の家もあって、芝生のひろがる庭の一郭にある花壇には色とりどりの花が咲いていた。

黒い線でふちどられている矢印のえがかれた紙が電柱に貼られていて、母はそれに視線を向けながら前方を歩く男についてゆく。やがて母の足どりが少しずつおそくなり、男が角を曲って消えると立ちどまった。右側の洋風の家のガレージでは、紺のセーターを着た男が、ホースを手に車を洗っている。

洋一がいぶかしそうに見あげると、母は再び歩き出した。

角にくると、母は首を伸ばして男が歩いて行った道をうかがうように見つめ、洋一も視線を向けた。少しはなれた家の前に、黒い服や着物を着た人たちが立ち、道の両側に花輪がつらなっている。白いテントも張られていた。

母は、少し身をひくとその場から動かなくなった。花輪の並ぶ家では、あきらかに父の葬儀がおこなわれ、母も焼香するためマンションを出たはずなのに、なぜ近づこうとしないのか。花輪や人の数からみて、これまで眼にした葬儀よりかなり大がかりのものらしく、どのような祭壇が設けられているのか見てみたかった。

かれは、歩き出そうともしない母に不満をおぼえたが、幼い頃から身にしみついた習性ですぐに諦めの気持も湧いてきた。

母は、マンションの部屋以外では「パパは一緒に坐れぬ人」という言葉を、かれに言いきかせるように何度も口にした。

春や夏の休暇に、父は必ずと言っていいほど旅行に連れて行ってくれたが、マンションを出る時は母と洋一の二人で、途中、父はどこからともなく現われる。新幹線のグリーン車に乗ると、発車間際に入ってきて、視線を一瞬向けるが、少しはなれた席に坐り、近づいてくることはしない。下車する時も素知らぬ表情でホームの階段をおりてゆく。洋一は、母とタクシーでホテルに向うが、夕食後、しばらくすると父から電話がかかり、母が出掛けて行き、洋一は一人で寝る。

同じホテルに泊ったのは、北海道の網走に行った時だけであった。その折も羽田から同じ飛行機に乗りながら父ははなれた席に坐り、千歳でおりた洋一は、母と札幌のホテルに行った。翌日、プロペラ機で網走へおもむくと、夜、父がホテルの部屋に入ってきて、並べられたベッドで寝た。

翌朝、三人でタクシーに乗って海沿いの道を走り、毛蟹を食べたり海をながめたりして、夕方、旭川へついたが、父はどこかへ去った。父の姿を見たのは、帰途、千歳から乗ったジェット機の機内だった。

新幹線の列車の車内で、父は二度、顔見知りらしい人に声をかけられ、親しげに話し合っていた。一度は外国人をまじえた四人の男たちで、立ち上った父が外国人と英語で話をし、何度も握手をしていた。髪の少し白い長身の父が自信にみちた男にみえ、多くの人と交際があるのが感じられて、得意でもあった。母は、父の方から視線をそらせ、窓の方に顔を向けていた。

「パパは一緒に坐れぬ人」という母の言葉には、父が社会的に重要な地位にある人だという意味がふくまれているらしい。父は、マンションの部屋以外では近づいてはならぬ人で、葬儀も例外ではないのだろう。

黒い服を着た男や女たちが、かたわらを過ぎて花輪の並ぶ方へ歩いてゆき、テントの中に入り、松のかぶさっている門内に消えた。母は、かれらが通り過ぎる時、顔をそらしていたが、いぶかしそうな眼を向けてくる者はいなかった。

家の前に立っている人たちが道の両側に寄ると、その間から幅の広い霊柩車が姿を現わし、門を少し過ぎた所でとまった。勾配のある車の屋根には、赤みをおびた金属板がまばゆく光っている。

母は少し足をふみ出し、その方向を見つめた。

しばらくすると、白い布でつつまれた棺が男たちに支えられて門から運び出され、車の後方に消えた。それにつづいて額に入った写真や白木の位牌を胸にした人たちが出てきて、一個所に寄りかたまった。

マイクを通して男の声がしはじめたが、こもったような声できさとれない。挨拶が終ると、路上にいた人たちが一様に頭をさげた。

数人の男があわただしく動き、位牌を胸にした人たちが霊柩車のかげにかくれていった。やがて、一人の男が霊柩車の運転台に近づき、白い手袋をはめた手をあげると、車がゆるやかに動き出した。道をふちどった人たちが頭をさげ、掌を合わせた。

霊柩車は、屋根の金属板を光らせながら近づいてくる。母は、コートをぬいで角の電柱のかげに身をひき、洋一もそのかたわらに立った。

眼の前に霊柩車が現われ、過ぎてゆく。母は、紫色の数珠(じゅず)を指にかけて掌を合わせ、頭をさげた。洋一は、去ってゆく車の屋根に眼を向けていた。

後から黒い車がつづいてゆく。窓ガラスを通して位牌を手にした女と写真の額を胸にした二十二、三歳の男が見えた。車は十台ほどつづき、最後に中型バスが過ぎた。母は顔をあげ、車の列が遠ざかるのを見送った。

洋一の肩に母の手が置かれ、道を引返した。母は、数珠をハンドバッグにおさめ、白いハンカチを取り出すと眼にあて、洟(はな)をすすった。

後方から黒い服や着物を着た人たちが歩いてくる。それを眼にした母は、駅への道をたどらず、左手の道に入った。すぐに突き当りになっていて、右に曲ると家はなく、両側に樹木の生いしげった地がつづき、ゆるい下り坂になっていた。

祖父の体をおさめた桶は太い角材でかつがれて墓地にゆき、土に埋められたが、父の遺体は車で火葬場に運ばれ、焼かれて骨になるのだろう。今後、父がマンションにくることはないのだと思うと、淋しい気がした。

父がマンションにやってくる時間は、まちまちだった。学校へ行っている間にくることもあり、ドアのチャイムのボタンを押すと、少し間をおいて母が顔を出す。寝室で父がネクタイをつけて、帰り仕度をしたりしていた。

夕方入ってきて、紅茶かコーヒーを飲んであわただしく出てゆく日もある。夜やってくることも多かったが、洋一が寝てからしばらくして去るらしく、朝、眼をさますと父の姿はなかった。

部屋に入ってくると、父は、洋一の頭をなで、抱きあげて頬ずりをする。「元気か」というのが父の口癖で、眼に優しい光がうかんでいた。父には父にだけしかない匂いがあって、それが頭髪からかワイシャツの衿もとから漂い出てくるのか、わからなかったが、その匂いにふれると気持が安らいだ。

洋一をおろすと、母の体を抱き寄せ、唇を押しつける。背をそりぎみにして眼を閉じている母の瞼（まぶた）は、いつも生き物のようにかすかにふるえていた。唇をはなし父の胸に顔を寄せている母が、こちらを笑いをふくんだ妙に光る眼で見つめていることもあった。

母が父と寝室に入った折には、ドアにも近づかぬよう言われていた。内部で鍵のまわるかすかな音がした。

昼間であれば、所在ないのでポケットゲームをしたり、時には鍵を手に部屋のドアをしめて近くの小さな遊園地に行く。勉強机の前に坐って宿題をしたりしていると、寝室から出てきた父が、「偉いぞ」と言って頭をなでてくれた。

父と母はひどく仲が良かったが、時には険悪な空気になることもあった。空気がおかしい時は、父が頭をなでるだけで抱きあげることをしないので、すぐにわかった。父は母を抱くこともせず、食堂の椅子に坐って黙って煙草をすったり、他人の部屋をみるような眼で見まわしたりしていた。昼間ならさりげなく外に出るが、夜の場合は勉強部屋に入る以外にない。その余裕もないうちに母が急に強い言葉を父にあびせかける時には、体が動かなくなった。

母がよく口にするのは、ズルイという言葉で、泣きながらわめくように言うこともある。父は、母の感情がそれ以上たかぶるのを恐れるらしく口をつぐんでいた。

父は週に一、二度やってくるのが常であったが、そのような空気になった後は姿をみせない。それでも十日ほどすると、夜、酒の匂いをさせてやってきたりして、洋一を抱きあげ、母も抱く。そのくりかえしに、洋一は、母と父が諍（いさか）いをしても必ず旧に復するのを知り、気づかうこともなくなった。

しかし、一昨年の末の場合は、様子がちがっていた。ニンチという言葉を母が口にしたのがきっかけで、それは翌年春、洋一が小学校に入学することと関係があるらしかった。さからうことをしない父が珍しく顔色を変え、それは初めに約束したことだ、と声を荒らげ、それきり口をつぐんだ。母が声をかけても返事をせず、立ち上るとドアの外に出て行った。

歳末から正月にかけて父はこないのが習わしだったが、幼稚園の冬休みが終り、卒園式が近づいた頃になっても姿をみせない。母は暗い表情をして、窓から下方の道を見おろし、書きかけた手紙を破って屑籠に捨てるのを洋一は見たこともあった。

父が部屋に入ってきたのは二月下旬の雪が降っている夜で、大きなデパートの紙包みをさげていた。中から出てきたのは黒いランドセルで、洋一に背負わせると、そのまま抱きあげ頬ずりをした。抱かれた母は、父の胸を拳でたたいて涙を流していた。

雑木林につつまれた道を下ってゆくと、前方に池が見えてきた。

道をおりた母は、左右に視線を向け、池に沿って歩き出した。

ゆるく弧をえがいた道のかげからにぎやかな声が近づき、黄色い帽子をかぶった幼稚園児たちが女の人にかこまれて現われ、かたわらを過ぎてゆく。カメラ道具を肩にかけた男が、少しおくれてついて行った。

　樹木のつらなりがきれ、母は池のふちで足をとめた。かなり広い池で、桜の樹が岸をふちどっている。池に面して赤い小旗を出した茶店があり、老いた男と女が縁台に坐って池をながめている。おでんの鍋が置かれ、湯気がただよい出ていた。茶店のまわりにも桜の樹がある。

　母は、茶店に近づくと縁台に腰をおろした。洋一は、岸に立って池の水面を見つめた。魚を見たかったが、散った花が風に吹き寄せられる場所らしく、花びらが分厚く浮び、かすかに上下にゆれていて、水面の見える個所はなかった。

　母に呼ばれ、池のふちをはなれて縁台に腰をかけた。

「ママはところてんにするけれど、洋一は？」

　母の視線を追って、板壁に並べて貼られている細長い紙を見つめた。口にしたいものはなく、ジュース、と答えた。

　盆にところてんとジュースの瓶、コップがのせられて運ばれてきた。洋一は、母がジュースを注いでくれたコップを手にした。茶店の周囲に花びらが散り、縁台の近くにも落ちている。

　霊柩車の屋根に光っていた金属板の色が思い起された。なぜ車にあのような屋根がつけられているのだろうか。元気そうだった父が、柩の中に入れられて車で運ばれて行ったことが信じられない。

白いヘルメットに白衣をつけた三人の男が、担架を手に部屋に入ってきたのは、三日前の夜であった。居間で寝ていた洋一は、それまで母の声と電話のベルの音を夢現(ゆめうつつ)にきいたような気がしていたが、眠って間もない頃だったので眼をさますことはなかった。

体を起した洋一は、男たちが寝室の中に入り、すぐに担架の棒を前後してつかんで出てくるのを見た。担架の上には、眼と口を大きくひらいた父が、毛布につつまれ仰向けになっていた。男たちがドアの外に出ると、ネグリジェにガウンを羽織った母が、その後からついて行き、ドアがしめられた。

洋一は、ぼんやり坐っていたが、マンションの前の道から広い道に出たあたりで、急にサイレンの音が起るのを耳にした。その音が遠ざかり消えると、深い静寂がもどった。重い眠気が体にのしかかってきて、身を横たえると眼を閉じた。

どれほどの時間がたった頃か、再び眼をあけた洋一は、ジャンパーを着た二人の男と若い背の高い警察官が、部屋の中に立っているのを眼にした。洋一は、身を横たえたまま男たちが母とともに寝室に入り、警察官がドアの外から内部をのぞきこんでいるのをながめていた。窓に垂れた白いカーテンが少し明るみをおびていた。

寝室から出てきた母が近づいてくると、枕もとに坐って顔を寄せ、朝食はカップヌードルですませて学校へ行くように、と言った。顔が別人のように土気色をしていてむくみ、眼が赤かった。かれは、その顔になにか変事が起ったことを感じ、空恐しさをおぼえてうなずいた。

母が着替えをし、男たちと部屋を出て行った。かれは、しばらくの間、ドアがひらいたままの寝室の方を見ていたが、いつの間にか眠ってしまった。

目覚し時計の音に眼をさまし、カップヌードルを出して魔法瓶の湯を注いで食べ、ランドセルを背負って部屋を出た。眠りを破られたので、授業中に居眠りをし、先生に注意され、友だちに笑われた。

学校から帰ると、母はもどっていた。黙ったまま食堂の椅子に坐っていたが、立ち上ると服をぬいだだけでベッドに入り、眠った。

その日はだれもこなかったが、昨日の夜、紺の背広を着た頭髪の薄い小太りの男が訪れてきた。男は、父の父からの依頼をうけてやってきた、と言い、母は男を居間に通した。男は丁重な物腰で居間に坐ったが、なんとなく横柄な感じもして、部屋の内部をさぐるような眼で見まわしていた。

母が茶を出し、それを一口飲んだ男が、低い声で母に話をしはじめた。

テレビの前の椅子に坐っていた洋一は、男がこちらに眼を向けながらニンチという言葉を口にするのを耳にした。それが自分と関係のあるらしいことに気づいていた洋一は、ひそかに居間の方をうかがった。

男は、ニンチはしていないので母に権利はなにもない、とつぶやき、急にくだけた口調で、この部屋を母名義にしてもらってあるのは賢明だった、と頬をゆるめた。母は、黙っていた。

男は再びこちらに眼を向け、父の父にとっては孫で、不憫でならぬのでこれを渡して欲しいと頼まれた、と言って、鞄からふくらんだ袋を取り出し、テーブルの上に置いた。母は、視線を落したままそれを見ようともしなかった。

それで……、と男はつぶやき、鞄から紙を出し、署名捺印して下さい、と事務的な表情で母の前にひろげた。

母は、おもむろに顔をあげ、紙に眼を向けた。こういうことははっきりしておきませんと、双方が後々気まずい思いをするようにもなりますので、と、男はさりげなく言いながらも母の表情をうかがっていた。

母は、しばらくの間、紙面を見つめていたが、腰をあげると小抽斗から印鑑を出し、再びテーブルの前に坐った。男がボールペンをさし出すと、それを手にした母は紙の上に動かして印鑑をついた。

男が紙を手にし、たしかめるように見つめるとうなずき、鞄の中に入れた。

それではこれを、と男は紙袋を母の前に押し、息をついて腰をあげた。なにかあったらその名刺の所に電話を下さい、御相談に乗りますよ。あなたはまだお若い、これからじゃありませんか。男は、なれなれしい眼を母に向け、頭をさげるとドアの外に出て行った。
母は居間にもどり、テーブルの前に坐ったが、急に紙袋をつかむと部屋の隅に投げた。顔が赤らみ、眼に憤りの色がうかんでいた。

ところてんなど、どこがうまいのか。母は、芥子(からし)を少しずつ箸(はし)でつけては口に運んでいる。父の柩の見送りをすませたためか、暗い眼をしていた母の表情が少しなごんでいるように見える。

茶店の女が茶を運んできて、母は茶碗を手にした。洋一は、母の膝に眼を向けながら、これからは母のささえになって生きてゆかねばならぬのだ、と思った。

「近々のうちに転校してもらうことになるわよ。いいわね」

母が茶を一口飲むと、つぶやくように言った。

かれは、ジュースの半ば残ったコップを手に母の顔を見つめた。かれのクラスにも何人か転校してきた生徒がいる。すぐにうちとける者もいるが、友だちがほとんどいないままの者もいる。見知らぬ者の中に入って、自分がかれらになじめるかどうか自信はない。

「マンションを売って、ほかの町に住みたいのよ。よさそうな学校のある町をえらぶからね」

母は、少しの間桜を見あげ、茶碗を縁台に置いた。

勘定をはらって母は腰をあげ、茶店をはなれた。石畳の坂がつづいていて、洋一は母と並んで坂をのぼって行った。左側にマンションがそびえ、テラスにふとんや洗濯物が干されている。

「洋一と二人きりになってしまったわね。パパは死んだし、ママも、もう待つだけの生活はいやになったのよ。働くわ」

母は、前方に眼を向け足をふみしめるように歩いてゆく。

霊柩車が去るのを見送ったが、初めて母の口からもれた死という言葉に、父がすでにこの世にいないのをはっきりと感じた。漠然と想像はしていたが、父は担架で運ばれた後に息を引き取ったのだろう。待つとは、マンションの部屋で父がくるのを待つという意味にちがいなく、それが母の日常であったが、その生活がいやになったという。

母の言葉づかいには、対等の人に訴えるようなひびきがあって、洋一は、自分が大人扱いされているような照れ臭さをおぼえながらうなずいた。

公園の出口の柵をぬけて坂をのぼりきると、街がひらけていた。車道にはバスや車が往き交い、信号待ちをしている車が長くつづいている。電車のガードをへだてて、高い鉄筋コンクリートの建物が重なり合うようにつらなっているのが見えた。

横断歩道を渡りガードをくぐると、街のざわめきが体をつつみこんできた。銀行、証券会社などの看板がつき出た建物が並び、大きな長い布を屋上から垂らしたデパートもある。

歩道には自転車、スクーターなどがすき間なく置かれ、洋一はそれらを避けながら母の後について行った。

大きなデパートに入った母は、婦人用の傘に眼を向けたり、装身具の陳列ケースに視線を落したりして歩く。そのような売場を歩く母につき合うのは退屈なのだが、ようやく母が母らしくなったことに明るい気分にもなった。

靴の売場の前で足をとめた母は、思案するような眼をしていたが、ここで待っていなさい、と言って、手洗いの方へ歩いて行った。売場には春らしい色彩の商品が陳列されていて、かぐわしい香がかすかに流れている。靴売場の奥では、細い片足を鷺（さぎ）のように曲げてハイヒールの靴をはいている女が、店員となにか言葉を交していた。

しばらくすると、母が手洗いから出てきた。顔が華やいで見えるのは、唇に紅をつけ化粧をしたからで、ウエーブをした髪も肩に垂らしていた。

「もう少しすると連休ね。田舎へお墓参りにゆこう。義姉（ねえ）さんになにか買っていってやるかな」

母は、ぞんざいな言葉づかいをすると、歩き出した。

父のいない生活をはじめるのに気分転換のため、田舎へ行ってみようと言うのだろうか。山間部の村に行った折の母には、その地の土の匂いになじんだ落着きが感じられた。マンションで暮している母には、多くの人と人との間にはさまれて遠慮がちに日を過している心もとなさのようなものがあるが、あの村での母には、かれも初めて眼にするいきいきとした表情があった。

母につづいてエスカレーターに乗った洋一は、手すりにおかれた母の指に、いつの間にか光った石の指環がはめられているのに気づいた。

洋一は、体が徐々にせりあがってゆくのを感じながら、葬列の先頭をゆく白い旗とそれがひるがえって顔にふれた感触を思いうかべていた。自分にはあの村で長い間すごせそうには思えないが、だれかが死んだ折には、あの旗を見るため行ってみたい、と思った。

エスカレーターの勾配がゆるやかになり、母の体のかげから二階売場のさまざまな服をつけたマネキン人形が、所々に見えてきた。

手鏡

公園の池にかかった長い橋を渡り、両側に太い樹木の並ぶ池ぞいの道を歩いた。霧がよどんでいて、前方に見える道路灯の灯(ひ)が、蒲公英(たんぽぽ)の綿毛のようににじんでいる。人影はないが、背後から勤め帰りらしい長身の男が、靴音(くつおと)を鳴らして足早やに私を追い越していった。

路面には落葉が散りしいていて、足を踏み出すたびに乾いた枯葉の音がする。夜気は冷えていた。

道が左にゆるく曲っていて、新しく建てられた白い公衆便所の窓からもれる光が、周囲の樹木を明るくうかび上らせているのが見える。

そのかたわらの石段に近づいた私は、鉄製の屑籠(くずかご)の脇(わき)に立つ樹木の幹に立てかけられている細長い看板に眼(め)をむけた。

看板は一カ月ほど前から立てられていて、そこには、この屑籠の中に生後間もない嬰児の死体が捨てられていたが、なにか気づいた者は巡査派出所に一報して欲しい、といった趣旨のことが書かれている。

二十年前から公園の近くに住んでいるが、鬱蒼とした樹木におおわれ闇に近い道もあるのに、公園内ではこれといった事件はなく、それだけに警察署の立てたその看板が物珍しいものに思えた。捨てたのは女なのだろうが、結婚できぬ男の子を産んで処置に困ったのか、それとも結婚はしていても子を育てる意志のない女が、無思慮にも遺棄したのか。

恐らく嬰児は生きていて、捨てられた後に死んだのではないだろうか。深夜、ひそかに嬰児を屑籠に入れて足早やに立ち去る女の姿が想像され、私は、その前を通るたびに看板に視線をむけるのだ。

石段をあがり、寺の前の坂を登った私は、息切れがして、酔いを意識した。決して若くはないのだから、心臓に負担をかけるようなことは避けなければならぬのだ、と自らに言いきかせながら、ゆっくりした足取りで家に通じる道を歩いていった。

玄関のブザーのボタンを押し、妻のあけてくれたドアの内部に身を入れた。

食卓の置かれた居間の椅子に坐ると、妻が、

「中学時代の桜岡さんという方から、電話があったわよ。駅の近くの小料理屋さんに出掛けましたと言ったら、帰宅後、電話を下さいって……」

と、言った。

春から初夏にかけて、毎年、中学校の同期会がもよおされ、桜岡は常任幹事をしている。かれは消息のわからない同期生の所在をさまざまな方法で探りあてたりして、そのおかげで毎回、七、八十名の者が集るようになっている。

私は、書斎に行って卒業生名簿を手に居間にもどると、かたわらにある電話機のダイヤルを廻した。

桜岡の妻が電話口に出て、すぐにかれの野太い声にかわった。

「相変らず一杯やりに出ているんだね。大したもんだよ。こっちはもうそんな元気はない」

かれは、笑いをふくんだ声で言った。

「いや、十年ほど前までは、よく午前様で帰ったが、今では二時間も飲むと腰をあげる。それに、出掛けて飲むのも週に一度あるかないかだよ」

私は、妻のながめているテレビに眼をむけながら言った。

「ところでね、肥後が死んだそうだ」

桜岡は、語調をあらためて言った。

「肥後が？」

私は、思わず問いかえした。

昨年の同期会で顔を合わせた時は、肉づきがよく顔色も艶やかで健康そのものに見えただけに、死んだということが意外であった。

「病院をやっている飯村ね。かれから一時間ばかり前に電話があった」

肥後は、飯村の病院で正午すぎに死んだという。

三カ月前に肥後が飯村のもとにやってきて、頭痛と吐き気がするので診断して欲しい、と言った。飯村が精密検査をしたところ、脳腫瘍であることが判明し、すぐに入院させ、手術をしたが、経過が思わしくなく死亡したのだという。

「そんなに早く死ぬこともあるのかね」

若い人の癌の進行は速いというが、六十歳を越えた肥後が入院後わずかな期間で死亡したことが異常に思え、他人事ではない空恐しさを感じた。

「手おくれだったんだろうな」

桜岡は、自信のなさそうな声で答えた。

少し黙っていたかれの声が、再び流れてきた。

「肥後には、付き合いのあった同期生がいないんだよ。飯村とも話し合ったんだが、一番親しかったのは君じゃないか、と言うことになってね」

私は、首をかしげながら、

「そうかな。言われてみると、かれの家はおれの家の近くにあったから、付き合っていたのはおれだけかも知れないな」

と、答えた。

「それで、例の白鳩会の生花のことだがね。忙しいのに悪いのだが、霊前に生花を出す手配をして、通夜か葬儀に行ってもらいたいんだがな」

桜岡は、忙しいのに……という言葉を繰返した。
七、八年前におこなわれた同期会で、桜岡が一人の友人の死を報告した後、一つの提案をした。今後は、年を追うごとに死ぬ者が増すことが予想されるので、死んだ者の霊前に同期会から生花を供えるようにしたらどうかという。
友人たちの間から笑い声が起ったが、一同が賛成したので、桜岡は一口二千円として醵金をつのりたいと言い、それにも異存を唱える者はいなかった。

桜岡は、さらに会の名称を定めたいと提案し、だれかが口にした白鳩会という名が自然に採択された。

「最後に一人が生き残って、その時に金が残っていたらどうする」

友人の一人が、甲高い声で言った。

「もちろん、それは全額そいつが懐に入れる。自分への香奠としてな」

即座に応ずる声がし、再び笑い声が起った。

醵金はかなりの額が集り、それを保管する桜岡が、同期会の席で会計報告をおこなうのが習わしになった。

一人も死なぬ年もあったが、二人、三人と死亡した年もあって、その度に、最も親しかった友人が生花の手配をし、焼香におもむく。肥後の場合、私がそれを担当する役目になったのだ。

「飯村の話によると、通夜は明日、告別式は明後日だそうだ。生花代は立替えておいてくれよ。明日にでも送金しておくから……」

それで、電話が切れた。

私は、立って冷蔵庫から氷を出し、ウイスキーの瓶(びん)を食卓に置いて水割りを作った。

グラスを口に近づけた私は、再び名簿を眼にし、ダイヤルをまわした。

「やあ、どうも」

いつもと変らぬ飯村のはずむような声がした。

悪性の末期症状であったため、頭痛、嘔吐(おうと)が激しくなり、視力も低下した。飯村は、頭(ず)蓋(がい)内圧をさげる減圧手術をして苦痛をやわらげるとともに、放射線治療や化学療法もこころみたが、効果はなかったという。

「あれじゃ、どうにもならないよ。可哀相(かわいそう)だったが……」

飯村の幾分投げやりな声がした。

かれは、昼間は病院の仕事があるので、告別式には出られず通夜に行くという。私も通夜におもむくつもりであったので、通夜のおこなわれる肥後の家で会うことにし、およその時間をきめて受話器を置いた。

「どなたか亡くなったの」

妻が、こちらに眼をむけた。

「ああ」

「親しい方？」

「まあね」

私は、氷がとけて薄くなったグラスに、少しウイスキーをおぎなった。

親しいと言っても、二十歳代半ばまでで、その後は疎遠になり、年賀状の交換も絶えて久しい。

中学校在学時から卒業後二、三年は、互いに家を訪問し合ったりして顔を合わせる機会が多く、私がかれの家に泊ったこともある。桜岡が電話で言ったように、かれと付き合いがあったのは私一人で、他に友人がいなかったのは、多分にかれの性格によるものにちがいなかった。

かれの家は、古くからの地主で、家をついだ者は先祖からの資産を減らすまいとつとめてきた気配がある。そうした家風がかれにもしみこんでいるらしく、自らの身を守る意識が殊更強い。

同期会で、学校の体育館新築の寄附に協力をして欲しい、と桜岡が言ったことがあるが、肥後はそれから数年間、会に姿をみせなかった。

そのことについて、

「あいつは自分本位のやつだからな。寄附するのがいやだから来ないのさ」

と言った友人がいたが、私もひそかにその通りにちがいない、と思った。しかし、人間にはそれぞれの生き方があり、別に他人に迷惑をかけているわけでもないのだから、とやかく言うことはないのだ、とも思った。

桜岡や飯村が、肥後にとって私が唯一の親しい友人だと思ったのも無理はない。卒業後、私が三度目の肺結核の発病で病臥していた時に、かれが私を何度か見舞ったことを知っていたのだろう。

中学二年の初冬に肋膜炎になり、五年生の夏に再発し、さらに二十歳になった年の正月に喀血した私は、寝たきりの身になっていた。

血を再び吐くことにおびえながら、医師に命じられた絶対安静を守り、手洗いにも行かず、食物も付添婦に口に入れてもらっていた。毎日、体温は三十八度前後にのぼり、咳が絶えず出て、腸も結核菌におかされて激しい消化不良におちいっていた。手首の骨や鎖骨がひどく太く感じられるようになったのは、体が急激に痩せてきていたからであった。

病状が悪化するにともなって、眼がいちじるしく刺戟に弱くなっていた。天井から吊りさげられた電灯の光をうけているだけで、刺すような痛みが起り、涙がにじみ出る。閉じた瞼（まぶた）の裏側には、燃えるような朱の色がひろがっていた。私は、弟に頼んで電灯からコードをのばし、枕（まくら）もとのスタンドを灯（とも）すようにしてもらった。

病臥していたのは、六畳と三畳二間のバラック建の家であった。

その地には亡父が隠居所として建てた家があったが、終戦の年の春に夜間空襲で焼失した。敗戦を迎え、一年ほど空地のまま放置されていたが、兄が板を打ちつけただけの十坪たらずの家を建て、そこに私は弟と住み、発病後も六畳間に身を横たえていたのだ。眼が刺戟に弱くなると同時に、視覚が異常なほど冴（さ）えてきているのを感じ、それは死の近づく前ぶれのように思え、不安になった。

私の眼にできる範囲はかぎられていた。部屋の内部と、障子の間からみえる三畳間の一部。寝ている頭の方向にガラス戸のはまった広い窓があり、顔を強く仰向けにすると軒（のき）庇（ひさし）がみえる。

私は、その軒先から近くの樹木の枝に張られた蜘蛛（くも）の巣をながめるのを楽しみにするようになっていた。

蜘蛛は、頭を下にして巣の中央に脚をひろげている。時には、新たに巣をつくり直すらしく、細い脚をのばして鉤状（かぎじょう）の脚先を丹念に動かしながら網を張りめぐらす。脚にはえた毛も、私の眼にはとらえられた。雨の降っている日には、網の所々に微細な水滴が光り、網がハンモックのように垂れる。濡（ぬ）れた蜘蛛の体に雨水がはねるのも見えた。

小さな昆虫（こんちゅう）が網にかかると、中央に静止していた蜘蛛の体に急に精悍（せいかん）な動きが起り、素速く近づくと、脚で昆虫の体を驚くほどの速さでまわし、尾部から放たれる糸をからめてゆく。糸でおおわれた昆虫の体は、たちまち白い繭（まゆ）のようになった。

付添婦の持つ手鏡を借りることを思いついて、私の視野はひろがった。

手鏡をかざすと、窓の外が鏡面に映る。雑木が植えられた庭の道ぞいに竹垣（たけがき）があって、その左方にある門代りの杭（くい）が一本だけみえる。青く澄んだ空には、まばゆく光る雲片がかすかに動いていた。

冬が去り、春の季節がやってくると、樹々（きぎ）の枝に緑青（ろくしょう）の粉を吹きつけたような芽が萌（も）え出て、日を追うにつれて葉がもっくりと身をもたげ、やがて葉先をひろげる。樹葉の緑が鏡の中で陽光を浴びてそよぎ、雨に白く煙る。私は、葉からしたたる雨滴を見つめ、濡れた幹をながめた。

手鏡の中に、私はさまざまな生き物を見出（みいだ）した。

清浄な空気を吸うようにと医師に言われていたので、夜が明けると付添婦が窓をあける。軒に近く竹が数本のびていて、そのなめらかな表面を、朝露に濡れた蝸牛（かたつむり）が錫色（すずいろ）の跡をひいてゆっくりと這（は）いのぼってゆく。竹のむこう側にまわり、しばらくしてかなり上方のこちら側に姿を見せたりする。豆粒ほどのものもいて、渦紋状（かもんじょう）の模様のある殻（から）を木綿針で突き刺せば、小気味よい音がするのではないか、と想像したりした。

灌木(かんぼく)の繁(しげ)みの上に交尾した蜥蜴(とかげ)がのっているのを眼にしたこともある。互いにからみ合っていて、一方が他方の腹部をくわえこんだまま動かない。双方の腹が波打ち、私は、時折りその姿を鏡に映し出して見つめていたが、一時間ほどして鏡面をむけた時には消えていた。

垣根の外の道を人が通るのをしばしば見たが、或(あ)る日、おかっぱ頭の少女の顔が、垣根の下から伸びあがるように現われるのが鏡に映った。少女の視線は、こちらに据(す)えられている。

その少女は、道をへだてた地主の家の娘で、よく声をあげて笑う子であったが、垣根の上からのぞく顔には、恐しいものをうかがいみる硬い表情がうかんでいた。

私は、その少女がなにをしているのか、すぐに理解できた。

結核患者は、肺病やみと言われて恐れられていた。一人が発病すると他の家族に感染し、一家全滅する家も稀(まれ)ではない。家族に患者がいれば肺病の家系と言われ、縁談も破談になる。発病した妻が、離縁されて実家へ帰される例もあった。

少年時代、家の近くに患者が寝ている煎餅屋(せんべいや)があり、母は、私や弟にその店に行くことをきびしく禁じた。私自身も恐れを感じて、店の前を通る時は、呼吸をとめて走りすぎるのが常であった。

少女も、私の家に近づいてはならぬ、と家の者に申渡され、好奇心からひそかにうかがい見ているにちがいなかった。

やがて、こちらにむけられていた少女の眼が、徐々に垣根の下に沈んでいった。

熱が三十九度以上になることもあって、病状は悪化し、死の予感もいだくようになった。

或る日の午後、庭樹を映していた楕円形の鏡の中に、突然、一人の男の顔がうかび上った。黒い服を着た三十五、六歳の男で、髪は金色だった。

男は、軽く頭をさげると、

「御加減はいかがですか」

と、妙な抑揚の言葉で言った。

私は、手鏡を手にしたまま無言でうなずいた。服装から察して牧師であることはあきらかだった。

牧師は、教会と自分の名を口にし、

「聖書を差上げます。ぜひ、お読み下さい。心が安らぐと思います」

と言って、手をのばして聖書を窓の下の畳に置いた。

「お大事にして下さい。また、うかがいます」

牧師は、再び頭をさげると、鏡の中から消えた。

恐らく牧師は、伝道の途中、私が病気で寝ているのを近所の人からきき、庭に入り、窓をのぞいたのだろう。

　買物から帰ってきた付添婦に頼んで、聖書を枕のかたわらに置いてもらった。

　表紙をひらいてみると、「我らの主なる救主イエス・キリストの新約聖書」と中央に書かれ、左側に「紐育(ニューヨーク)、倫敦(ロンドン)、東京聖書協會聯盟(れんめい)」と印刷されていた。

　寝ながら手に持つのに適した大きさと軽さで、私は、その日から少しずつページを繰っていった。文章にリズム感があり、初めて読むものであったが音楽でもきいているような感じがして、いつの間にか終りまで読んでしまった。

　その間にも手鏡で庭をながめることをつづけていたが、半月ほどした同じ時刻頃(じこくごろ)、再び牧師の顔が鏡の中に現われた。

「読んで下さいましたか」

　牧師は、親しげな口調で言った。

　私は、はい、と答えた。

「どのような感想をもちましたか」

　牧師の眼には、笑みをふくんだ色がうかんでいる。

「小説を読んでいるように、面白く読みました」

　私は、鏡の中の牧師に言った。

「そうですか。それでよいのです。また、気が向いたら読んで下さい」

牧師は、うなずくと、

「お大事にして下さい」

と言って、窓のかたわらからはなれていった。

聖書を置いていった牧師は、当然、それを読むことによって私が信仰をもとめる心境になることを望んでいたにちがいない。私の答えは期待はずれであったのだろうが、聖書を私が読んだことで、一応、目的は達したと考え、満足したのではないだろうか。

鏡に映っていた生毛のような睫毛にふちどられた牧師のおだやかな眼が、いつまでも印象に残った。

学生服を着た肥後が、窓の外に顔を見せたのは、それから間もなくであった。かれは、私立大学の予科に通っていて、だれに聞いたのか、私が喀血し、病臥しているのを知り、訪れてきたのである。

私は、手鏡の中のかれと話すのをためらう気持が強く、体を横にずらせ、首を曲げてかれと言葉をかわした。

病状をたずねたかれに、私は、稚い虚勢を張って、血を吐きはしたものの、病状は日増しに好転して起きてもよいまでになっているが、万が一を考えて身を横たえているのだ、と言ったりした。

その後、肥後は、時折り窓の外に立つようになった。学生生活のこと、観た映画の感想、闇市で売られている品物のことなどを話し、私は、首をねじ曲げた姿勢で相槌を打つ。かれが決して家に入ってこようとしないことに、私は別に不快感はいだかず、無理もないと思っていた。用心深いかれは、私からの感染を恐れて、窓に手を置くこともせず少しはなれた位置に立っている。

私は、病勢が進んでいるのをさとられまいとして、咳が出るのをこらえ、出来るだけ張りのある声でかれと言葉をかわしていた。かれは、一時間近く窓の外に立っているのが常で、かれが去ると、私はもとの仰臥の姿勢にもどる。が、首筋がひどくしこっていて胸苦しく、堪えていただけに激しい咳がつづいて出て、そのため高熱を発し、胸痛になやまされた。

その日も肥後がやってきたが、付添婦が家の外に出てゆき、かれに声をかけた。窓の外からかれの姿が消え、家の入口の方でなにか言っている付添婦の低い声がきこえていた。

やがて、家の中にもどってきた彼女は、

「お見舞いに来て下さるのはありがたいのですが、窓の外からでは病人の体にさわりますから、と注意しました」

と、うわずった声で言い、台所に入っていった。

私は、黙って天井に眼をむけていた。

それを最後に、かれは訪れてくることはなかった。

七月中旬、私は、喀血以来初めて身を起し、畳の上に立った。弟に手伝ってもらって白絣（しろがすり）の着物を着、付添婦が帯をつけてくれたが、それは胸に近いむすび方であった。

私は、兄と弟に支えられて入口の土間に置かれた下駄（げた）をはき、庭の中を小きざみに足を踏み出して歩いて、道にとめられた箱型のダットサンに乗った。

兄の運転する車で、私は大学病院に連れて行ってもらい、入院した。その後、一カ月近く何度も検査を繰返し輸血もして、手術をうけた。

退院したのは九月下旬で、私は、車で兄の家に行き、その離屋で療養の日々を送った。

病臥していた家は、私の入院中に兄が処分し、再び私は、その家を眼にすることはなかった。

テレビのスウィッチを切った妻が、眠くなったと言って部屋を出てゆき、二階にあがっていった。

窓の外に立っていた肥後の姿が、思い起された。

かれに対して、現在もこれと言った感情はいだいていないが、首をねじ曲げていた私の不自然な姿勢を、かれはどうとも思わなかったのだろうか、と、考えると、少し不快な気分にもなった。

私は、グラスを手に椅子に背をもたせかけた。

感染を恐れて家に入ろうとしなかった肥後が死に、私は生きている。

二、三年前から、なぜ、生きていられるのだろう、と自らを見つめるような気持になることが、しばしばある。病臥していた頃は、四十余年も生きられるなどとは夢想もしていなかった。

後になって知ったことだが、私のうけた肋骨切除の手術は、ドイツの外科医ザウエルブルフによって開発され、日本に導入されたという。手術中に死亡する者もいて、一年以上の生存率は四〇パーセント以下であったときく。

私が手術をうけたのは終戦後三年目の夏で、自分より以前にその手術をうけて生きている人に出会ったことはない。手術前後の大量輸血が血清肝炎の発病をうながし、それによって死亡した人も多いのだろう。執刀した外科医は、すでに退官し隠棲しているが、数年前に会った時、かれは、もしかすると当時の患者の中で生きているのはあなただけかも知れぬ、と、半ば真剣な眼をして言った。

二年前に長男夫婦に女児がうまれ、かれらと花火大会の催される海ぞいの温泉町に一泊旅行したが、孫を抱きながら打ち揚げられる花火をながめていた時、不意に私は涙ぐんだ。骨を切除されることで死をまぬがれたが、それがなかったら長男は、この地上に存在していないし、まして孫もいない。抱いている孫の皮膚を通して感じられる小さな骨格に、私は、自分が生きていることの不思議さを思い、胸が熱くなったのだ。

肥後の死と、孫の骨の感触が重なり合った。

私は、グラスにウイスキーをそそぎ、氷と水を入れて再び背を椅子にもたれかけさせ、グラスを口に近づけた。

紺の背広を着て、黒いネクタイを内ポケットに入れ、夕方、家を出た。

手術後四年間の療養生活をへて大学に入ってからも、肥後と会うことはなかった。久しぶりにかれと顔を合わせたのは、十年ほど前の同期会の席で、容貌(ようぼう)は学生時代と少しも変らなかったが、髪がほとんど白くなっていた。

「その後、体はいいの」

かれの問いに、私は、

「まずまずだよ」

と、答えた。

かれは、話し相手もないらしく、私がはなれると、窓ぎわに一人で立って夜景に眼をむけていた。

電車を乗りつぎ、私の生れた町の駅で下車し、街灯のつらなる坂をのぼって商店街に出た。その附近一帯は空襲でも焼けなかったので、戦前の家並のたたずまいが所々に残っている。その道は、中学校への私の通学路で、佃煮屋や煎餅屋も当時のままの店恰好であった。

墓石商の店の角を左に曲ると、静かな住宅街で、人通りも少い。

前方の右手に明るい光が見え、花環が二、三基ほの白くうかび上っていて、そのあたりに人の出入りが眼にできた。

私は、歩きながらネクタイをはずし、黒いネクタイにとりかえた。

町会の名が記されたテントが肥後の家の前に張られていて、そこに近寄った私は、椅子に坐った中年の男に頭をさげ、机の上にひろげられた記帳簿にサインペンを走らせた。

庭に入って家の横にまわると、座敷に祭壇がもうけられ、僧が読経をしていた。肥後の家の者に電話をして生花を依頼したが、同期会の名を記した札が添えられた生花が、祭壇の脇に置かれていた。

私は、焼香台の前に立ち、遺影を見上げて焼香し、合掌した。祈ることはなにもなかった。

祭壇の片側に坐っている親族らしい人たちに頭をさげたが、いずれも見知らぬ人ばかりであった。

庭から出た私は、受付の男に生花を依頼したことを口にし、紙幣の入った袋を差出した。男は承知していて、袋の中の紙幣をしらべ、生花店の領収証を渡してくれた。

だった。

私は、テントの近くの道の端に立った。焼香客は少く、時折り人が入り、出てゆくだけだった。

道を長身の男が近づいてきて、私に、

「おう」

と、言った。

飯村は、受付に行くと香奠袋を出して記帳し、庭に入っていった。

やがて、飯村が出てきたので、私は、かれと道を引返した。

「清めの酒を一杯やらないか」

私が言うと、飯村は、

「いいね」

と、答えた。

墓石商の店の前までゆくと、私は、細くくねった坂を下り、戦前からあるそば屋の格子戸をあけた。

私は、かれと小座敷にあがり、向い合って坐った。

酒が運ばれ、肴がテーブルに置かれた。

「肥後はね、入院する一年前に女房と別れているんだよ」

飯村が、銚子をかたむけながら言った。

「こんな年齢になってかい」

私は、酒を口にふくんだ。

「かれが会社を定年になって退社した時、女房が、私も定年だから別れたいと言ったんだそうだ」

飯村は、かすかに頰(ほお)をゆるめた。

私は、飯村に眼をむけた。

「面白いことを言う女だな」

「私も今まで我慢してあなたに勤めてきたのだから、退職金の半分はもらう、と言ってね。かれは驚いて何度も説得したが、頑(がん)としてきかず、仕方なく金を渡して別れたんだって」

飯村は、肴を口にしながら言った。

「すると、病院に女房は来ていなかったのか」

私は、杯を手にたずねた。

「一度もね。かれの妹と親戚(しんせき)の者が来ていただけで……。親しい者はいないんだな。それ以外にはだれも来なかったようだ。君を呼ぼうか、とかれに言ったら、同期会でたまに会うだけの仲だから悪い、と言っていた」

「そうか」

私は、肴に箸(はし)を伸ばした。

たとえ飯村に声をかけられても、果して見舞いに行ったかどうか。

自分が病臥していた時のことを考えると、見舞客が来てくれるのは嬉しいと思う反面、苦痛でもあった。肥後に対してそうであったように、元気であるかのようによそおい、それが体に好ましくない影響をあたえた。そのような経験があるので、重病である人への見舞いはひかえ、花を買って病室の近くまで行きながら通路を引返し、看護婦詰所で渡してくれるよう頼んで帰ったこともある。

肥後は病みやつれていたにちがいなく、それを眼にするのも酷な気がする。疎遠になっているかれと会ったところで、話すことはなく、気まずい気持になるのではないか。恐らく私は、花を贈る程度で、飯村の病院へは足をむけなかったにちがいない。

「肥後は、苦しんだ？」

私は、杯を手にたずねた。

「かなりね」

飯村は、顔をしかめた。

やがて、私たちは、腰をあげた。

「今夜は御苦労さんでした。お互い体には気をつけようや」

駅の改札口をぬけた飯村は、片手をあげると、私とは逆方向にゆく電車のホームに通じる階段をおりていった。

車内は空いていて、私は、座席に腰をおろした。

窓の外をながめながら、肥後の妻のことを想像した。

恐らく彼女は、肥後との生活に辟易しながらも堪え、定年を迎えたかれとこれから毎日顔をつき合わせて日々をすごさねばならぬことにやり切れぬ思いがし、かれと別れてのびのびと余った時間を生きたいと思ったのだろう。

肥後の性格を考えると、彼女がそのような気持になったのも無理はないと思うと同時に、かれが哀れでもあった。

自宅のある駅で下車した私は、喫茶店やスナックなどの並ぶ道をすぎ、公園に入った。昨夜とちがって夜気は澄み、空には欠けた月がかかっている。池の水面には、黒々と鴨が寄りかたまってうかんでいた。

橋を渡り、樹木の並ぶ道を歩いた。

公衆便所の近くまで来た私は、足をとめた。

嬰児が遺棄されていたことを記した看板が、夕方、この場所を通った時には立てられていたような気がしたが、消えている。撤去されたのは、嬰児を捨てた女が発見されたわけではなく、通報者もないままに捜索が打ち切られたからなのだろう。

嬰児は焼かれ、小さな骨壺に入れられて無縁墓地にでも埋められたにちがいない。

私は再び歩き出し、道路灯が光をかすかにおとしている石段を登っていった。

花火

両側にガラスの張られた大きな水槽がつづく水族館の通路を、バスが進んでいるような錯覚をおぼえる。窓の外を流れてゆく夜の街のたたずまいが、水槽の中の藻や魚に似た瑞々(みずみず)しさで眼に映じてくる。

煉瓦色をしたマンションの一階に、色とりどりの花を店の奥まであふれさせた花屋が見え、それが過ぎると、電光に艶やかな色をみせている柑橘類の中にメロンを数個置いてある果実店が現われてきた。夏物セールの赤い札を店頭に垂れさせた洋品店のショーウィンドウには、色鮮やかな女の海水着が、干された烏賊(いか)のように突っぱって吊るされている。

なぜ、このように街が美しくみえるのだろうか。

私の胸に遠く過ぎ去った日のことがよみがえった。

それは私が二十一歳であった年のことだが、三カ月に及ぶ入院生活を送り、その間に苛酷な各種の検査と大量輸血の末に手術室に運ばれた。局所麻酔のみによる五時間余の手術で五本の肋骨を切除されて左肺の上葉部がつぶされ、同時にその部分に巣食っていた結核菌の病巣も圧縮された。

術後の激しい呼吸困難と切開部の痛みに呻吟（しんぎん）したが、やがてそれも薄らいで退院の日がやってきた。

その日、兄と弟が迎えに来てくれて、私は、弟に支えられて兄の運転する小型のダットサンの後部座席に坐った。車が長い坂をおり、広い道に出た。窓外に眼をむけていた私は、路面も家並も車も電柱も清冽に洗われたように澄み切ってみえるのに呆気にとられた。生い茂った街路樹の葉の葉脈が一筋一筋眼にとらえられ、歩く若い女の白いブラウスが、折目のついた清潔なナフキンのように見えた。私の皮膚は青みをおび、自分の体が糸蜻蛉に類したすき透った昆虫のようにはかないものに感じられていて、街が異常なほど澄んでみえるのは、眼が複眼にでも化しているからではないか、とさえ思った。

その時ほどではないが、夜の街が洗い清められたようにみえるのは、執刀医であった醍醐（だいご）氏の死を知って手術をうけた折のことがあらためて思い起され、そのため視覚が退院の日のように冴えているのではないか、と半ば真剣に思った。

氏の死を知ったのは朝刊の死亡欄の記事で、前日の午後、腎不全によって死亡したという。元東大教授で外科の一部門の名誉会長の任にあったとも記されていた。

告別式の日時も書かれていたが、明後日の午後一時からであることに、私は当惑した。その日は、朝、家を出て浜松市におもむく予定になっている。

思いあぐねた私は、住所録を取り出して氏の自宅の電話番号を眼にしながら受話器をとった。話し中の音がして、再びプッシュボタンを押すと、中年の人らしい男の声が流れ出てきた。私は、告別式に出られぬ事情を述べ、通夜の日時をたずねると、今夜、仮通夜をするという。

私は、礼を言って受話器を置いた。

仮通夜には親族のみが集り、血縁者以外の者は遠慮するのが習いである。しかし、私は、自分にかぎってはそのような世の常識にとらわれなくてもよいのではないか、と、身勝手なことを考えていた。

私は、氏の執刀で手術をうけた後も、初めは月に二度の割合で、後には年に一度ずつ氏の在籍する大学附属の病院で定期検査をうけ、それは氏が十年ほど前に退官するまでつづいた。私には、氏に対する一種の甘えに近い感情がある。それは、自分の肉体を短時間ながら氏のメスにゆだねたという意識から生じたもので、その手術によって死をまぬがれた私には、肉体が自分のものだけではなく、氏と共有しているような奇妙な感じがある。几帳面に長い間検診をうけつづけたのも、氏によってあたえられた生命をなるべく長く維持しなければならぬという、氏に対する義務感に近いものからであった。

氏にとって私は一患者であったにすぎないが、私の側からみると氏は、自分が生きていることと直接むすびついている存在であり、仮通夜におもむいても決して礼を失することにはならぬ、と思った。

氏の死を知った時は不意をつかれたような驚きをおぼえたが、或る程度は予想していたことでもあった。

氏の発病を知ったのは五年ほど前で、私は入院先にお見舞いに行った。氏は寝巻を着てベッドの上に坐り、付添った夫人とともににこやかに私を迎え入れてくれた。

「腎臓をやられましてね」

と、病気のことを口にした氏は、医学者としてすべてを承知しているらしく、人工透析をしているが厄介な病気だ、と、少し苛立った表情をして言った。

私が手術をうけた頃には黒々と艶のあった氏の髪も、年を追うごとに白髪が増し、いつの間にか地肌も透けて真っ白くなっている。顔の皮膚も年齢相応に張りを失っているが、声は若々しく、殊に眼が若い時と同じようにきらきら光っていた。

私は、氏と少しの間雑談し、病室を辞した。

その後、氏は短期間入院することもあったが、もっぱら自宅で療養しているようだった。小康状態を保っていたらしく、私が外科学会の催しで講演を依頼されておもむいた会場で思いがけず会ったこともある。杖を突いてはいたが、氏は元気そうで、私を患者をみるよ

うな眼で見つめ、

「体調はよさそうですね」

と、言ったりした。

昨年の暮近く、氏の大学時代の後輩である医学部の教授から、氏が入院していることを教えられた。入院先は、氏が十年前まで病院長をし、私が手術をうけた病院で、病状をきくと、確かなことはわからないが、芳しくないらしい、という。

雪のちらついている冬の日の午後、私は久しぶりに病院に足をむけた。煉瓦色の三階建の建物は、増改築を一切していないらしく、私が入院した頃と少しも変りはない。

門を入った私は、病院のガラス窓のつらなる二階に眼をむけた。そこは広い手術室になっていて、手術が終った後、手術台の上に半身を起された私は、開いた窓のかたわらの長椅子に坐った氏が、顔を汗で光らせ、しきりに団扇を使っているのを眼にした。むろん今では、手術室も冷房装置がそなえつけられていて、執刀者が窓をあけて涼をとることなどないにちがいない。

受付で氏の病室をきいた私は、外科外来受付の前をすぎて左に曲り、渡り廊下に似た長く伸びている通路を進んだ。通路の両側には、空地をはさんで二階建の病棟が並んでいる。教えられた病棟の入口を入った私は、一瞬、茫然として足をとめた。時間が急速に逆行し、自分が終戦直後の時間の中に身を置いているような錯覚をおぼえた。

そこは私が三カ月間病臥していた部屋のある外科病棟で、灰色にくすんだ通路の壁もコンクリートの床も、当時と寸分ちがわない。通路の右手の壁ぎわにはコンクリート造りの長い流し台があったが、それもそのまま残っていて、付添い人らしい初老の女が洗い物をしている。長い歳月がたっているのに少しの変化もない眼前の情景に、私は、驚きというより恐れに似たものを感じた。

醍醐氏の入っている病室は二階で、私は放心した気分で階段をのぼった。

二階にあがった私は、病室の並ぶ通路を進み、右側の病室に氏の姓名を記した木札がかかっているのを眼にした。

私は、腕時計に視線を落し、針の位置をたしかめた。手術前後の病床生活で、私は見舞い客が来てくれるのを嬉しく思いはしたが、体に悪い影響があらわれるのが常であった。見舞い客に元気であるように装って、話に相槌をうったり受け答えをしたりしたが、客が帰ると激しい疲労感におそわれ、発熱することもしばしばだった。そうした過去の経験から、親しい人が入院しても原則として病気見舞いをすることはせず、やむを得ない折には、病室の外で付添う人に見舞いの品を渡して帰ることにしている。

医学者である氏は、もしも見舞い客に会うことが少しでも苦痛なら面会謝絶の紙をドアに貼るはずだが、それはなく、入室しても差支えはないのだろう、と思った。私は、病室にいる時間を十分間ときめ、ドアをノックした。

女の声がし、ドアが開いて夫人が姿を現わした。

「お邪魔をしてもよろしいでしょうか」

私が言うと、夫人は眼もとをゆるめて、

「退屈しておりましたから、どうぞ」

と言って、私をドアの内部へ招じ入れてくれた。

氏は、前回見舞いにうかがった時と同じように、寝巻を着てベッドの上に坐っていた。少し顔色が悪く、幾分痩せているようにみえた。

私は氏に見舞いの言葉を述べ、夫人のすすめに従ってベッドのかたわらにある丸椅子に腰をおろした。病室に花はなく、氏が花の香をいまわしく思っているのかも知れず、花を持たずに来てよかった、と思った。

氏は、病状について、

「はかばかしくありませんでね。通院も手間がかかるので、家も病院も同じだから入っていたらどうです、と病院の者にすすめられたんですよ」

と言って、かすかに笑った。

病勢が進んだ上での入院でないらしいことに、私は安堵した。

気分が軽くなった私は、氏と雑談しながら、ふと数年前から胸にわだかまっている疑念について氏の意見をきいてみたい、と思い、口を開いた。

「私のうけた胸郭成形術のことですが、私より以前にその手術をうけた人に今まで一人として会ったことがないのです。手術のことは小説や随筆にも書き、同じ手術をうけたという読者から手紙もいただくんですが、すべて私より後に手術をうけた人ばかりです。なんとなく私より以前に手術をした人は、ほとんど生きていないのではないか、とそんな気がしまして……」

「あなたの手術は、かなり早い時期のものでしたね。いつでしたか」

氏は、若々しい声でたずねた。

「昭和二十三年の九月初旬です」

「それは早いな。私の病院で胸郭成形術をやりはじめたのは、その年の五月でしたからね」

胸郭成形術はドイツで開発され、日本でも戦争末期に試験的におこなわれたが、化膿がいちじるしく悲惨な結果に終った。戦後、ペニシリンが入ってきて化膿の危険も薄らいだので、昭和二十三年五月の学会で胸郭成形術をやろうということになり、進取の気風をもつ醍醐氏の病院の外科医たちが、積極的にそれをはじめたのだという。

「たしか私は、四十二番目の患者だときいた記憶があるのですが……」

「多分、そうでしょう。三日に一度ぐらいの割合でしていましたから……」

氏の眼は、光っている。

「手術の成果はどうだったのですか」

「あなたの病巣の位置は、左肺上葉の最上部でしたから期待通りでしたが、位置が悪かったり再発したりして、不幸な結果に終った人もかなりいました。一年以上の生存率は四〇パーセント以下でした。それを知っていても、重症の患者は手術を希望して、ベッド待ちをしている人が多かったのです」

私も兄にせがんで入院手続きをとってもらったが、いつまでたってもベッドが空いたという報せがなく、二カ月以上たってからようやく入院することができたのだ。

「医学関係者の集りなどに行って、胸郭成形術をうけたのだと言いますと、むごい手術だったということはきいている、と言うだけで、メスをとったという方はおりませんね」

「それはそうでしょう。あの手術をさかんにやったのは三年間ほどだけでしたからね。もう四十年以上も前のことで、現在、大学で教授をしている外科医たちは、まだ大学にも入っていない頃ですから、やった者などいません。伝説的な手術になっているのです」

「三年ほどでやめたというのは？」

「肋骨をとる代りに、ピンポン玉のような合成樹脂の玉を入れて病巣のある部分をつぶす方法が流行したのです。これが大失敗で、いずれも化膿したのでその玉を掘り出したのですが、かなり多くの人が死にました。そのうちにストレプトマイシンが登場するようになって、手術の必要もなくなったのです」

氏は、淀みない口調で答えた。

腕時計に視線を落すと、すでに十分は経過していた。

「私より以前に手術をうけた人で、生きている人は少いのでしょうね」

「多分」

氏は、少し首をかしげ、

「あなたの場合はストレプトマイシンが使用できるようになる以前のことでしたからね。ともかくその頃、私が手術した患者さんで消息を知っているのはあなただけです。手術の時に大量の輸血もしていますので、その後、肝炎で亡くなられた方も多いでしょうね」

と、つぶやくように言った。

「長話をしてしまいまして……」

私は、腰をあげた。

氏の表情に、疲れた気配はない。

「先生のお話をきいているうちに、自分が古生代の遺物のシーラカンスのような気持になりました」

私が言うと、氏は笑った。

「御快癒をお祈りしております」

私が頭をさげると、氏は、ありがとう、と言った。

夫人がドアの外まで見送ってくれ、私は、病室の前をはなれた。

階段をおりた私は、一階の病棟に眼をむけた。

通路の左側には、当時と少しも変らぬ窓のつらなる部屋がみえる。そこは広い病室で十七のベッドが並び、胸郭成形術をうける患者のみが入れられていた。筋肉質の体をしたタクシーの運転手や、しばしば訪れてくる婚約者とベッドに腰をおろして話をしていた若い女のことが思い起される。それらの人たちも、すでにこの世にはいないのかも知れない。

このまま去る気になれず、私は通路に足をふみ出した。

広い部屋の前に近寄り、窓ガラスを通して内部に視線を走らすと、ベッドはなく、治療センターとでも言うのか、若い医師や看護婦の姿がみえ、棚には薬品類が並んでいた。

私は、その前を通り過ぎ、奥に進んで突き当りを左に曲った。

私は足をとめ、立ちつくした。当然と言えば当然なのだろうが、私には信じがたい不思議なことに思えた。古い遺跡が少しも原形を損われずに遺され、それを眼にしているような錯覚にとらわれた。二つの病室が並び、それぞれの細長いドアの板も鈍い金色をおびたノブも、当時見なれたそれらと変りはない。私が病臥していたのは右手の部屋で、恐らく内部には私が手術後激しい床ずれで苦しんだ鉄製のベッドも置かれ、そこに男または女の患者が横になっているのだろう。

私が入院した時、左手の病室には材木商の妻だという女が入っていたが、手術前に死亡し、翌日、三十七、八歳の体格の良い会社経営をしている男が入った。その男とは廊下で何度かすれちがったが、手術後の経過が思わしくなく死亡したときいている。私が退院後、私のいた病室にもすぐにだれかが入ったはずだが、死をまぬがれることができたのだろうか。

壁にはめこまれた二つのドアが、火葬場の窯(かま)の扉のようにみえ、私は背をむけると通路を引返した。

バスが進むにつれて商店もまばらになり、窓の外の彩り(いろど)も薄らいだ。

運転席の上の電光掲示板に、次のバス停の文字が浮きあがり、私は、座席の上方にある下車をつたえるボタンを押した。

やがて、バスが徐行してガソリンスタンドの手前で停止し、私は下車した。

十年前に肺癌で死亡した弟が発病した時、その治療について指示を仰ぐため氏の家を訪れたことがあり、迷路のような道をたどって探しあぐねたが、私は、見当をつけて車道から路地に入った。

静かな住宅街で、私は、記憶をたどりながら路地を何度か曲って進んでゆくと、前方に電光で明るんだ一角があって、そこに花輪がほの白く並んでいるのが見えた。

いかにも仮通夜らしく、氏の表札のかかっている門の前には受付のテントなども出ていず、人の姿もないが、家の中には光が満ち、それが路上に流れ出ている。

ドアが開かれていて、土間に多くの履物が置かれていた。奥に声をかけると、すぐに若い女が出てきて膝をついた。私が姓を口にすると、女は奥の部屋に入ってゆき、代りに白いブラウスを身につけた夫人が姿を現わした。看病の疲労の色が顔に濃くしみついているが、張りつめた緊張が光った眼に感じられる。

通夜の客が何人かはいると想像していたが、すでに帰った後なのか、部屋には血縁者らしい人だけが坐っていた。

氏の遺体が横たわり、枕もとに白布のかけられた台が置かれていた。私は台の前に坐って焼香し、合掌した。先生のおかげで生きさせていただいております、と私は胸の中で氏への感謝の言葉をつぶやいた。

「主人が死んだとは思えません。見てやって下さい」

遺体のかたわらに坐っていた夫人が、氏の顔にかけられた白布に手をのばし、取り除いた。

通夜の席で遺族から死顔を見て欲しいと言われた時には、堪えられませんので……と言って辞退することにしている。おおむね病み衰えての死であり、その死顔を眼にするのは死者への冒瀆（ぼうとく）ではないか、という思いがある。また、無抵抗に人の眼にさらしている死顔を一方的に見るのは僭越（せんえつ）だという気持もある。が、辞退の言葉を口にする余裕もなく、私は氏の死顔と対した。

氏の顔は、八カ月前、病室に見舞った時とほとんど変らず、死んだとは思えぬという夫人の言葉が素直に身にしみた。しかし、氏のきらきら光る眼は閉じられ、皺の刻まれた瞼がその上をおおっている。

「私は、先生のおかげで生きさせていただいております」

私は夫人に、胸の中でつぶやいた言葉をあらためて口にし、遺体に深く頭をさげた。

氏の家を辞した私は、路から路へたどって歩いた。手術直後、団扇を使っていた氏の姿がしきりによみがえる。

当時、氏は三十二歳で、看護婦たちは、氏を手術の名手だと口々に言い、氏の執刀で手術をうける私を幸運だ、と言っていた。局所麻酔のみによる手術なので終始意識があった私は、激痛に堪えながら、氏が助手や看護婦たちにきびきびと指示する声を耳にしていた。そして、肋骨を切断する折に氏が、

「痛いよ」

と私に声をかけ、その直後、私の体は手術台の上で生きた魚のようにはずんだのだ。

私を生かそうとメスを動かした氏が死に、私が生きながらえて夜道を歩いていることが矛盾しているように思えた。

私は、歩き、ようやく電光のひろがる車道を前方に見出した。

二日後の朝、家を出ると新幹線の列車で浜松市に行った。医学関係の会合があり、その席での講演を依頼されていたのである。

講演は辞退することを常としているが、それはいつかは訪れてくる死までの時間を書斎で少しでも長くすごしたいと思うからだ。しかし、創作の仕事で多くの人の助力を得ている私は、それらの人からの依頼に応じないわけにはゆかず、浜松市での講演もそれに類したものであった。

会の幹事の方と昼食をとり、医学者の学術発表があった後、演壇の左隅にあるレクチャーボックスの前に立った。過去に、日本の医師と二人の光学技師が胃カメラを開発した経過をたどる小説を書いたことがあって、それについての話をした。

予定の一時間が来て、私は演壇をおりた。

控室で幹事と雑談後、車で駅まで送ってもらい、上りの「こだま」に乗った。家族がすでに熱海のホテルについているはずで、夕食時までに私はそこへ行く予定になっていた。

旅行は、講演以外、小説を書く上での資料収集や現地調査を目的としたものにかぎられ、観光旅行などはしたことはなく、二人の子供が大学に入って以後は家族旅行もしていない。

長男のもとに女児が生れ、三カ月前に長女が結婚したので、久しぶりに家族そろって一泊旅行をしようということになり、熱海のホテルの役員をしている友人に相談した。友人は、花火大会がもよおされる日の部屋を確保してくれ、その日が会社勤めをしている長男と長女の夫の暑中休暇にもあたっていたので、私が浜松市からの帰りに合流することにきめたのだ。

熱海駅で下車すると、駅前には花火見物にやってきた人たちがむらがっていて、タクシー乗場にも長い列が出来ていた。私はその後尾について、三十分以上も待たされてからタクシーに乗った。

ホテルの九階の部屋には、妻をはじめ長男夫婦と一歳半の孫、それに長女の夫婦がいて、すでに和室の食卓に女の従業員が食事の仕度をはじめていた。

私は着替えをし、ホテル備えつけの浴衣を着た。窓の外には夜の色がひろがっていて、港に初島帰りの観光船が電光を海面に映えさせながら、ゆるやかに桟橋に近づいている。海ぎわに重り合うように並ぶホテルの窓は輝やき、その背後にせり上っている丘陵の斜面にあるマンションにも点々と灯がみえる。海岸に黒いものが動いているのは、集ってきている見物客であった。

食事がはじまり、長男たちは、ビールのコップを傾けたり箸を動かしたりしながら、花火を観た思い出を口にし合った。長男と長女は、小学生の頃豊島園で花火を観たことがあると言ったが、長男の妻も長女の夫も近くで観たことはないという。妻は、福岡市でもよおされた大規模な仕掛け花火のことを話した。

「お父さんは？」

長男にきかれ、私は、子供の頃、物干台で毎夏眼にした両国の川開きの花火のことを口にした。高い建物がなかったので、はるか遠くはなれた両国の花火が夜空に打ちあげられるのが見えた。むろん音はきこえず、蒲公英（たんぽぽ）の冠毛のような彩られた光の輪が時には重り合って開く。その度に、近くの物干台から歓声がおこり、私も声をあげていた。

ホテルのすぐ前の浜で打ちあげられる花火に、孫は恐れを感じるのではないか、と妻が低い声で言った。

長男の妻が、

「そうかも知れませんね」

と、案じるような眼をして少し首をかしげた。

食事が終って間もなく、突然、火薬の炸裂音がして、窓の外に光の筋が上昇し、乾いた音とともに光の輪が夜空に開いた。

長男たちは窓ぎわに行き、私は、食卓の前に坐っている孫の体を抱き上げて窓に近寄った。

私は、孫をおびえさせぬように、きれいだね、花火だよ、と声をかけ、つづいて打ちあげられる花火に眼をむけながら孫の気配をうかがっていた。

花模様のついた浴衣を着た孫は、息をひそめたように体をかたくして窓の外を見つめている。泣き出すのではないか、とその表情に視線を走らせていた私は、孫の大きく開かれた眼に輝やきが宿るのを見た。

窓の外に数条の光の筋がすさまじい音とともに立ちのぼり、炸裂音が重り合ってとどろき、大輪の光の輪が夜空一面に開いた。孫の口から叫び声に似た声がもれ、同時に体を激しくはずませた。

かたわらに立つ長男の妻が、安堵したように私に笑顔をむけ、私も頬をゆるめた。孫は、花火が打ちあげられる度に、私の腕の中で体をはねさせる。妻や長男たちは、孫の興奮した声に笑い声をあげ、花火をながめている。

不意に、為体(えたい)の知れぬ熱いものが咽喉元に突き上げてきた。孫の小さな骨格が、私の腕にふれている。浴衣の布地につつまれた孫の肩が私の眼の前で上下し、彎曲(わんきょく)した肋骨の骨が私の掌に感じられる。私が手術をうけず、または手術が失敗していたら、長男は生命を得ることはなく、腕の中ではねつづける小さな骨格もこの地上に存在することはない。

手術台の上で泣きわめき、体をはずませていた記憶がよみがえり、腕の中で動く骨格の感触に、生きているという実感が胸にみちた。

私は、落ちそうになるほど体をはねさせている孫の体を抱きしめながら、彩られた光のひろがる夜空をながめていた。

法師蟬(ほうしぜみ)

受話器を置いた星野は、洋間のガラス窓を通して庭に眼(め)をむけた。

狭い庭に樹木らしい樹木は百日紅(さるすべり)だけで、珍しく花が白い。数日前から満開で、雪が分厚く降りつもっているようにみえる。

中学校の同期会の幹事をしている友人は、一応報(しら)せるだけは報せる、と、柿本(かきもと)という友人の死を口にしてから、

「驚いたよ。同期会で会ってからまだ一カ月もたっていないのだからな。一人で温泉旅館に行っていて、朝、死んでいたのが見つかったのだ。元気そうにみえたがな」

と、再び驚いたよという言葉を繰返して、電話を切った。

数年前から年に何人かの同期の者の死がつたえられるようになり、中には親しかった友人もあって、通夜(つや)か葬儀に出向いたこともある。が、それは稀(まれ)で、時には香奠(こうでん)を送ったり

悔みの手紙を書いたりすることはあっても、報せをうけただけで聞き流すことが多い。

柿本とは親しい間柄ではなく、同期会に出席しても目礼をする程度で言葉をかわしたこともない。死んだのか、という思いだけで、なんの感情も湧かない。

しかし、元気そうにみえた、という友人の言葉が、釈然としないものとして胸に残った。友人の眼には、実際にそのようにみえたのだろうか。

同期会は立食パーティーで、柿本は、食物が並ぶテーブルの近くに立ち、談笑する友人たちの中で、だれとも話すことはせず一人はなれていた。顔に表情がとぼしく、眼はなにを見ているのか、うつろであった。

中学校時代、小柄で色白だったかれの頭の地肌は透けていて、髪も半ば白くなっている。首は細く、グレーの背広を着たかれの姿が、陽炎がゆらぐ中で立つ細い標石のようにみえた。

昨日、会に出席した者の記念写真と薄い会員名簿が送られてきていたので、星野は和室の窓ぎわの棚に置かれた写真を手にした。

並んだ友人の中で、柿本の顔を見出すのは容易だった。かれは、二列目の端に立っていた。グレーの背広が白っぽくうつっていて、顔が固定し、葬儀の祭壇にかざられる遺影が一つまぎれこんでいる感じさえする。

幹事の友人は、元気そうにみえたと言い、その死に驚きを感じたと繰返したが、会に出席した柿本の肉体は、すでに死が約束されていたのではないだろうか。

名簿を手にして繰った星野は、柿本の勤務先の欄に悠々自適と記されているのを見た。星野自身も、長年勤務していた会社から傍系会社に移って役員となり、そこも三年前に定年退職している。なにもなすべきことはないのだが、悠々自適などという安穏な心境にはなく、会社に勤めていた頃の余燼がまだ残っていて、同期会の名簿の勤務先の欄には、会社名の前に元という字を記してある。

写真にうつる柿本の姿に、少年時代に眼にした法師蟬の羽化する情景がよみがえった。長い歳月がたっているのに、それは鮮やかな記憶として胸に焼きついていて、晩夏にオーシーチュクチュクと鳴く蟬の声を耳にする度に、眼の前にうかび上る。

夏も終りに近い頃の朝、庭の樹の枝にはりついている露に濡れた蟬の殻の背が、徐ろに割れてゆくのを、少年であった星野は見つめていた。

割れ目に白く透き通ったものがみえ、それが少しずつ盛りあがって、上部から頭部がのぞいた。後頭部が淡い茶の色をおび、眼が黒い。

停止しているかと思うほど動きはかすかだが、チューブから押し出される透明な軟膏のように体が上方にのびてゆき、上半身が露わになった。動きにわずかな変化が起きて、体が徐々にのけぞり頭部がさがりはじめた。

頭部を下に体が垂直にたれさがった時には、尾部がわずかに茶褐色の殻の中に残っているだけで、それから急に頭が上方にもどりはじめて、やがて前肢で殻の背をつかむと、尾部が殻からはなれた。羽は、濡れた薄い絹布のようにしおれていた。

その後、星野は蟬の羽化を眼にしたことはないが、羽化したばかりの法師蟬の体内の単純な臓器が、すべて透けてみえていたような記憶がある。血管に相当する細いビニールの管に似たものの中を、無色の澄んだ体液が流れているのも眼にした。

それも瞬時に近いことで、体がほの白い膜におおわれて内部はみえなくなり、それにつれて羽もひろがってのびた。

二列目の端にうつる柿本の映像が、羽化したばかりの法師蟬の姿と重なり合った。頰をゆるめたり歯をみせて笑ったりしている他の友人たちの顔は、かたい殻におおわれているようにみえるが、細い首をした柿本の顔は被膜がかかりはじめた半透明のものに感じられる。

蟬の卵は、孵化して幼虫になると、土中に入って七年間をすごし、地上に出て樹木にのぼり羽化する。しかし、地上ですごすのはわずか十日ほどで、短い生を終えるという。つまり羽化は、きわめて近い将来に死が約束されていることをしめしている。

星野は、十九歳の夏から四年間、肺結核で病臥していた折のことも思い出した。

空襲で家が焼かれた敷地に建てられたバラック建ての家の六畳の部屋で、星野は、終日、ふとんの上に身を横たえていた。

壁は薄い板が張られているだけで、夕刻近くになると、西側の板壁の所々に赤みをおびた斑点（はんてん）に似たものが湧く。それは大小さまざまな板の節目のある個所で、華やかな西日がかたむいて外壁前面にあたりはじめると、節目の赤い色が急に濃さを増し、やがて赤い光を放つ。板壁にルビーが象眼されたように、その光はきらびやかで、部屋がほのかに赤く染まる。

　西日がかたむくにつれて、板壁の下方の節目から上方へと光を失い、天井に近い大きな節目がひときわ鮮やかに赤く光ると、それも薄れて部屋は暗くなる。

　星野は、晴天の日の夕方、板壁の赤い輝きを見つめながらすごした。

　その頃、かれは、身を横たえたまま手をかざして掌（てのひら）をながめることが多かった。腸も結核菌におかされ、激しい消化不良が日常化していて、青白い皮膚に骨の形が浮き出ていた。皮膚が極度に薄くなったかのように、静脈の青い線が濃くみえる。殊（こと）に掌は、豊かな彩り（いろど）にみちていた。静脈のみならず動脈のそれぞれの毛細血管が掌一杯に透けてみえる。都会の電車の交通網図に似た青と赤の細い線の複雑な交叉（こうさ）が、見飽きることがないほど美麗であった。

　その鮮やかな毛細血管の色に、星野は、羽化したばかりのはかない生命の法師蝉の姿を連想した。自分の体は、さらに透明度を増し、それは死につながるものだ、と思った。咽喉（のど）も菌にむしばまれて滲（し）み入るような痛さが増し、声もかれて出なくなった。肺結核の最も末期に起る症状で、死が間近にせまっているのを感じた。

その頃、結核に特効のある抗生物質が普及し、入手した町医が注射針で注入してくれた。それは驚くほどの効果があって、咽喉の痛みがたちまち消え、さらに消化器の動きも正常にもどり、食欲が増した。

その薬は、難聴を起す副作用があると言われていたが、それらしきものもあらわれず、半年後には病床生活から解放された。掌を彩っていた毛細血管の色も徐々に薄れて、さらに半年後に大学の入学試験を受けた頃には消えていた。

大学を卒業して海運会社に入り、結婚して一人の男児の父となった。

息子は妻に似て色白で、手足が細く、冬にはしばしば風邪をひき、夏には消化不良を起して発熱した。外で遊ぶよりも家で絵本を繰るのを好んだ。

小学校の二年生になった春、首の付け根に瘤に似たものができた。町医は淋巴腺がはれていて、結核性の疑いがあるので大学の附属病院で診断をうけるように、と言い、紹介状を書いてくれた。

星野は、暗澹とした気持になった。肺結核は癒えたとされ、症状らしいものは全くなくなっているが、肺臓に依然として菌が根強く巣くっていて、それが息子に感染したにちがいないと思った。息子が生れてから、それを恐れる意識はあったが、抱いて頰をすり寄せたり、小さい唇に自分の唇をふれさせたりしたこともある。脾弱な息子の肉体の中に、菌がひろがっているのを感じた。

かれは、息子を連れて大学病院に行った。

息子は放射線室に入り、胸部の透視写真をとった。

一時間ほどしてフィルムが現像され、星野は、息子とともに外来担当医の前に行った。

電光のひろがるスクリーンにフィルムがさしはさまれ、息子の小さな胸部の像が明るく浮き出た。胸骨を中心にほの白い肋骨が左右に彎曲してのび、それは剣道具の面に似てみえた。

担当医は、フィルムに眼を近づけて仔細に見つめ、肺臓に異常はなく、咽喉から菌が入って淋巴腺がはれているだけだ、と言った。念のためツベルクリン反応検査をしてみると、陰性であった。

星野は、深い安堵を感じた。

しかし、一年後に息子は病死した。扁桃腺がしばしばはれ、高熱を発し吐き気にもおそわれて敗血症となり、髄膜炎を併発して死亡したのである。

妻は変貌するほど泣きつづけ、かれも小さい柩が火葬場の窯の中に消えた時、激しく嗚咽した。フィルムに映し出されていた細い肋骨が焼かれることを思うと堪えがたかった。

その後、歳月がたつにつれて、息子の容貌、体つきは次第に漠となってゆき、透けてうつっていた小さな胸の骨の白さだけが鮮明な記憶として残った。肋骨が息子そのものに感じられた。

星野が同期会の記念写真を棚の上に置いて洋間にもどると、

「どなたか、お亡くなりになったの」

と、食卓の前の椅子に坐って茶を飲んでいた妻が、声をかけてきた。

「中学時代の友人だよ。一人で温泉宿に行き、朝、死んでいたのが見つかったそうだ」

かれも、椅子に腰をおろした。

「体に悪いところがあったのでしょうに、自分では気づかなかったのかしら」

妻は、少し首をかしげた。

「一カ月前に同期会で会った時、なんとなく影が薄くみえてね。報せてきた友人は、さかんに驚いたと言っていたが、私は、やはりそうかと思っただけだ。いつ死んでもおかしくないように見えた」

星野は、柿本の姿に羽化したばかりの法師蟬を連想したことを口にしようと思ったが、黙っていた。そんなことを話してみたところで、妻はなんのことやらわからず、途惑いを感じるだけだろう。四十年近く妻とすごしているが、考えていることを妻に話さないことも多い。

「どのようなお仕事をしていらしたの」

「たしか化学関係の会社に勤めていて、私と同じように定年退職した。名簿に悠々自適とあったから、なにもしていなかったのだろう」

星野は、茶碗を手にして答えた。

同期の友人たちの中には、勤めていた会社を定年で退いても関連会社その他に籍をおいている者もあり、かれらは声に張りがあり、血色もよい。また、勤めをやめて、その自由を楽しむようにゴルフや囲碁などの会にひんぱんに参加し、以前にはみられぬ享楽の色が抑制されることなく眼にうかび出ている者もいる。

星野の場合は、会社にいる間十分に働いたという満足感があって、年金生活によって安楽に日々をすごしているのは当然の結果だという気持がある。趣味と言えばゴルフであったが、傍系会社に移ってから体力の衰えを意識して興味も薄れ、クラブをにぎることもなくなった。朝起きて新聞を読みテレビを観て、商店街に買物に行く妻についてゆき、午睡をしたり読書をしたりするが、それだけで一日がすぎてゆく。

定年退職後、夫婦で旅行を楽しむ者が多く、星野もその気持はある。が、妻は、結婚以来、外出を好まず、二人で旅行をしたことはほとんどない。家の中ですごすのが最も気持が落着くという。

大学を卒業後、海運会社に入社して間もなく、かれは妻と見合いをし、結婚した。化粧らしい化粧もせず、藤色のツーピースを身につけた彼女の清潔な感じに魅せられた。肌が白く、透きとおっているようにさえみえた。

それから四十年近くがたつが、容姿は当時とほとんど変りはない。濡れたような光沢をおびている髪は、右側の前頭部の部分にそこだけ白くヘアーダイでもしたように白髪が幾筋か寄り集っているが、他の部分は黒々としている。首筋にわずかに皮膚のたるみがみえるだけで、顔の肌には張りがある。

かれは、月に二、三度妻の体を抱く。

体形は若い頃と同じで、ふくらみの薄い乳房の乳暈と乳頭の形もそのまま保たれている。しかし、殊のほか敏感だった乳頭は、ふれてもなんの反応もしめさず、性的に肉体がすでに死んでいるのを感じる。それでも妻の白い裸身に感情がたかまり、身を接することに満ち足りたものをおぼえていた。

妻が家にいても、家の中の空気は静止したままであるように思える。かたわらのベッドに寝る妻は、呼吸をしているのかと疑うほど寝息を立てず、寝返りの気配もしない。体を抱いても皮膚は冷えていることが多く、汗ばむようなことはない。

少年時代、瞬間的に眼にした法師蟬の体内の微細な管を流れている体液の記憶がよみがえる。妻の血管の中には赤い血液は流れていず、蟬と同じ無色の液が鼓動とともに流れているのではないか、とさえ思う。

若い頃の妻の体は、熱することもあり、湧き出た汗が光ってもいた。星野が加える刺戟で身をよじることもあったが、年齢を重ねるにつれてそのような動きは全くみられなくなり、今では体が固形物のように横たわっているだけである。

彼女にはほとんど感情の起伏はなく、わずかに関心をいだいているのは、自分が死亡した折の葬儀のことだけと言っていい。仏式で僧の長々と唱える読経の声は粘液が体にはりつくようでうとましく、むせ返るような香煙も好ましくない。祭壇の飾りは簡素にし、弔問客にはただ献花をしてくれるだけでいいという。

「このことだけは必ず守って下さいね」

妻は、珍しく真剣な光を眼にうかべて言う。

「私の方が先に死ぬ。平均寿命も男の方が短い」

かれが答えると、彼女は、

「いえ、死ぬのは私の方が先です」

と、確信にみちた表情で言うのが常であった。

庭の百日紅の花が散り、隅に植えられた小さな楓の葉が朱色に染り、唯一の庭の彩りになった。

気温が低下し、楓の葉も枯れて落ちた。空が青く澄み、夜空の星の光が冴えた。

幹事をしている友人から、また同期の者の死をつたえてきた。それは医科大学の講師をつとめた後、医院を開業している広瀬という友人だった。

「医者の不養生というやつだよ。おれたちの仲間の四、五人は、医者として信頼できるかれの所へ行って定期検診をうけ、健康管理の指導をうけていたのだがね。かれ自身は、検診をうけていなかったんだ。半年前、なんとなく具合が悪く医科大学に行って胃の内視鏡検査をしてもらったが、モニターテレビにうつった胃の内部を見て、かれは癌だとすぐにわかり、あと半年の命だ、と言ったそうだ。その予言通り死んだんだよ。診断が的中したのだから、やはり名医だったんだな」

友人は、いい奴に死なれてショックだよ、と、少しうるんだ声で言った。

星野は、広瀬と家が近くであった関係もあって中学時代から親しく、淡白な性格が好きであった。卒業後は付き合うこともなくなったが、年賀状は交換し、姪が子宮筋腫の手術をうけた時には、かれに医科大学の外科教授を紹介してもらった。同期会のパーティーの後、かれをふくめた友人たちとバーに行くことも多かった。

星野は、明日の夜に通夜が著名な寺院で営まれることを友人からきき、列席する、とつたえた。

「また、亡くなられたんですか」

電話で受けこたえする星野の言葉をきいていた妻が、細い眉をしかめた。

「少年期から青年期にさしかかろうとする頃に食糧が枯渇していたから、体がもろいのだろう。身長が一六二センチしかない私だが、同期会に行くとちょうど中ぐらいだ。皆、背が低い」

星野は、妻が観ているテレビのホームドラマの画面に眼をむけた。

翌朝、庭に霜がおりた。

寒気の中を通夜にゆくのは辛く、明日の午後一時からの葬儀に出向く方が楽に思えたが、商社マンとして長い間外地に駐在していた甥が、妻子とともに帰国の挨拶にくる予定になっているので留守にはできない。乳呑子であった甥の娘が、どのように成長したか見たくもあった。

夕方になり、紺の背広に黒いネクタイをつけ、裏地のついたダスターコートを来て家を出た。バスで駅までゆき、地下鉄の電車に乗った。車内はすいていた。

目的の駅におりて階段をあがると、広瀬家と書かれた提灯を手にした若い男が立っていて、男のうながす方向に歩いた。弔問客らしい男や女が歩道を歩いてゆき、かれはその後をついていった。

山門を入ったかれはコートをぬぎ、左手の記帳台に行って記帳をし、香奠を渡した。

本堂の前に長い列が出来ていて、その後尾についた。列の中に友人らしい姿はみられなかった。

豪華な祭壇の上方に、大きな遺影がかかげられていた。顎のはった広瀬のその写真は、十年以上も前に撮影したものらしく顔に皺らしいものはなく、髪は黒々としている。星野は焼香し、合掌した。

本堂を出ると、葬儀社の人らしい初老の男が、

「お清めの席が用意してありますので、どうぞ」

と、声をかけてきた。

恐らくその席に友人たちもいて、かれらに通夜に来たことを知ってもらいたい気がして、星野はすすめにしたがって本堂の下の広い部屋に入った。

予想した通り、右手の席に数人の友人たちが坐っていて、星野に気づいた一人が手をあげた。星野は近づいて椅子に坐り、すすめられるままにコップにビールをうけた。

友人の中には病院に広瀬を見舞った者もいて、その話を星野は黙ってききながら、さりげなく友人たちの顔に視線を走らせた。五十歳前後にしかみえぬような若々しい顔をした友人もいれば、典型的な老人の顔をした者もいる。かれらも、あと十年もたてば半数以上はこの世にいないにちがいない、とかれは思った。

友人の一人が、

「席をあらためて、軽く一杯やるか」

と言ったが、若くみえる友人が、

「その元気はないよ。おれは帰る」

と答え、他の者は黙っていた。

友人たちが立ち、星野も席をはなれた。

車を待たせてある友人がいて、それに同乗する者もあり、星野は、一人で地下鉄の駅の方に歩いていった。

電車に乗り、家の近くでバスから降りた星野は、家に通じる道をたどった。三十年近く前に建売りの家を買った頃は家もまばらで夜道は暗かったが、今では家が建ち並んでいて落着いた住宅街になり、街灯も点々ともっている。家のローンは勤めている間に終り、小住宅ながら自分の家を持っていることに安らぎを感じていた。

家に近づき、持っている鍵で玄関のドアをあけ、たたきに入って靴をぬいだ。内部は煖房がきいていて、家に帰ったくつろぎが体をつつみこんできた。

コートをぬぎながら食卓のおかれた洋間のガラス戸をあけたかれは、立ちつくした。妻が、薄い絨緞の敷かれた床の上にうつ伏せになって横たわっている。茶色いスカートがまくれ、片方の細い足が露出してのびている。眠くなって身を横たえているのかと思ったが、妻は椅子に坐ったままうたた寝をすることはあっても、床に寝たことなどない。

こちらにむけている顔を見たかれは、一瞬、背筋に冷いものが走るのを意識した。妻はいつも柔和な顔をし、不快な折には眉をしかめるだけだが、床に接した顔は激しくゆがみ、細い眼が異様なほど大きくひらかれている。

かれは走り寄って膝をつき、頰に手をふれてゆすった。思いがけず凍りついたような冷い感触が掌につたわり、かれは手をはなした。妻の色白の顔は青ずみ、かれは、その顔が生きている者の顔ではないのを感じた。

かれは、膝をついたまま動かない妻の眼を見つめていた。なにかをしなければならぬ、としきりに思ったが、頭の中は空白だった。

救急車を呼ぶべきだ、と自らに言いきかせて電話機に近づき、敬老の日に配られた「緊急の場合」と朱書きされた紙が壁に貼られているのを見つめながら、プッシュボタンを押した。

すぐに落着いた男の声が流れてきて、星野は問われるままに口を動かした。受話器をおくと、同じ男の声で確認の電話がかかり、星野が住所、氏名を告げると、電話が切れた。

かれは立ったまま、横たわっている妻の体をながめていた。

しばらくして、救急車のサイレンの音が遠くから近づき、急にきこえなくなると、玄関のチャイムが鳴った。

かれは、部屋を出て玄関に行き、ドアをあけた。

白いヘルメットに白衣を着た二人の男が、あたかも自分の家でもあるかのように無造作に入ってきて、洋間に足をふみ入れた。一人が妻のかたわらに坐って、妻の手首をつかみ、ブラウスのボタンをはずして露わにさせた胸に聴診器をあて、ひらいた眼をのぞきこんだ。

妻になにか病気があったか、と男がたずね、星野がないと答えると、男は立ち上り、立っている他の男と低い声で言葉をかわし、玄関の方へ去った。

星野は、男たちがなぜ妻を運び出してくれぬのか、といぶかしみ、不満にも思った。部屋に残った男は、立ったまま黙っていた。

しばらくすると、玄関の方で人声がし、背広を着た二人の男が、足音を立てて部屋に入ってくると、警察の者です、と言って黒い表紙の手帳をしめした。救急車の男は、部屋を出て行った。

初老の刑事が妻のかたわらにしゃがみ、白い手袋をはめた手で無遠慮に妻の顔と頭にふれ、さらにワンピースと下着をまくり上げて体をながめまわした。その荒々しい動作に、星野は腹立たしさをおぼえたが、口から言葉は出なかった。

洋間から隣接の和室に入って物色するように視線を走らせていた若い刑事が、

「なぜ、黒いネクタイをしているのですか」

と、星野に刺すような眼をむけ、妻のかたわらにしゃがんでいた男も星野を見つめた。

「友人のお通夜に行って帰ってきましたら、妻が倒れていて……」

星野は、ネクタイが妻の死と関連があると男たちが疑っているのをかすかに意識しながら答えた。声はかすれていて、自分の声のようには思えなかった。

初老の刑事が部屋から出てゆくと、すぐにもどってきて、

「法律上の規則で、監察医務院で死因をしらべさせていただきます」

と、事務的な口調で言った。

死因という言葉に、星野はぎくりとし、それが法律とどのような関係があるのか、と思った。

自分の周囲に薄い膜がはられたように、眼に映るものすべてが霞(かす)んでいて、少ししてから白衣を着た若い男が二人、担架を手にして入ってきたのもかすかに意識しただけであった。

妻の体が担架にのせられて運び出され、青い車にのせられた。星野は、初老の刑事と警察の車に乗った。

車は前後して夜の街を走り、長い塀(へい)のつづいた坂をのぼると石柱の立つ門を入り、樹木にかこまれた白い建物の前でとまった。

車からおりた白衣を着た男たちが、建物の中から担送車を押して出てきて、それに妻の体を移し、建物の奥の方に運んでいった。

星野は、刑事の後について建物に入り、待合室、とドアのガラスに黒い文字で書かれた入口に近い部屋の長椅子に腰をおろした。

かたわらに坐った刑事は、煙草(たばこ)を黙ってすっていたが、眠いのかそれとも退屈なのか

欠伸をし、立ち上ると部屋から出ていった。

星野は、一人取り残されたことに心細さを感じた。待合室という文字をながめながら、調べが終るまで待っているのが不自然に思えた。妻の死因をしらべるなら、夫である自分も立会うべきではないのだろうか。建物の内部は、無人のように静まり返っている。

かれは立ち上ると、部屋の外に出た。

妻の体が運ばれていった通路が奥の方にのびていて、かれは進み、白い壁に突きあたった。左右に通路があって、かれは右の方に歩いた。

少し行くと、通路が左に折れていて、角を曲ったかれは、足をとめた。通路の奥の方まで左側の全面がガラス張りになっていて、かれは、ガラスを通して思いがけず明るい電光にあふれた広い部屋を見た。

壁は白く、ステンレス製らしい台が四つ床におかれ、その二つに裸身の体が横たわり、左手の台に妻の体が横たわっているのを眼にした。妻の体は電光を浴びて白く輝き、台の両側に立った白衣を着た二人の男が、胸囲や手足の長さを計測している。

右手の台にのせられているのは、髪の少し白い肥満した男の体で、その体に作業がはじめられていた。

白衣を着た男が、かたわらに置かれた小さな台から取り上げたメスを、顎の下に食いこませると下腹部まで一気に引いた。それは、定規をあててひいたような正しい直線で、星野は、その切開された部分から光沢をおびた黄色いものが盛り上ってはみ出るのを眼にした。脂肪であることはあきらかだった。

白衣の男は、手袋をはめた手で脂肪を素早く取りのぞき、さらにメスを動かして露わになった内臓をつかみ出した。

妻の体がのせられた台のかたわらに立つ二人の男にも動きがみられ、メスが妻の体の中央を上から下にひきおろされた。が、黄色いものはみられず、切開部分がメスで大きく切りひらかれると、内部は赤みをおびた筋肉の色がみえるだけであった。

星野は、不意に激しい目まいをおぼえ、金属製の手すりをつかんだ。頭の中に小さい気(き)泡(ほう)が無数に湧いて、それがつぶれるような音がし、かれは、その音が薄らぐのを待ってゆっくりと通路を引返した。

待合室にもどると、かれは長椅子にくずれるように腰をおろした。メスで胸から下腹部にかけて切りひらかれた妻の体に、妻が自分の手のとどかぬ遠い所に去ってしまったのを感じた。

頰を涙が流れ、かれは頭をたれていた。

死因は心筋梗塞(しんきんこうそく)と判定され、星野は監察医務院から検案書を渡された。

甥が通夜、葬儀を取りしきり、家に多くの人が出入りし、星野はそれらの人に頭をさげ、悔みの言葉をうけた。葬儀は、妻が口にしていたように祭壇の飾りを簡素にし、献花だけですませた。かれは、眼をしょぼつかせながらも涙を流すことはなかった。

火葬場の窯に柩が入れられ、やがて骨が焼かれたという連絡をうけて、かれは甥夫婦や親戚の者たちと窯の前に行った。

星野は、薄い金属板の箱に入れられた妻の骨を見つめた。素焼きの陶器のように淡白な色をし、灰は純白に近い白だった。

かれは、長い箸で拾った骨を壺の中に入れながら、妻の体に脂肪はなく、体も透明に近いものになっていたのだ、と思った。

冬がすぎ、梅の花が咲きはじめた頃、かれは、郊外の霊園の小さな墓地に妻の骨壺をおさめた。墓石のかたわらにある墓誌に息子の名前があって、その横に妻の名がきざまれた。

納骨を終えたことで一応生活のリズムらしいものをとりもどし、朝起きると新聞を読みテレビを観て、雨天の日をのぞいて日に一回、バス停の近くにある商店街に買物を兼ねた散歩をする。居間には妻の遺影が額におさめられて置かれていたが、メスで切りひらかれた脂肪の全くみられぬ妻の体が、その遺影と重なり合った。

散歩の途中、時折りすれちがう男がいた。数年前まで、その男は、朝、薄い書類袋をかかえたりしてバス停の方に小走りに歩いてゆくのを眼にし、夕方、勤めからの帰りらしく汗をうかべて住宅街の中に入ってゆくのも見た。

その頃は、顔も浅黒かったが、すれちがう男の皮膚は晒されでもしたように艶が失われていて、白い。あきらかに会社勤めを退いたらしく、杖をついてゆっくりと歩いている。少い毛髪はほとんど白く、長身の体に肉づきはない。

男とすれちがう時、冷い空気がかすかにふくれてくるのを感じ、振返ってみると陽炎のゆらぐ中を歩いているように遠ざかってゆくのがみえた。星野は、近い将来、男の姿を眼にすることはなくなるだろう、と思った。

星野は、一日置きに湯を浴槽にみたしてつかり、体を洗うが、或る夜、足の脛に視線を据えた。

若い頃から足は濃い毛におおわれていたが、毛が次第に少くなり、殊に脛の下半分はまばらになっている。あらためて脛を見つめたかれは、細い毛がすべて消え、白い皮膚に静脈が透けているのを見た。

陶器のようにすべすべしたその脛が、蟬の殻の割れ目から徐々にあらわれた白いものに似て感じられ、自分の体もわずかながら透き通りはじめているような恐れをおぼえた。

かすかな眩暈を感じたかれは、体の石鹼の泡をそうそうに湯で流し、立ち上ると湯に足先を入れた。

寒牡丹

電話のベルが鳴っているのが、かすかにきこえる。

日比野は、湯につかりながら耳をすました。

ベルの音が消え、日比野でございますが……という、いつものように丁重な娘の京子の声がしたが、すぐに語調が変った。友人かららしく、男言葉をまじえた京子の明るい声がきこえている。

電話のベルが鳴るたびに、妻の弓子からではないか、と思うが、必ずと言っていいほど京子の友人からの電話であった。

湯からあがったかれは、バスタオルで体を拭った。これまでは勤め先から帰ってくる京子のために浴槽に湯をみたし、前後して入浴したが、明日からは一人きりになり、湯を入れるのも億劫(おっくう)になるにちがいない、と思った。

パジャマを着てガウンを羽織り、居間兼食堂の洋間に行った。京子は受話器を手に、首を少し傾けて笑いをふくんだ声で話をしている。

かれは、台所に入って冷蔵庫から氷を出し、ミネラルウォーターとともに食卓に運び、椅子に坐るとコップに氷とウイスキーを入れ、水を注いだ。

京子は、三日前から休暇をとり、新婚旅行に持ってゆく物などを買いに外出し、今日は、全身美容専門の美容院に行った。美顔術もうけたらしく、艶やかな顔をしてもどってくると、床に腰をおろして神妙な表情で腕や足にクリーム状のものを塗り、むだ毛を除去したりしていた。

受話器を手に立っている京子の眼は輝やき、声もはずんでいる。明日はホテルで挙式と披露宴があり、そのホテルで一泊後、夫となった早川とともにカナダへ新婚旅行に行く。京子の顔は上気していて、日比野は視線をむけるのが堪えがたいような嫉妬に似たものをおぼえていた。

受話器を置いた京子が、台所に入ってナッツと柿の種を入れたガラスの容器を手にして出てくると、それを日比野の前に置き、椅子に坐った。

「メグったら、明日、私が涙ぐむかどうか、友達たちと賭けをしているんですって。泣いたりするわけないのに……」

京子は、恵という大学時代の友人の渾名（あだな）を口にし、ナッツをつまんだ。

かれは、無言でコップを傾けた。狭い庭から、虫の声がしきりにきこえている。

「明日、お母さんは式場にくるかな」

かれは、ためらいがちに京子に声をかけた。

京子は、口もとをゆるめ、

「くるにきまっているわよ」

と、少しも翳(かげ)りのない表情で答えた。

「なぜ、そう思う」

「だって、約束したんでしょう」

「それはそうだが……」

「今日あたり、もう東京に来てどこかのホテルに泊っているんじゃないかしら。私のことを困らせるようなことはしないわよ」

かれは、かすかにうなずき、京子から視線をそらせた。

式と披露宴に妻の弓子が姿を見せなければ、早川家の両親や親族はもとより、日比野の親族たちも不審に思うだろう。その折は、急に体調をくずして家で臥(ふ)せっているという口実を考えてはいるが、かれだけが出席する式と披露宴の雰囲気は、隙間風が吹くようなものになるにちがいなかった。

「お風呂に入るわ」

京子は立つと、部屋を出てゆき、浴室につづく脱衣場のドアがしまる音がきこえた。

たしかに弓子は、家を出て行く時、京子の結婚式には必ず出席すると約束したが、その後、挙式の日が迫っても電話はかけてこず葉書も送られてこない。どこにいるのか消息さえもわからず、約束通り出席するかどうか、心もとなかった。

かれは、今交した京子との会話を反芻した。京子は、少しの不安もないらしく、くるにきまっていると言い、すでに東京にきているかも知れない、とも言った。もしかすると、とかれは思った。弓子は、なにかの方法で、たとえば京子の勤め先に電話をかけたりして結婚式のことについて話し合い、式に出席する、とも伝えているのではないだろうか。それでなければ、出席すると確信にみちた口調で京子が言うはずはない。

東京に……という言葉にも、京子が弓子と連絡をとり合っていることがうかがえた。弓子はおそらく遠隔の地に住んでいて、京子の口にしたようにすでに上京して明日の式と披露宴にそなえているのではないだろうか。

かれは、妻と娘が強い絆でむすばれているのをあらためて感じた。京子は、中学校に入って間もなく初潮を迎えたが、その頃からなんとなくかれとの間に距離を置き、弓子に身をすり寄せるようになった。二人は、なにか低い声で話し合い、かれが近づくと口をつぐむ。女の生理について、京子が弓子に相談でもしているのだろう、とかれは推測したが、それだけに限らず学校のことや友人のことについて、弓子が聞き役になっているようであった。二人は連れ立って買物に出掛けたり、時には、一泊旅行に行くこともある。かれは、妻と娘が緊密な二人だけの世界を形作っているのを感じていた。

京子の結婚の話も、弓子から不意にきかされた。相手の早川は、京子の女子大時代の友人の兄で、著名な電機メーカーに勤務している。一年ほど前から交際していたが、その間の経過を京子は弓子にすべて話し、結婚の申込みをされて承諾したのだという。

「まちがいのない男なのか」

かれは、少しも相談を受けなかったことに不満を感じた。

「会ってみましたが、誠実そうで、それに性格も明るく、京子が気に入るのも無理はないと思ったわ」

弓子は、日比野の不快な表情を意識していないらしく淡々とした口調で言った。

その後、弓子と早川の母親との間で打合わせが繰返され、早川の上司が媒酌人となってレストランで結納が交された。疎外感を感じていた日比野は、その席で紹介された早川と両親の人柄に好意をいだいた。

日比野は、海運会社に勤め、管理職になって定年を迎え、傍系の国内航路のフェリー会社の役員を勤めていたが、結納の日から一週間後にその会社も定年退職した。勤めをしていた頃は、ゴルフに熱中していたこともあったが、いつの間にかクラブを握ることもなくなり、夜、帰宅して少し酒を飲むのを楽しみにしている程度で、趣味らしいものはない。

今後は、学生時代に登山をして写真撮影するのを楽しみにしていたので、山に登るのは無理だが、カメラを手に神社仏閣を撮して歩いてみたいと思った。

退職の日の夜、役員たちが料理屋で送別会をしてくれて、日比野は、贈られた置時計を手に帰宅した。酒に酔っていたが、かれはウイスキーの水割りを作ってソファーに坐った。大学を卒業して入社してからのことを思い起しながら、かれはコップを傾けた。

若い頃は地方の支社を転々とし、本社勤務になってからは船の積荷の確保に動きまわり、海外にもしばしば出張した。自分より高い役職についた同期の者も多くいたが、先天的な性格なのか、嫉妬の感情は淡く、働くことに専念した。かれは、過去を振返り、決して目立った存在ではなかったが、自分なりに会社に貢献したという思いが深く、少し感傷的な気持になった。

翌朝、眼をさましたかれは、会社に行かなくてもよいことに明るい解放感をおぼえた。家で寝ころんでいてもよく、背広も着ずに思いのままに街を歩いてよいことに気分が浮き立った。

朝食後、かれは包みをといて置時計を取り出し、居間の飾り棚の上に置いた。金色をした秒針が、閃きながら動いている。かれにはそれが、会社勤めをした勲章のようにも感じられた。

弓子が台所から出てきてコーヒーをいれ、食卓の椅子に坐った。

「お話があるの」

弓子が、言った。

「なんだね」

かれは、コーヒーカップに手をのばした。

「あなたは昨日、定年退職しましたけれど、私も定年を迎えたのよ」

唐突な言葉に、意味がつかみかねた。が、結婚以来、毎朝食事を作ってかれを送り出し、夜おそく帰ってくるかれを迎えた生活から解き放されたことが、そのような言葉になったのだろう、と思った。

かれは、コーヒーをひと口飲んだ。

再び弓子の声がした。

「定年になりましたから、家庭の勤めをやめます。一人で暮します」

かれは、カップを手にしたまま弓子の顔に視線をむけた。別人のように硬い表情の顔と、冷い光をおびた眼があった。

彼女の口が、動いた。

「長い間、あなたの世話をしてきました。子供は一人しか出来ませんでしたが、養育につとめて大学を出して就職させ、いいお相手との結婚もきまりました。私の勤めはすべて終りました。これからは、私の時間です」

部屋の空気が静止しているのを、かれは感じた。眼の前に靄が流れているように、弓子の顔がぼやけてみえる。思考力が失われ、かれは、カップを食卓の上に置いた。

「それで、どうするというのだね」

かれは、妻の顔にうつろな眼をむけた。

「退職金の半分をいただきます。三十年間働いてきたのですから、いただく権利がありま す」

「それは渡してもいいが、なぜ、そんなことを考える」

弓子は、食卓の上にかすかに視線を落し、顔をあげた。

「かなり前から、あなたが定年を迎えたら一人で暮そうと思っていました。ただ、京子のことが気がかりでしたが、結納もすませましたし、心残りはありません。家を出ます」

「家を出る？」

「そうです。行く所もほぼきめています」

かれは、自分の頬がゆるみかけるのを意識した。弓子の言葉に、真実味が感じられない。精神的に不安定な状態になっていて、口が勝手に動き、言葉をもてあそんでいるように思える。家庭生活は平穏で、夫婦間に亀裂が生じる要素などなく、弓子は気まぐれにそのような言葉を口にしているにすぎないのだろう。

「退職金を半分いただきますが、よろしいですね」

弓子が、念を押すように言った。

「だから、渡すと言っている」

かれは、まともに受けこたえするのが愚かしく思えたが、真剣な表情をしている妻の顔に不快な気分にもなった。

「いい加減にしないか。そんなことを言って、なにが面白い」

かれは、妻から視線をそらせた。

「いい加減ではありません。長い間考えていたことです。身のまわりの物さえあれば十分ですから、明日にでも家を出ます」

かれは、妻が突然精神異常を来したのかも知れぬ、と思った。

「どうしたのだ。自分の言っていることがどういう意味をもっているのかわかるのか。出て行くというが、なにか私に不満があるのか」

かれは、弓子の顔を見つめた。

「不満云々の問題じゃありません。私も定年を迎えたということなんです。これから自分の思うままに生きてゆきたいのです」

弓子の口もとに、かすかに笑みが浮んだ。

かれは、その表情に苛立ちを感じた。

「たしかに私が勤めている間は、それによって拘束されることもあっただろう。しかし、私も勤めをやめたのだから、これからは自分の行きたい所に行けばいいし、好きなようにすればよい。家を出るなどという物騒なことを口にするな」

胸に憤りの感情が湧いた。

「この家を出たいのです」

弓子の声には、自分の言葉に酔っているようなひびきがふくまれていた。

かれは口をつぐみ、腰をあげて台所に入ってゆく弓子の後ろ姿を眼で追った。

妻との会話が、宙を流れる浮遊物に似たものに感じられた。突然、口にした弓子の言葉が、なんの意味もなくかたわらをかすめ過ぎていったように思える。弓子は髪に白いものがまじるようにもなっていて、世によくある、家を出る動機が男が出来たからなどとは思えない。化粧をすることもいつの間にかなくなり、外出する時も行先はきまっていて、夕方には帰宅しているのが常で、そのように疑念をいだく要素は思い当らない。

なぜ、弓子は、定年などという言葉を口にし、家を出たいなどと言うのだろう。日比野より早く定年退職した者が、妻を伴って悠長に旅を楽しんだりしているという話をよく耳にし、事実、出張の折に新幹線の車内などでそれらしい夫婦を眼にすることも多い。妻にとってようやく迎えた平穏な日々は、楽しいものであるにちがいなく、それなのに弓子は、それを自ら破棄して一人で暮したいと言う。

かれは、台所からきこえる食器を洗う水の音を耳にしながら、釈然としない思いでガラス戸越しに庭をながめていた。

かれは、その日、居間の椅子に腰をおろしたまま弓子の動きをひそかにうかがっていた。

弓子は自分の部屋に入ると、やがて姿を現わし、

「銀行に行ってきます」

と言って、家の外に出ていった。

かれは、背筋が冷えるのを意識した。たしかに三十年近く家事をやってきた弓子には、退職金の半ばを手にする権利はあり、それを惜しむ気持はかれにはない。が、夫婦の生活には、互いに寄り添う気持があって、その曖昧さが支えとなり、権利などというものが割り込む余地はないはずだった。が、弓子はそれを口にし、金を引出すために銀行に出掛けていった。

不思議にも胸に怒りの感情は湧かず、冷い木枯らしの吹きすさぶ中に身を置いているような索漠（さくばく）とした思いであった。

正午過ぎに帰ってきた弓子は、自分は外食でもしたのか、買ってきたサンドウィッチを紅茶のカップとともにかれの前に置くと、無言で部屋に入っていった。かれは、うつろな気分で庭に眼をむけていた。したいようにすればいい、というつぶやきが胸の中で繰返され、拗（す）ねたような気分にもなっていた。弓子は、部屋に段ボールの箱を運び入れて身のまわりの物をつめているようだった。

夕方、弓子は、台所に入って夕食の仕度をし、日比野は弓子と向い合って食事をした。かれは、テレビの画面をながめ、弓子に視線をむけることはしなかった。

夜になって京子が帰宅し、着替えると弓子の部屋に入っていった。低い話声がし、京子が弓子を翻意させるのではないか、と期待もしたが、京子は衣服などをまとめるのを手伝っているらしかった。その気配に、かれは、弓子がかなり以前から自分の考えていることを京子に告げ、京子も納得していたのではないか、と思った。もしも弓子が家を出ることを京子が知ったなら、驚きの声をあげ、なじることもするはずだが、部屋の中からは低い声が時折りきこえてくるだけであった。

翌日の午後、小型トラックがやってきて、二人の男が鏡台と十個近い段ボールの箱を運び出した。

「それでは、これから行きます。夕食の食事は冷蔵庫に入れてあります」

弓子は軽装で、ハンドバッグを手にしているだけであった。

「出て行くのはいいが、京子の結婚式はどうするのだ。おれとお前という両親がいるのに、私一人だけだとしたら、相手側の人たちはどのように思う。別居しましたとでも言うのか」

かれは、身勝手な弓子が腹立たしかった。

「そのことは、京子に言ってあります。式の時には必ず出席するから……と。それだけは約束しておきます」

弓子は、淡々とした口調で言った。

かれは、無言で弓子の顔を見つめた。自分との生活を一方的になげうち、家を出てゆこうとしている妻が非情な女に思えた。

そうしたかれの視線になんの感情もいだかぬらしく、弓子は外出でもするような表情で背をむけると、玄関の方に歩いていった。

ドアの閉る音がした。

かれは、身じろぎもせずにソファーに腰をおろしていた。

京子と二人だけの生活がはじまった。

朝、京子はそれまでより早く起きて日比野との食事の仕度をし、出社するようになった。かれは、時にはなれぬ手つきで食事をととのえることもあったが、外食することが多かった。

京子は、勤めが終った後、早川と会って食事をすることもあるらしく、遅くなって帰宅し、酔いに少し顔を赤らめていることもあった。京子は口数が少く、弓子のことについてはふれぬようにしていた。

かれは、弓子が落着き先だけは報せてくるだろうと思っていたが、手紙も来なければ電話もかかってこない。消息は、断たれたままであった。

「弓子は、どこに住んでいるのだろうね」

休日の朝、かれは京子と食事をとりながらさりげなくたずねた。

「どこか地方の町に住むようなことを言っていたわ。物価が安くマンションの部屋代も少額ですむから、と言って……」

京子は、かれに視線をむけることもせずに答えた。

会話は、それで跡切れた。

新潟県で生れ育った弓子は、恐らく知人もいるその方面の都市にでも腰を落着けているのだろう。京子の態度から察して、京子は弓子の住んでいる場所を知っていて、時には電話で話し合っているのではないだろうか。

かれは、自分が一人疎外されているのを感じた。

京子の挙式の日が近づき、かれは落着かなくなった。

「仕度はいいのか」

かれは、不安になって京子にたずねた。

「すべて順調です。かれと二人で話し合いながら準備をととのえるのが楽しいの」

京子は、ホテルとの挙式、披露宴についての打合わせをすべてすませ、新婚旅行の渡航手続きも終えている、と言った。新居は、早川の親が買ってくれた郊外のマンションで、京子が早川と相談しながら購入した嫁入り道具を、挙式の日の直前にマンションにとどくよう手配してあるという。

「ただ一つ、お父さんにお願いしておきたいことがあるの。媒酌の方への御礼なのだけれど、挙式の後、披露宴がはじまるまでの間に、かれの御両親と一緒にお渡しして欲しいの。後日、お宅に揃ってうかがって差上げるのが正式なのだけれど、媒酌の方が、お互いに忙しいのだから格式ばったことは一切省略しましょう、と言って下さったので、その日にお渡しすることにしたんです。その小部屋もホテルで用意してもらってありますから……。お金を用意しておいて」

と京子は言い、早川家と二分の一ずつ出す金額を口にした。

かれがたずねると、京子は、なにもない、と答えた。

「ほかになにか私がすることはないのか」

かれは、翌日銀行に行き、新しい紙幣で金を引出し、文房具店で買った上質の祝い袋に入れた。

式の日は、晴れていた。

早めに朝食をすませた後、かれはモーニングを身につけた。そして、大きな旅行ケースを手にした軽装の京子と家を出ると、タクシーでホテルに行った。

ホテルに入ると、京子はなれた足取りでエレベーターに乗り、着付け室に入った。かれは、京子に教えられた日比野家控室と書かれた木札の出ている部屋に行った。むろん、だれもいない。

かれは、椅子に坐って煙草をすっていたが、時間を持て余して手洗いに立ったり、地下のショッピングコーナーを歩いたりした。控室にもどる時、弓子がいるのではないか、と思ったが、姿はなかった。

そのうちに、紫色の和服を着たホテルの女従業員が入ってきて飲物をそろえ、親族の者たちがやってくるようになった。かれは立って、かれらの祝いの言葉を受けた。

控室が、にぎやかになった。

「弓子さんは？」

亡兄の妻がたずねたが、かれは、

「用事があって、少し遅れます」

と、答えた。

媒酌人の夫婦が入ってきて、自己紹介をして祝いの言葉を述べた。日比野は進み出て、よろしくお願いしますと言い、親族の者たちと頭をさげた。

かれは、親族の者と言葉を交しながらも落着かず、部屋の入口に眼をむけ、さりげなく通路にも出てみた。腕時計を何度か見たが、式のはじまる時刻が迫っているのに、弓子は姿をみせない。京子はくるにきまっている、と言っていたが、弓子は出席しないような気がした。

蝶ネクタイをした係の男が部屋の入口に立って、式場へ案内する、と言った。通路に出たかれは、ウエディングドレスを着た京子が、タキシードをつけた早川とすでに並んでいるのを眼にした。その背後に媒酌人夫婦が立ち、係の男が新郎、新婦の両親がその後ろに並ぶように、と言った。

日比野は、足もとがふらつくのを意識しながら進み出たが、後ろに留袖を着た弓子が横からすべりこむように立っているのに気づいた。かれは、体をかたくして前方に視線をむけた。安堵感よりも驚きの方が大きかった。

列が、静かに動き出した。弓子はどこから姿を現わしたのか。着付け室にでも入っていて、京子に付添っていたのだろうか。もしかすると、昨日にでもこのホテルに入って泊り、京子と時間をしめし合わせて着付け室で待っていたのかも知れない。

赤い絨毯（じゅうたん）の敷かれた式場に入り、指示にしたがって左側の席に行った。弓子がおもむろに横に坐るのが感じられた。

雅楽が奏されて、神前での式がはじまった。

神官が祝詞（のりと）を奏上し、かれは京子が三々九度の杯を口にするのを見つめながら、傍らに坐っている弓子を意識していた。留袖の膝にそろえておかれた弓子の左指には、小さなエメラルドの指環がはまっている。それは、銀婚式を迎えた記念にかれが渡した金で弓子が買ったものであった。

玉串奉奠(ほうてん)につづいて親族かための杯の儀があって、一同起立して拝礼し、それで式は終った。

かれは、前を歩く弓子の後頭部に眼をむけながら式場を出た。親族の者たちが弓子に近づいてきて言葉をかけ、弓子はにこやかな表情で頭をさげている。

かれは、弓子の傍らをはなれ、弓子をながめた。三カ月前まで一緒に過してきた弓子が、思いがけず遠くへだたった存在に感じられた。かれは、一人の女として弓子を見ている自分の眼を意識した。共に生活をしている時には、弓子が六十歳近い年齢であることも念頭になく、女らしい香を感じて、夜、体を抱きしめることもあった。が、親族の者と言葉を交している弓子は、年齢相応の艶の失われた女に思えた。額と眼尻に皺が刻まれ、首筋の皮膚にたるみがみえる。化粧をしているが、肌になじまず浮いている。

係の男が、写真室に案内するのでついてきて欲しい、と言った。

かれは、歩きながら京子の去った明日からの一人だけの生活を思った。弓子は自由に生きたい、と言ったが、自分も誰にも拘束されることなく思いのままに生きてゆこう、と思った。胸にわだかまったものが、吹きはらわれてゆくのを感じた。

写真室に入ると、新郎、新婦を中心に媒酌人夫妻が坐り、日比野は弓子と並んで腰をおろした。

写真室の男が親族の者の立つ位置を少し移させたり、若い女がうずくまって京子のドレスの裾を直したりした。

眩(まば)ゆいライトがともされた。日比野は、膝の上におかれた弓子の手の甲に太い静脈が浮き出ているのを眼にし、撮影技師の指示にしたがって、カメラに顔をむけた。

桜まつり

新幹線の列車から降りた島野は、ホームを階段の方へ歩いた。その駅は、地元選出の閣僚経験のある政治家が、駅をもうける条件も十分ではないのに設置させたという週刊誌の記事を読んだ記憶があるが、それを裏づけるように降車客は少く、ホームは閑散としている。

ベルが鳴りやむと、列車はかたわらを流れるように動きはじめた。

階段に足をふみ出したかれは、数年前からの習慣で手すりに手をふれた。駅の階段をころげ落ちた友人が、一年近くも入院を余儀なくされ、退院後も車椅子にたよっていることから、階段がことのほか恐しいものに感じられる。

階段をおりて改札口に近寄ると、太い柱の前に姪の由利子が立っているのが見えた。

改札口を出ると、由利子が近づいてきて、

「お忙しいのにすみません」

と言って、頭をさげた。

「いや、仕事が一段落して、今日はひまなのだ」

かれは軽い口調で答え、由利子の後について駅の外に出た。

「ここで待っていて下さい」

由利子は、かれのかたわらをはなれると、駅前広場の車道を横切り、車がまばらにとまっている駐車場に小走りに入っていった。

広場に面して新しい食堂や日本通運などの建物があるが、その後方には雑草におおわれた空地が見える。新幹線が停車する地としてはふさわしくない情景だが、やがては建物がすき間なく並び、ビジネスホテルなども建つようになるのだろう。

白い車が駐車場から出て車道をまわってくると、かれの前にとまった。かれはドアをあけて助手席に身を入れ、シートベルトをしめた。

「すみません、厄介なことをお願いして……」

由利子が、再び頭をさげた。

車が動き出し、広場をはなれた。

たしかに厄介なことだが、長兄の娘である由利子一人にすべてを背負わせられるものではなく、弟である自分も処理につとめなければならぬ立場にある。

道の両側には自動車修理工場や倉庫などがまばらに建ち、車は速度をあげた。

これから会う男がどのような男なのか。その男と自分が血のつながりがあるということに戸惑いを感じると同時に、今まで一度も会ったことがないのが不思議に思える。由利子の依頼に応じて出掛けてきたが、自分が由利子に付添ってその役目を果せるかどうか自信はない。

かれは、無言で道の前方に眼をむけていた。

長兄の四十九日の法要が菩提寺で営まれて近くの料理屋で会食した時、由利子が横に坐ると、遺産相続のことで近々のうちに相談に行きたい、と低い声で言った。

島野が軽くうなずき、由利子はすぐにはなれていった。

翌日の夜、由利子から電話があって、同じ趣旨のことを口にした。

島野は、四男一女の末子で、姉は幼い頃腸チフスで死亡し、すぐ上の兄は戦死して戦後は二人の兄とともに生きてきたが、長兄が昨年末に末期癌で入院し、二カ月後には死亡した。長兄の遺産相続については次兄が相談に乗るのが筋で、それを電話で由利子に告げた。

しかし、由利子は、夫の相良と話し合った末、島野に頼む方がいいということになったのだ、という。

「あの叔父さんは、個性が強くて……」

由利子は、かすかに笑った。

島野も、その言葉に頰をゆるめた。

長兄も次兄も、亡父の仕事をついでそれぞれ医療機器の販売会社を経営していたが、長兄はかなりの資産を父からうけついだのに、事業家としての厳しさに欠けていたらしく、事業を縮小しつづけ、遂には不渡手形を出して会社を整理した。不動産などを売り払って負債を残さなかったことが、せめてもの幸いだった。

長兄とは対照的に次兄は、堅実第一を主義として浮き沈みの多い業界にもかかわらず着実に業績をのばしている。長兄が事業からはなれた後、兄弟そろった席で、長兄の人の善さが企業家として本来適していなかったなどと無遠慮に言い、長兄を苦笑させていた。そうした二人のやりとりをきいていた由利子は、頑な事業家である次兄を敬遠しているのだろう。

島野は少年時代から父に商人としての素質がそなわっていないとされて、大学に入り、そのまま大学に残って近世の宿場、飛脚制度史を専攻し、教壇に立つ身になった。教授として定年を迎え、近県の大学に移って授業のかたわら著述もしている。由利子夫婦にとって、経済というものとむすびついている次兄よりも、それとは無縁の島野の方が相談相手としてふさわしいと考えたのだろう。

「一応、兄さんに諒解を得ておくよ。後でとやかく言われても困るから……」

と言って、島野は電話を切った。

かれは、すぐに次兄の家に電話をかけた。兄は在宅していて、嫂の声に代ってしわがれた声が流れてきた。

島野は、長兄の遺産相続の申告について由利子から電話があったことを口にし、

「兄さんは忙しいし、私は半ば悠々自適の身ですから、相談に乗ってやろうと思うのですが、いかがでしょうか」

と、言った。

「申告か。兄貴の遺産と言っても大したものは残っていないが……。私が相談に乗らなくてはいけないのだが、やってくれるかい。御苦労さんだが頼むよ」

兄は、おだやかな口調で言った。が、急に声をあらためると、

「あの件があるからな、どうなるか。一人だけならまだいいが、二人だからね」

と、言った。

兄は、思案しているらしく少し黙っていたが、

「まあ、よろしく頼むよ」

と、沈んだ声で言った。

受話器を置いた島野は、かたわらのソファーに腰をおろして飲みかけのウイスキーの水割りのグラスを手にし、あの件か、と胸の中でつぶやいた。決して忘れていたわけではな

いが、兄に言われてそれが遺産相続と密接にからみ合っているのを強く意識した。兄がよろしく頼むよと言った言葉が、あらためて重くのしかかってくるのを感じた。

一つの記憶が、水底から立ち昇る気泡のようによみがえった。

それは、東京の下町にあった生家が夜間空襲で焼失する少し前で、近隣の町々に次々に焼夷弾が投下され、やがては町も焼き払われる予感に人々は落着きを失い、町はざわついていた。父はその年の末に癌で死亡したが、その頃は少し痩せて顔色も黒味をおびていたものの、癌組織が体をむしばんでいるとは知らず、元気そうに出歩いていた。

記憶が、濃い靄につつまれているように漠としてはいるが、島野は父が奇妙な動きをしているのに気づいた。近くの靴店の二階に女を仮住いのように住まわせ、困惑した表情でしばしばその店に足をむけていた。靴店と言っても、物資が枯渇して店に商品はなく、空屋同然になっていた。

これもどのような折にであったか記憶が定かではないが、島野は、女がその店の階段を大儀そうにゆっくりとおりてくるのを眼にした。その女は長兄の会社の若い事務員で、臨月かと思うほど腹部がふくれていて、島野に気づき、照れ臭そうな表情をして軽く頭をさげた。

夜、居間で父と長兄が低い声で話し合っているのをきいた島野は、長兄が女と肉体関係をもち、それを知った父がみごもった女の扱いに手を貸しているのを知った。

長兄の妻は、夫と女の関係を知って半狂乱になり、父も長兄を激しくなじったようだったが、父は女をひとまず長兄の妻の眼のとどかぬ所に移そうとして、その靴店の二階に住まわせたのだ。

父は女に同情しているらしく、貴重な品となっていた米その他の食料品を女のもとにとどけたりして面倒をみているようだった。

いつ女が他に移ったのか、少くとも町に焼夷弾が大量にばらまかれた頃には、女の姿は消えていた。

その時以来、女を眼にしたことはなかったが、その後、次兄の口からもれる言葉で、長兄と女の関係が戦後もつづいているのを知った。

長兄は、女を隣接県の蕨という町に住まわせているらしく、次兄が長兄に、

「ワラビはどうしている」

などとたずねるのを、何度か耳にした。

また、どのような折に次兄からきいたのか忘れたが、女は二人目の男児を産み、さらに二人とも小学校から進学校として知られた中学校にそれぞれ進んだということもきいた。

島野が大学の教授になった時、祝いの品を持って家に嫂とともに来た次兄が、隣室で島野の妻と話し合っている嫂に視線を走らせながら、

「おれも女遊びはしたが、兄貴は、女については落第だね。ワラビとの関係も深みにはま

り、産ませた子供を二人とも認知している。事業も下手だが、女も下手だ。根っからのお人善しなんだよ」

と、声を低めて言った。

認知という言葉に、島野は、長兄の蔭の部分に一つの生活があるのを知った。

「認知しているのを、嫂さんは知っているのですか」

島野は、次兄の顔を見つめた。

「気づいてね、すったもんだがあったようだ」

次兄は、無表情に答えた。

どのようないきさつがあったのか知らないが、女が長兄と別れたのは、長兄が事業に失敗して会社を整理する寸前で、それから一年ほどして女がなにかの病気で死んだことを次兄からきいた。

長兄は二歳下の次兄になにもかも話しているらしく、次兄も長兄に忠告したりなどしていたようだが、十歳以上もちがう島野は、兄たちとははなれた場に身を置いていた。長兄の女についての話も、遠い世界のことのようにほとんど関心はなかった。

しかし、由利子から長兄の死にともなう遺産相続の相談に乗って欲しいという依頼をうけ、にわかにそれが身近なものになったのを感じた。

島野は、グラスを手に思案した。長兄の遺産は嫂が二分の一、一人娘の由利子が残りを相続するが、認知した子がいる場合は、実子の二分の一を相続する権利があるという話をきいたことがある。それが事実とすれば、由利子は遺産の四分の一、認知した二人の子は合わせて四分の一を相続することになる。

遺産相続の申告手続は素人の手に負えるものではなく、まして認知ということのからむ相続は専門家にゆだねるべきであった。

かれは、中学時代に同級生であった河瀬にすべてを話そうと思った。河瀬は大学を卒業後、国税庁に入り、二個所の税務署の署長を務めて退官し、税理士の事務所を開いている。中学校の弓道部にともに所属していたこともあって遠慮のない間柄であり、かれなら親身になったそれを処理してくれるはずであった。

翌日、同窓会名簿を繰って河瀬の事務所に電話をかけた。女の事務員が電話口に出て、かれは外出していて夕方五時までもどらぬと言い、島野は、その頃あらためて電話をかけ直すと言って受話器を置いた。

五時少し前、電話が河瀬の方からかかってきた。都内に仕事で出ていたという。

島野は、長兄の遺産相続について事情を簡単に話し、申告の手続きをして欲しい、と依頼した。

河瀬は承諾し、近日中に由利子の家にうかがうと言った。が、由利子は、私鉄の特急で一時間半近くかかる地方都市に住んでいて、由利子を島野の家に呼び寄せて河瀬に会ってもらうことにし、日時を打合わせた。

「姪御さんに、戸籍謄本一通をとって持ってきてくれるように言って下さいな」

河瀬は、事務的な口調で言った。

約束の日、由利子が、休暇をとった夫の相良と少し早目に島野の家に来た。次男である相良は、近い将来、婿養子として入籍することになっている。

「御面倒をおかけして申訳ありません」

相良は、商社マンらしい口調で言い、由利子とともに頭をさげた。

やがて玄関のチャイムの鳴る音がし、鞄を手にした河瀬が姿を現わした。

由利子夫婦と挨拶を交して洋間の椅子に坐った河瀬は、細いつるの眼鏡を取出してかけると、由利子の差出した戸籍謄本をテーブルの上に置き、見つめた。

かたわらに坐った島野は、謄本に視線をのばした。認知という文字が見え、母の欄に成沢ミヤという氏名が記され、かれはそれが女の名であるのを初めて知った。「男」として二人の名が記入されている。

第一子の男の生年月日を眼にした島野は、やはり、と思った。それは生家が焼けた日の半月ほど前で、その日付と階段をゆっくりとおりてきた腹部のふくれた女の姿が重り合った。女は、靴店の二階からどこかに移され、そこで男児を出産したのだろう。

かすかにうなずきながら謄本を見つめていた河瀬が、背をのばして煙草を取出した。紅茶を運んできた島野の妻が、そのままソファーの隅に坐った。

　島野は河瀬の横顔に眼をむけ、

「認知した二人の子のことだが、実子の二分の一を相続する権利があるというのをなにかで読んだ記憶がある。その点はどうなのかね」

　と、河瀬の表情をうかがった。

「そう、そう」

　河瀬は、嫡出子、非嫡出子という用語などを使い、その通りだと答えた。

「やはり、そうか」

　島野は、椅子の背に体をもたせかけた。

　長い沈黙が流れた。

　かたい表情で口をつぐんでいた由利子が、

「認知した二人の人が今どこにいるのか、知りません。そういう場合はどうなるのでしょうか」

　と、たずねた。

「それは、草の根分けても探し出さなければなりません。その人たちの当然の権利ですから……」

　河瀬は淀みない口調で答え、さらに、どうしてもわからぬ場合には公告をして探すことにつとめる必要がある、と言った。

由利子は視線をわずかに落し、相良は河瀬の顔を見つめている。

河瀬のその言葉で、質問することはなにもなくなった。

謄本を鞄におさめた河瀬は、数日中に本籍地におもむいて非嫡出子の現住所を調べ、それが判明次第連絡する、と言って腰をあげた。

島野たちは、家の外まで出て、車で去る河瀬を見送った。

「草の根分けてでも、ですか」

洋間にもどった相良が、つぶやくように言った。

由利子は、黙っていた。

その後、河瀬は、女の事務員とともに由利子の家におもむき、遺産の内容調査をし、書類の作成に手をつけたようだった。長兄の妻は、体にこれといった故障はないが、老齢のため幾分痴呆気味で、河瀬との応対はすべて由利子があたっていた。

夜、河瀬から電話があった。自宅にもどって電話をかけているという。

「第一子の方の現住所がわかってね、姪御さんに連絡した。第二子の方は失踪しているよ」

河瀬は、そこで言葉を切ると、失踪してから七年以上経過しているので、失踪宣告が出されれば死亡とみなされる、と言った。

「その人は結婚していたが、失踪前に相手の女性との離婚届が出されている。それでさらに調べたところ、その女性は九州で再婚している」

河瀬は、その女性が第二子との間に子供を産んでいれば、その子に相続の権利があるという趣旨のことを口にした。

「子供にまで相続権があるのかね」

島野には、意外なことに思えた。

「そうだよ。代襲相続と言ってね、血のつながった者にはその権利がある」

河瀬は、淡々とした口調で答え、子供がいるかどうか、これから調べる、とつけ加えた。

「大分、面倒なことになったね」

島野は、思わず言った。

「なに、よくあることだよ。もっと複雑な事例もある。それを処理するのがおれたちの仕事さ」

河瀬は酒が入っているらしく、少し甲高い声で言った。

十日ほどたって、河瀬から大学の研究室に電話がかかってきた。

「離婚した女性に子供がいないことがはっきりしたよ。それで一応、第二子に関する相続は考えなくてよいとして、姪御さんと第一子の人との交渉だね。それについては、姪御さんに指示しておくよ」

「色々と世話になった」

島野は、礼を言って受話器を置いた。

車は、両側に耕地のひろがる道を走っている。なにを栽培しているのか所々にビニールハウスがあり、春らしいおだやかな陽光につつまれていた。

三日前に由利子から電話があって、夕方、うかがいたいと言い、約束した時刻にやってきた。

由利子は、河瀬がすべて申告に要する書類を作成し、相手の男とも連絡をとって由利子が男の家におもむく日時も定めてくれたという。

由利子は、茶封筒から書面を取出し、

「これにその人の判を押してもらうのだそうです」

と言って、書面を島野に差出した。

かれは、それを手にした。遺産分割協議書という表題のもとに相続人全員の協議の結果、遺産の二分の一を長兄の妻、残りを由利子が相続するとして、遺産内容が列記されていた。相続人の欄に長兄の妻と由利子の住所、氏名が記され、男には由利子から相応の条件を提示してその下に署名、捺印をもとめるのだという。その条件に男が不満なら、むろんそれには応じない。

書面から眼をあげた島野に、由利子が、

「相良と一緒にその人の所に行くつもりでいたのですが、相良が明日から急に部長とオーストラリアに出張になったのです。それで、こんなことをお願いするのは気がひけますが、一緒に行っていただけないでしょうか。私一人では、なんとなくこわい気もして……」

と、跡切れがちの声で言った。

かれは、一瞬戸惑いをおぼえたが、由利子のおびえたような表情を眼にして、

「そうか、行くよ」

と、反射的に答えた。

由利子の家は、東京と男の住む地方都市のほぼ中間にあって、その都市に近い新幹線の駅まで島野が行き、由利子が駅で出迎えることになったのだ。

ハンドルをにぎる由利子は無言で、島野に口をきくことはしなかった。

同行して欲しいという由利子の言葉に、ほとんどためらいもなく応じたのは、自分の年齢によるものなのだ、と思った。六十歳を過ぎた頃から、承諾する時も断わる時も、すぐに諾否の答えが自然に口からもれる。その結果にほとんど誤りはなく、それは長い歳月の体験の積み重ねで勘に似た判断が即座にうまれるからだろう。由利子の立場を考えれば、一人で男に会わせるわけにもゆかず、応諾したのは当然であった。

これから会う男がどのような態度をとるか不安ではあったが、それはその時のことだ、

と思った。

男に署名、捺印をしてもらうことについては、河瀬に電話で指示を仰いだ。遺産が大きい場合、相手が不動産や多額の金を要求する場合もあるが、一般的には金一封としてそれ相応の金を渡して納得してもらい、書名、捺印をして相続が確定することが多いという。

それを島野は由利子に電話でつたえ、男に提示する金額の点でも話し合い、その金を由利子はたずさえているはずであった。

道の両側に人家がつらなるようになり、車は川にかかった長い鉄橋を渡りはじめた。前方の土手に桜並木が長くのびていて、都内の桜はすでに散っているのに満開らしく白く見える。多くの人が歩いたり坐ったりしているのも眼にできた。

橋を渡ると、鉄筋コンクリートの建物もある市街がひろがった。その地方都市は、江戸時代に毎年春、朝廷の勅使が日光の東照宮におもむく例幣使道の宿場の一つで、島野は、助教授の頃、学生を連れて本陣であった旧家に残る文書調べをしたことがある。それから二十年近くたつが、宿場らしい面影が残っていた町並はすっかり変り、道に車の往来もしきりであった。

道の左側に車をとめた由利子が、ハンドバッグから男の住所を記してあるらしい紙片を取出し、

「どこなのかきいてきます」

と言ってドアをあけ、かたわらの薬局に入っていった。

すぐにもどってきた由利子が、再びハンドルをにぎった。

車はそのまま広い道を進み、信号のある四つ角を左折した。

前方をうかがっていた由利子が、車を道の端に寄せた。前方の左側に銀行があり、そのかたわらに商店街のアーケードの入口が見えた。

「あの中にあるようです」

由利子がシートベルトをはずした。

島野は、歩道に降り立ち、ドアをロックして下車した由利子と歩き出した。

銀行の角を曲ると、アーケードの下に商店街が長くのびているのが見えた。通路に桜まつりと記した横断幕が張られ、桜の造花が所々に飾られていて、店頭には祭りを記念した籤びきのポスターが貼られている。男がふとん店を営んでいるというのを河瀬からきいているが、商店街にあるからには店も一応営業成績をあげているのだろう。

かれは、両側の店の突き出し看板に視線を走らせながら歩いていった。

「あれですね」

由利子の声に、島野は前方の左手に出ている看板に視線をむけ、その店に近づいた。通常のふとん店を想像していたが、何間間口というのか、つらなる商店の中では店構えが際立って大きい。

店の前で足をとめたかれは、店内に眼をむけた。奥行きが深く、ショウウインドウには瀟洒な色柄の洋掛けぶとんが何枚も飾られ、陳列台には羊毛ぶとんやタオルケットなどが並べられている。客が十人ほどいて、デパートの寝具売場のような雰囲気であった。

島野は、由利子の後から店内に入った。由利子が、こちらに顔をむけた若い男の店員に近づいて名を告げた。

男は、

「お待ち下さいまし」

と、折目正しい口調で言うと、店の奥の方へ歩いていった。

すぐにもどってきた男が、

「こちらへどうぞ」

と声をかけ、島野は由利子と男の後につづいた。

男は店の奥に入ると、右手の通路を進み、ドアをあけた。

ドアの内部は応接室になっていて、奥の大きな机の前に茶系のダブルの背広を着た男が坐っていた。

こちらに顔をむけた男が立ち上り、近づいてくると、

「成沢です」

と言って名刺を出した。

島野も男に名刺を渡し、由利子は頭をさげた。

「どうぞ」

男が島野たちにソファーへ坐るよううながし、椅子に坐った。

由利子が視線を伏しながら長兄の娘であることを口にし、島野も弟であることを告げた。

島野は、男を眼にした時から狼狽に近い心の動揺をおぼえていた。男は長兄よりも小柄であったが、額の禿げあがり具合が長兄と同じで、顔が次兄によく似ている。自分と同じ血をつぐ人間が他にもこの地上にいたということに驚きをおぼえ、男の顔を見るのが恐しくさえ思えた。

「あの方がお亡くなりになったそうで……」

男が、抑揚の乏しい声で言った。

長兄を他人のようにあの方と言ったことに、男の兄に対する感情があらわれているように思えた。声が長兄のそれと酷似している。

由利子が、顔を伏したままうなずいた。

「御用件は、河瀬さんという税理士の方からお電話でうかがっております。遺産相続のことだそうで……」

男の顔は無表情で、なにを考えているのか島野にはわからない。

由利子が、茶封筒からぎこちない手つきで書面を出し、男に差出した。

受取った男は、椅子の背に体をもたせかけて書面を見つめた。

島野は、男の表情をうかがっていた。その書面の冒頭には、遺産を長兄の妻と由利子が二分の一ずつ相続すると書かれていて、その一方的な記述に男が憤りをいだくことが予想された。由利子も男の顔を見つめている。

顔をあげた男が、由利子と島野に視線をむけると、

「遺産の内容は、これだけですか」

と、言った。眼に刺すような光が浮んでいる。

由利子が、はい、と低い声で答えた。

男は、こわばった表情で書面に眼をむけていたが、立ち上ると机の前の椅子に坐り、卓上メモを指にあてて受話器を手にし、電話機のボタンをなれた手つきで押した。

相手が出たらしく、男は自分の名を告げ、河瀬先生をお願いします、と言った。島野は、男が河瀬の事務所に電話をかけているのを知った。

簡単な挨拶の後、男は、

「会社の土地、建物の記載がありませんね。土地が千坪近くあったはずですが……」

と、少しうわずった声で言った。

河瀬が説明しているらしく、男は不快そうな表情をして無言でうなずいていたが、やがて、

「そうですか、わかりました」

と言って、受話器を置いた。

もどってきた男は、椅子に坐ると、

「会社は倒産したんですね」

と、言った。

「そうです。もう十二、三年前になるかな」

島野は、由利子に同意をもとめるように声をかけた。

由利子が、うなずいた。

男は長兄の会社規模の概略を知っていて、それが記載されていないのをいぶかしみ、河瀬にたしかめたのだろう。男がどのような要求を持ち出すか、身がまえるような気持であった。

男は、金色の携帯用のボールペンを手にすると、相続人の欄の由利子の下に住所、氏名を達者な筆致で書いた。そして、内ポケットからケース入りの印鑑を取出し、氏名の所に捺印し、さらに鉛筆で捺印と書かれた個所にも印鑑を押した。

島野は呆気にとられ、男の手の動きを見つめていた。

男に会えば、双方の間でかなりの言葉のやりとりがあり、こちらの条件を口にして諒解して欲しいと頼み、男はそれについてなにがしかの回答をする。時には険悪な空気になることも予想していたが、男は、こちらの条件をきこうともせず署名、捺印をしたのが意外であった。

島野は、腰をあげた男が机の前にもどるのを眼で追った。男は、机の曳出しから紙片のようなものを取出し、それを手にもどってくると、

「税理士の方から用意しておいて欲しいと言われたので、取っておきました」

と言って、それを遺産分割協議書の上に置いた。住民票と印鑑証明書であった。

島野は、男の態度が不気味に思えた。大きな寝具店を営む男は、むろん豊かな経済知識を持ち、商人としての金銭に対する鋭い神経をそなえているはずであった。当然、男は、非嫡出子としての相続の権利も熟知していて、それに適した要求を持出すのが自然と言える。

ゆったりと椅子に坐っている男に、島野は、大学で学生を教えている自分が世間的に無力であるのを感じた。

島野は、なにか話さねばならぬ、と考えたが、適当な言葉が見当らず、

「それで、署名、捺印をしていただくのに、甚だ些少ですが用意したものを持って参りました。それで御諒承いただけますかどうか……」

と、ためらいがちに言った。

それを待っていたように、由利子がハンドバッグから謝礼と書いた紙袋を取出し、テー

ブルの上に置いた。

「いくら入っているか存じませんが、いりませんよ」

男の突き放すような声に、島野は男の顔を見つめた。

男の眼は光をおびていて、

「私もこのように商売をしております。自分の口から申上げるのもどうかと思いますが、経営もまずまずで、生活にはなんの不自由もしておりません。お金などもらってもどうということはありません」

と、言った。

島野は口をつぐみ、男の顔をながめた。男が紙袋の中身をたしかめて受取るか、またはそれ以上の額を要求するかいずれかであると予想していたが、いらぬと言われては返事の仕様もない。

ふと島野は、男が自分の甥であり由利子の異母弟であることを思った。そのような関係にあるのに、互いに未知の人間として向い合って坐っているのが異様に思えた。

女が長兄からはなれていったことについて、兄貴が碌に世話をしてやらなかったからだ、と次兄が言ったのを耳にしたことがある。女は、長兄のあたえる金で二人の子供を成人させたが、第二子の男が失踪したことでもあきらかなように、第一子も第二子も社会人になってから苦難にみちた道をたどったのだろう。

そうした境遇の中で、眼の前に坐っている男は、苦労をかさねた末、ようやく現在の位置にまでたどりついたにちがいない。男は、自分の出生からはじまった苦悩と恨みを、金はいらぬという言葉で表現したのだろう。

島野は、年長者として自分の役目を果さねばならぬと考え、

「一応このように持ってきたのですから、お受取りいただけませんか。それでなければ、このことは終りを告げません」

と、辛うじて言った。

男は眼を動かさず、黙っている。

「いかがでしょうか」

島野は、自分の言葉に媚びるような響きがこめられているのを意識した。

男が島野に眼をむけると、

「お気持はわかりますが、いただいても処理に困ります。署名も捺印もしたのですから、これでよろしいでしょう」

と、口早に言った。いつの間にか、男の眼の光には不快そうな色がうすらいでいた。

「弱りましたな」

島野は、薄れた髪を手でなぜた。

男が、飾り棚に置かれた大理石の時計に眼をむけると、

「商店街の寄り合いがあります。これですべてが終ったのですから、お引取りいただけませんか」

と、言った。

「そうですか。それでは失礼させていただきましょう。署名、捺印をしていただき、ありがとうございました。どうぞ、お元気におすごし下さい」

島野は腰をあげ、頭をさげた。

立った男は、無言であった。

書面と紙袋を手にした由利子がぎこちなく頭をさげ、島野は由利子とともに部屋を出た。

店の通路を進み、アーケードに出た。二人は黙ったまま歩き、銀行の角を曲った。

由利子が車の中に身を入れ、島野は助手席に坐った。由利子は、坐ったまま身じろぎもしない。

「どんな暮しをしているか気がかりだったが、手広く仕事をしているようだね」

島野は、金を受取ろうとしなかった男に敗北感に似たものを感じていた。

黙っていた由利子の口から、低い声がもれた。

「相良は、父を心優しい良い人だったと口癖のように言っていますが、私にはそうは思えません。父を恨んでいます。位牌を見るのもいやで、ドブにでも投げ捨てたい気持です」

由利子の眼に涙がにじみ出ている。

島野は息をついた。

由利子がハンドルをにぎり、車が動き出した。反転して道を引返した。

車が進んで、鉄橋にかかった。

かれは、首を曲げて土手の桜並木に眼をむけた。遠ざかる町に自分と血のつながりがありながら、これから二度と会うことのない人間が生きているのが不思議に思えた。

かれは自分の眼に弱々しい光が浮び出ているのを意識しながら、前方に視線をもどした。

プリンを食べ残した美香は、椅子の背にもたれて眠っている。半ば開いた口から歯の一本欠けた歯列がのぞいているが、乳歯が抜け落ち、歯が生えかわるのだという。

島野は、ホテルの喫茶室の窓ガラスを通して遠く見える遊園地の観覧車に眼を向けた。それは巨大な観覧車で、赤、青、黄の三色に色分けされたおびただしいゴンドラが、ほとんど停止したままでいるように見える。が、見つめていると、わずかながらも動いているのがわかる。

その日は第二週の土曜日で、美香の小学校が休日であることから、月に一回美香に会える日をその日にし、遊園地に近い駅を待合わせ場所にした。

改札口の外で待っていると、約束の時間から十分ほどおくれて玲子が美香を連れて姿を現わした。

かれは、タクシーに玲子と美香を乗せ、遊園地に行った。

園内に入った美香は嬉(うれ)しそうに眼を輝やかせ、チューリップの形をした乗物に玲子と並んで坐(すわ)り、島野は回転しながら近づく二人にカメラのレンズをむけてシャッターを押した。小型の蒸気機関車が曳(ひ)く豆汽車に、かれは美香と共に乗った。かれは美香をうながして、コートを手に立つ玲子に手をふった。

美香は、さまざまな乗物に乗り、最後に島野と玲子の三人で観覧車に乗ったが、予想に反して退屈のようだった。ゴンドラが徐々にあがると海が見え、港に碇泊(ていはく)している様々な形をした船が見下せた。かれがそれらの船を指さすと、美香は眼を向けはしたが、興味をしめすことはなかった。

遊園地を出てタクシーで駅までもどり、近くのホテルの喫茶室に入った。美香は疲れたらしく、プリンが運ばれて来た頃には、眠そうに欠伸(あくび)をし、すぐに眼を閉じた。

島野が玲子との離婚届に捺印(なついん)したのは、半年ほど前の桜が葉桜になった頃だった。正月をすぎて間もなく玲子から離婚の話が出ていたが、美香の小学校への入学時に両親が揃(そろ)っている形にしたいという玲子の配慮で、離婚届が区役所に提出されたのは四月中旬になってからだった。

玲子と結婚したのは七年前で、美香が生れて間もなく島野が四歳上の未亡人と肉体交渉があるのがあきらかになり、玲子は半狂乱になった。離婚すると泣きわめき、実家に美香を抱いてもどった。

　仲裁に入ってくれたのは玲子の兄で、島野は兄に詫び、女と縁を切ったことを伝えた。玲子が再び島野のマンションにもどったのは、兄に説得されたことと嬰児をかかえて暮す自信がなかったからであった。同居する老いた母の面倒を見ている兄は、妻の手前、玲子母娘まで引受ける気にはなれなかったのだろう。

　マンションにもどった玲子との夫婦関係はぎくしゃくしたものではあったが、日がたつにつれて玲子の眼の険しさも薄れ、一カ月ほどした夜、島野が強引に玲子の体を抱いてから生活は旧に復し、玲子から夜の営みを求めるようにもなった。

　しかし、昨年末、二十六歳の女が酔ってマンションにやってきた夜から、再び激しい波風が立った。

　女は、島野の勤める製薬会社と取引きのある小さな会社の社員で、妊娠し堕胎したので慰藉料を出せとわめいた。ハンドバッグから、温泉の和風旅館の一室で浴衣姿の島野に肩を抱かれた彼女の、自動シャッターで撮った写真を出して玲子に投げつけたりした。

　動顚した島野は、女の腕をとって外に連れ出し、なだめすかしてタクシーに乗せたが、もどってくると部屋に玲子と美香の姿はなかった。

　かれは女にまとまった金を渡し、以後、苦情は申立てず縁も切るという誓約書を書かせ、実家にもどっていた玲子にそれをしめして詫びたが、玲子は口をきくこともしなかった。

頼りにしていた彼女の兄も、前回とは異なって相手になってはくれず、離婚の条件についての話し合いがおこなわれた。

島野は父の遺した六部屋あるアパートを持っていて、それを玲子に譲渡するよう兄は強く要求した。アパートの一室に玲子母娘が住み、他の部屋の賃貸料で生活は維持されるという。

「あなた自身の蒔いた種だ」と、兄は同じ言葉を繰返し、思いがけぬ執拗さで迫り、島野はその気迫に押されて条件をのみ、離婚届に実印を捺した。島野がただ一つ出した条件は、一カ月に一度美香と会わせて欲しいということで、兄の口添えで玲子も承諾した。

観覧車に乗っていた玲子は、うつろな眼を海の方に向けつづけていた。

島野は、その横顔をひそかに見つめた。眉から鼻への線がきりっとしていて、玲子を初めて見た時、光った眼とともに激しく魅せられたことを思い出す。夫婦として暮していた時より白い肌が一層滑らかになっていて、紅の正しく塗られた唇の形の良さが顔を気品のあるものにしている。

喫茶室に入ってからも、かれは落着かず、コーヒーを飲み美香を椅子の背にもたせかける玲子の顔に視線を据えていた。

「美香は楽しかったのかね」

かれは、コーヒーカップを口に近づけながら言った。

めている。

玲子は、広い窓に眼を向けた。遠く見える遊園地の観覧車に、華やかな西日が当りはじ

「楽しかったんでしょうね」

玲子の細い首筋にプラチナのネックレスが光っている。それは結婚して間もなく、銀座を歩いている時、かれが玲子に買いあたえたもので、その折の玲子の嬉しそうな顔が眼の前に浮ぶ。

かれは、少くなったコーヒーを飲んだカップを皿の上に置いた。

「美香と会えて嬉しかった」

「生活はどうなの。先月、アパートの一室が埋まらないと言っていたが……」

「まだ埋まらないわ。でも、不自由なく暮しています」

玲子は、窓に顔を向けている。

かれは息をつき、

「兄さんが、あんた自身の蒔いた種だと言ったが、その言葉が頭にこびりついている。まさにその通りで、本当に申訳なく思っている」

かれは、テーブルに手を突き、頭をさげた。

玲子は、黙っている。

「こんなことを言える身ではないことは、十分に承知している。だが、もう一度機会をあ

たえてはくれないだろうか。後悔しているんだ。一緒に暮すわけにはゆかないか。そうしてくれたら一心に尽す」

かれは、頭を垂れた。

「そのことについては、この間も言ったでしょう。一度ならまだしも、二度まで……。それに子供まで孕(はら)まして。もうあなたとの関係は終ったのよ」

彼女は、かれに眼を向けた。

「そんなことは言わないで欲しい。美香はあなたと私の間にうまれた大切なものじゃないか。美香は中学、高校、大学へと進み、やがて結婚する。父親というものがいなければ肩身のせまい思いをする。心から詫びる。美香のためにも、決して罪深いことはしない。許して欲しい」

かれは、再びテーブルに手を突いた。

玲子は、無言であった。

長い沈黙がつづいた。かれは、美香に眼をむけている玲子の顔をひそかにうかがった。玲子は、無表情であった。

美香が体を動かし、眼をあけた。かれは、身を乗り出して美香に微笑(ほほえ)みかけた。美香はまだ眠いらしく、顔を歪(ゆが)めている。

「夕食の仕度があるから、もう帰らなくては……」

玲子は、不機嫌な美香を床に立たせ、コートとハンドバッグを手に立ち上った。かれは、美香の手をひく玲子の後から歩き、レジスターで代金を払った。

玲子と美香につづいてエレベーターに乗った。

「考え直してみてくれないか。美香と三人で暮したい」

かれは、玲子の腕に手をふれた。柔らかい腕の感触が感じられ、香料のまじった玲子の香わしい肌の匂いが鼻孔にふれる。

玲子は、視線を前に向け口をつぐんでいる。

ホテルを出たかれは、美香の手をとり隣接した駅の構内に入った。かれと反対方向の電車に乗る玲子は、切符を買い、改札口にむかってゆく。

「頼むよ、お願いだから……」

かれは、玲子について歩き、改札口の所で美香の手をはなした。

玲子は、美香の手をとり振向くこともせず歩いてゆく。

階段を登ってゆく玲子の腰の動きに、今でも黒いレースのショーツをはいているのだろうか、と思った。かれの求めに応じてその類いのものをはくようになったが、それが常のことになっていた。

玲子と美香の姿が消え、かれはその場に立っていた。レースに透けた玲子の腿の白さが、眼の前にゆらいでいる。

前回までは素気ない白けた表情をしていたが、今日はそれが少し柔いだように感じられる。美香のことを今後も口にした方がよいのかも知れない。

かれは深く息をつき、背を向けて歩くと公衆電話の前に立った。体に激しくうずくものがあって、付き合いはじめた女と会わずにはいられない気持であった。

かれは受話器をとり、せわしなくプッシュボタンを押した。

西瓜

熱湯にひたしたタオルを口のまわりにあて、その部分にブラシで石鹸を泡立たせた。川瀬は、安全剃刀を使いながら鏡に映る自分の顔を見つめた。五十歳を過ぎているとはとても思えぬ、とよく言われるが、髪に白いものがまじり、それが年を追うごとに増している。皮膚にはまだ張りが残っているが、それがいつまで保たれるか心許ない。

鏡に映る顔は、日によって異なる。年齢相応のものが確実に現われていると思う日もあれば、十分に若い、と気分が軽くなる日もある。

今日の鏡の中に映る顔は後者に近く、君枝に会うには好都合だ、と思った。

君枝から電話がかかってきたのは、朝の九時きっかりであった。休日でも九時には起床するのが習いで、その時刻に電話をかけてきたことに、君枝との十八年間の生活が思われた。

半年前に君枝がマンションの部屋を出て行ってから、電話をかけてきたのは二度だけであった。一度は燃えるゴミ、燃えないゴミの選別とその出し方を口にし、二度目は、クリーニングに出しておいた君枝の衣服がもどってきたら、着払いで送って欲しいという依頼であった。

「今日は、なにか御予定がありますの」

君枝の言葉遣いは丁重で、遠慮勝ちであった。

別にないと答えると、話したいことがあるので午後に会ってくれないか、と言った。

一緒に暮していた頃、都心に出た君枝と会社の近くの軽食も出すホテルの広い喫茶室で、昼食をとることが多かった。川瀬は、そこに三時に行く、と答えた。

「御足労をおかけしてすみません。それではお待ちしています」

受話器を置く気配がした。

顔を洗い、タオルで拭(ぬぐ)いながら、話したいこととはなんなのだろう、と思った。君枝がマンションを出る前に離婚手続きはすませ、解約した定期預金の二分の一も君枝に渡し、それですべてが解決している。

亡父の遺した十室ほどの部屋のあるマンションが彼女の名儀になっていて、その賃貸料で生活になんの不自由もない。金銭に対する執着心は薄い性格で、それに関する話とは思えなかった。

見当はつかなかったが、君枝と会うかぎり、小ざっぱりとした姿で会いたいと思った。君枝が去ってからの一人暮しの侘しさは想像をはるかに越えたもので、なにからなにまで自分でやらねばならぬことに辟易した。あらためて君枝の存在が大きなものであるのを感じたが、かれは小まめに部屋を掃除し、朝はハムエッグを作ったりしてパンとコーヒーで食事をとり、出勤する。

君枝には、一人住いをしていても少しも薄汚れた生活をしていないことをしめしたかった。

かれは、鏡の前で気に入っているポロシャツを着、タウンウェアを身につけて部屋の外に出た。

君枝は、喫茶室の庭に面した席に坐っていた。席の傍らは一面ガラス張りになっていて、庭の築山から小さな滝が落ち、池に錦鯉が泳いでいるのが見える。

近づくと君枝が顔をあげ、川瀬は、テーブルをはさんだ席に腰をおろした。

「元気そうですね」

君枝が、にこやかな表情で言った。

「まあ、なんとかやっていますよ」

かれは、自然に君枝にならって他人行儀の口調で答え、近寄ってきたウエイトレスにコーヒーを頼んだ。

紫色の花模様の散った白いワンピースを着た君枝は、真珠のネックレスとイヤリングをつけている。真珠は君枝の誕生石で、それらはかれが結婚記念日に贈ったものであった。君枝は、別れた時より肉づきがよくなっていて若々しくみえる。色白の肌に口許の小さな黒子（ほくろ）が鮮やかであった。

「だれか良い人ができました？」

君枝が、コーヒーのカップを手にうかがうような眼をした。

「そんなもの、作る気もない」

かれは、カップに口をつけ、

「そっちはどうなんです」

と、たずねた。

君枝はすぐには答えず、少し視線を落すと、しばらく口をつぐんでから、

「そのことで、お話したいことがあるんです」

と、言った。

なんだ、そんな話か、と思った。正式に離婚しているのだから、再婚は自由であり、自分に話す必要などない。離婚した者は、自分の方が先に再婚することに優越感をいだく心理があるのだろうか。そのようなことを伝えるため呼出した君枝がいまわしく、出向いて

きた自分が愚かしく思えた。

「再婚しようがしまいが、私には関係ありませんよ。話をきいても仕方がない」

かれは、コーヒをひと口飲み、カップを置くと庭に眼をむけた。庭への出口があるらしく、女児を連れた女が、池のほとりに立って鯉に眼をむけている。

「それが、あなたの会社の春山さんなのよ」

思いがけぬ君枝の言葉に、かれは体をかたくした。

春山は三十七、八歳で、君枝より五、六歳若い。現在は職場がちがうが、同じ部の部下であった頃には、夜、何度か他の部員とともに家に連れて来たことがある。自分にあたえられた仕事はこなすが、積極性はなく目立たぬ社員であった。

川瀬は、庭に視線をむけながら君枝の口にする言葉をきいていた。

二カ月前、春山から電話があって、会いたいと言うので駅前の喫茶店で会った。春山は便箋十枚ほど入った封筒を差出した。そこには以前から君枝に強く魅せられていたことが熱っぽい筆致で記され、川瀬と離婚したことを知り、結婚したいので承諾して欲しい、と書かれていた。

その後、連日のように電話がかかってきたり手紙が送られてきたりして、請われて喫茶店で数度会った。

三日前に会った時、春山は、結婚するにしても同じ会社の社員である川瀬に、今後気まずいことがないよう諒解(りょうかい)を得て欲しい、と言ったという。

川瀬は、落着かなくなった。白い丸顔の、春山の無気力そうな眼を思い浮べた。かれにそのような強引さが秘められていたことが意外であり、薄気味悪くも思えた。

春山が、君枝を抱く姿を想像した。乳房のふくらみは乏しいが、刺戟(しげき)を受けると固く突き立つ乳首は桃色をしている。その乳首に春山は舌をふれさせる。

くぼんだ腰の白い肌には、口許と同じ形の黒子があり、君枝はそのあたりを強く吸われるのを好む。その下方の恥毛は薄く、柔らかい。

「体をふれ合っているのか」

かれは、君枝から視線をそらせた。

「どういう意味」

「寝たことがあるのか、というのだ」

かれは、そんなことを口にした自分に物悲しさをおぼえた。

「そんなことするわけがないでしょう。考えただけでも気味が悪いわ」

甲高い声に、川瀬は体の緊張がとけるのを感じた。

離婚にまで話が及んだのは、激しい言葉をやりとりするうちに君枝が別れると言い、かれも望むところだ、と言い返した末のことであった。それは一年前にカナダに出張したかれが、その地に住む未亡人の日本人女性と肉体交渉を持ったことが原因であった。その女からの手紙で君枝は川瀬の背信を知り、君枝は泣き喚き、川瀬はひたすら詫びることにつとめた。

その後、女からの連絡はなく、一応君枝も平静さをとりもどしていたが、些細な諍いの中でそれが持ち出され、激した言葉の勢いで離婚手続きをするまでになったのだ。

かれは、君枝に眼をむけた。ワンピースに包まれた彼女の体が、この上なく好ましいものに思えた。その体は自分一人のもので、他の男になどふれさせたくはない。

春山と寝ることを考えただけでも気味が悪いという言葉は、春山と再婚する意志がないことをしめしている、と考えてもよいのだろう。

「カナダの女のことは悪いと思っている」

川瀬は、少し眼に涙がにじむのを意識した。

「それは、すんだことよ。私も忘れたわ」

君枝の光った眼が、かれに動かずむけられている。

君枝が春山から執拗に求婚されていることを告げたのは、川瀬を再び自分にひきもどそうとするためなのか。君枝は、さりげなくはあるが華やかに装い、真珠のネックレスとイヤリングもつけている。君枝の策略に似た心づかいが愛らしく思え、川瀬はそれに素直に従ってみたい、と思った。

「この喫茶室では西瓜を出すのね。注文してみます?」

たしかに西瓜を八つ切りにしたものを、ウエイトレスが盆にのせて運んでいる。

「西瓜か」

かれは、つぶやいた。西瓜が、ホテルの喫茶室には不似合な所帯じみたものに思えた。

君枝は、このまま自然に自分のマンションについてくるにちがいない。

かれは、西瓜を注文するため入口近くに立つウエイトレスに手をあげた。

自殺――獣医（その一）

おそい朝食を一人でとると、磯貝(いそがい)は、コーヒーカップを手に二階の居間に行き、ソファーに腰をおろした。窓から見える空は、秋晴れと言うにふさわしく青く澄んでいる。コーヒーを飲みながら壁にかけられた額入りの自分の撮った写真を見まわし、このような日には越後(えちご)の山にでも行ってカメラをかまえてみたい、と思った。

その日、枕(まくら)もとの電話のベルに眼をさましたのは午前六時少し前で、かけてきたのは大学の工学部の教授であった。教授は、うろたえきった口調で犬の異常を口にし、

「朝早く申訳ありませんが、往診していただけませんか」

と、言った。

教授には子がなく、飼っている柴犬(しばいぬ)を夫人とともに可愛(かわい)がっている。しわがれた声に、教授が夜一睡もせず、犬を見守っていたのを感じた。

磯貝は承諾し、車で出掛けた。

教授は眼を血走らせていて、元気だった犬が、昨夜、突然嘔吐して一晩中苦しみつづけ、明け方に血尿を垂らしたので驚き、磯貝のもとに電話をしたのだ、と言った。夫人は涙ぐんで、息を喘がせ横たわっている犬をさすっていた。

磯貝は、検査をしてみると言って犬を抱き、車に乗せて医院にもどると、すぐに採血し検査した。尿素窒素、クレアチニン、カリウムなどが異常なほど多く血液にふくまれていて、犬の症状を教授からきいた時察したように、急性腎不全にちがいなかった。

かれは、教授の家に電話をかけて病名を伝え、

「危険な症状ですが、出来るかぎりのことはしてみます」

と、言った。

かれは、犬にソリタT4液の点滴をほどこしたが、死は時間の問題に思えた。犬は昏睡状態になっていて、すでに苦しむことはなくなっていた。

内線電話のブザーが鳴り、

「保坂さんが、ワンちゃんを連れて来ています」

という助手の声がした。

保坂は近くに住む旧家の当主で、大企業の石油会社に勤務し、部長職を最後に定年退職している。飼っている犬は、磯貝が世話した牝のヨークシャーテリアであった。

かれは、飲み終えたコーヒーカップを手に階下に降りると、食卓に置き、白衣をまとって診療室に入った。

助手がドアの外に声をかけると、薄手のセーターを着た長身の保坂が、朱色のリードにつながれた犬を連れて入ってきた。

「どうしました」

磯貝は犬に眼をむけながら、椅子（いす）に坐（すわ）った保坂にたずねた。

「やはり、どうも元気がなくて」

保坂が、気づかわしげに犬に眼をむけた。

一カ月前、保坂は同じように元気がなくて、と言って犬を連れてきた。犬の日常生活を保坂からきいたが、疾患があるとは思えず、聴診器をあてても異状はない。食欲がないという話に、胃腸の働きをよくするプリペラン液の注射を打っただけであった。

磯貝は、助手から渡されたカルテに視線を走らせ、犬のかたわらにしゃがむと、

「クッキー、どうした」

と、犬の頭をなぜ、聴診器を体にふれさせた。

かれは、胸部に入念に聴診器をあてた。呼吸のたびに、一カ月前にはしなかった濁音がきこえる。

椅子に坐り直したかれは、それを保坂に告げ、少し黙って犬を見つめた。肺臓の異常音

は、風邪などによって起っているとは思えない。

「レントゲンをとってみますか」

かれは、保坂に顔をむけた。

「そうして下さい」

保坂が、答えた。

助手がX線撮影の準備をし、犬を抱き上げると、検査台の上に脇腹(わきばら)を下にして横たえた。犬は不安そうな眼をしているが、動かずにじっとしている。

磯貝は、撮影器のシャッターボタンに指をあて、犬の腹部を見つめながら最大呼吸時をねらってボタンを押した。

ついで、助手が犬を仰向(あおむ)けにし、磯貝は再び撮影した。

「はい、終ったよ。大人しくいい子だったね」

磯貝は犬を抱き上げ、椅子に坐っている保坂のかたわらに置いた。

助手が、フィルムのカセットを手に暗室に入っていった。そこには自動現像器があって、レントゲン撮影されたフィルムがローラーを伝って現像液から定着液の中に入り自動的に出てくる。

「レントゲンの結果は、午後にお報(しら)せします。一時から三時半までは手術がありますので、それが終った頃に来て下さい」

磯貝が言うと、保坂は、わかりました、と答え、犬を連れて出て行った。

それから犬や猫を連れた男や女が訪れてきて、かれは助手とともに診療し、午後は、足を骨折した犬と腹膜炎を起した猫の手術をした。いずれも平癒が期待できる状態だった。

三時すぎに手術を終えた磯貝は、保坂の飼い犬のレントゲン撮影をしたフィルムを助手に持ってこさせ、シャーカステンにさし込んだ。

電光に明るんだフィルムを丹念にしばらくの間見つめていた磯貝は、

「珍しい。肺癌だよ」

と、のぞき込んでいる助手に言った。

左肺に五円玉ほどの大きさの白い球状の影がくっきりと浮び出ている。形状からみて癌に相違なかった。

かれは、珍しいと言った意味を助手に説明した。犬の肺癌は他から転移したものが大半で、原発癌はきわめて少い。剖見で眼にすることはあっても検査で発見する例は稀で、アメリカの学会誌に十万匹に五匹の割合いだと記されていたのを読んだことがある。三十年前に開業した磯貝も、原発性の肺癌を検査で発見したのは一例だけであった。

磯貝は、白い影を指さして癌であることを助手に説明し、よく見ておくように、と言った。

看護婦がドアをあけ、保坂が犬を連れて入ってきた。

「早すぎましたか」

保坂が、椅子に坐りながら言った。

「いえ。今、フィルムを見ていたところです」

磯貝は、細い棒を手にして肺臓に浮び出ている癌の像をさし示した。

「肺癌ですね。肺癌はほとんどが他から転移したものですが、肺そのものに最初に癌ができるのはきわめて珍しい」

かれは、再び珍しいという言葉を口にした。

「癌ですか」

保坂が、深く息をついた。

癌は、肺臓の四分の一ぐらいの大きさで、摘出しても生きつづけることは期待できない。

「毎日、散歩させていますが、呼吸が苦しい様子もないのに……」

保坂が、落胆したようにかたわらに坐る犬を見下した。

犬は、磯貝に眼をむけている。

「今すぐにというわけではありませんが、いずれは死ぬと覚悟して下さい。これから呼吸が困難になってきますが、見ているのが辛(つら)いほど苦しがるようになった時に安楽死させるかどうか、考えましょう。ともかく、犬の様子を注意していて下さい」

磯貝は、犬に眼をむけながら言った。

「そうですか、わかりました」

保坂は立上り、礼を言って犬とともにドアの外に出ていった。

「教授のワンちゃんの具合は？」

磯貝は、思いついたように助手に声をかけた。

「心搏（しんぱく）が意外に強く、まだ呼吸をしています」

助手が答え、隣接した入院室に入っていった。

客の訪れはなく、かれは二階の居間にあがり、ソファーに横になった。

妻は、福岡に嫁いでいる娘のもとに行っていて、明日の夕方、三歳になった孫を連れた娘とともに帰ってくる。孫には一年近く会うことはなく、電話で幼い声をきいているだけで、家に来たらさかんに写真をとろう、と思った。

窓からみえる空は、茜色（あかねいろ）に染っている。いつの間にかかれは、まどろんでいた。

内線電話のブザーの音に眼を開けたかれは、部屋が薄暗くなっているのに気づいた。助手が、保坂が来ている、と言った。

磯貝は、身を起すと階段を降り、診療室に入った。

保坂が、ドアのかたわらに立っていた。犬は連れていなかった。

「犬が死にました」

保坂の顔には、血の気が失われていた。

「死んだ？　おかしいですね。どうしたんでしょう」

磯貝は、保坂の顔を見つめた。急変するような状態ではなく、少くとも一年近くは生きていると予測していた。

「車にはねられまして」

保坂が、うわずった声で言った。

磯貝は、呆気にとられ、保坂の話をきいていた。

犬を連れて家にもどると、十分ほどして突然、犬が家の外に走り出た。家の前にはトラックなどがしきりに往き来する広い道が通っていて、犬は疾走してきた車の前に走り込み、はねられ、即死したという。

「あの犬は座敷で飼っていまして、戸が開いていても決して外に出るようなことはしなかったのです。それなのに、驚くような速さで飛び出して」

保坂の眼は、動かない。

磯貝は、立ったまま保坂の顔を見つめていた。

保坂が、口を開いた。

「家内が、まるで自殺したようだ、と言うのです。先生が私に肺癌でいずれ死ぬだろうと言ったのを犬がきいていて、絶望して死んだのではないか、と」

磯貝は、椅子に腰をおろし、保坂に顔をむけると、

「ワンちゃんが人の言葉を理解できるはずはありません。しかし、私と保坂さんの言葉の様子や表情を見て、不吉なものを感じたことは想像できます」

と、言った。

保坂は、うなずいた。

決して家の外に出ることのなかった犬が、家にもどってすぐに飛び出し、車にはねられたというのは、自分が診断結果を犬の前で口にしたから、としか思えない。

かれは、症状を説明する自分の顔を見つめていたヨークシャーテリアの光った眼を思い起した。

犬の前で重病であることを口にするのは、控えるべきであったのか。言葉を理解できぬ犬でも、敏感に事情を察知したのかも知れない。

「やはり自殺なのでしょうかね」

保坂が、弱々しい口調で言った。

磯貝は、無言で椅子に坐っていた。

心　中——獣医（その二）

テレビの画面に、百名山の一つと言われている山が写し出されている。カメラは、山道を登ってゆく男の山岳家の後ろ姿を追っている。

磯貝（いそがい）は、その番組を観（み）るのが好きで、いつも缶入りのビールを飲みながら眺めるのを習いにしている。

むろん山岳の風光を眼にしたいからなのだが、かれは山岳家の足の動きに視線を据えていた。何気ない足取りだが、登山靴は、山道のそこしか適した部分はないと思える土や石の上を着実にふみつづけている。ぐらつきそうな大きな石の上は決してふまず、地表にのぞいた岩も、角の部分は避けて上部の平たい部分に靴をのせる。

登山家は、右に左に体の向きを変えて登ってゆく。少しも疲れることがないような一定した足取りで、それは男が山歩きに熟練しているのをしめしている。

山歩きをして写真をとるのが、磯貝の唯一(ゆいいつ)の趣味で、休診日には時折り出掛ける。診療の関係から一泊を限度としているので遠出はできないが、それでもかれは満足だった。可憐(かれん)な高山植物にカメラのレンズをむける時など、仕事のことは一切忘れる。

遠くパトカーのサイレンの音がきこえ、近づいてくる。家の前には隣接県に通じる街道が通っていて、かれは交通事故でも起きたのだろう、と思った。

サイレンの音が大きくなり、不意にやんだ。

パトカーが医院の前にとまった気配を感じたかれは、テレビの画面から視線をはずした。

医院のブザーが、二度つづけて鳴った。

かれは、ソファーから腰をあげて階段を降り、診療室との間のドアをぬけて待合室に入った。街道に面した曇りガラスに、きらびやかな朱色の光がひらめいているのが、映っている。

ドアをあけると、パトカーがとまり、眼鏡をかけた大柄な警察官が立っているのが見えた。警察官が挙手し、

「心中事件が起きまして、すぐに診察していただきたいのですが……」

と、口早やに言った。

呆気(あっけ)にとられた磯貝は、思わず頬をゆるめ、

「私の所は、犬猫医院ですよ。看板をよく見て下さい」

と言って、上方に突き出ている看板を指さした。

看板には、いそがい犬猫医院という文字が電光に浮き出ている。一般の医院とまちがった警察官が、余りにも軽率すぎるように思えた。

「いえ、心中の一方は犬で、出刃包丁で刺されています。まだ息がありますので、治療をしていただきたいのです」

警察官は、張りのある声で言った。

磯貝は、一瞬、頭が混乱するのをおぼえた。心中の一方が犬だというのは、どういう意味か。ききまちがえではないか、と思った。

「犬が心中なのですか」

磯貝は、警察官の顔をのぞきこむように見つめた。

「そうなのです。巻きぞえになったのです」

警察官は、簡潔に事情を説明した。

一一〇番通報があって、警察官が平屋建ての家にパトカーで急行し、所轄の警察署からも署員が出向いた。

その家は五十二歳の女が一人で暮していて、飼い犬の異様な鳴き声に隣家の者が家の中をのぞき込んでみると、女は頸部を刃物で切って倒れ、かたわらに血まみれになった犬が横たわっていた。それで一一〇番に通報したのだが、外部から人の入った気配はなく、あきらかに女が犬を刺した後、自殺をはかったと推定された。犬の首環につながれた太い紐は、女の体に巻きつけられていたという。

車の中にいた警察官が、血に染ったバスタオルに包んだ犬を抱いてきた。茶色のダックスフンドであった。

磯貝は、釈然としないながらもドアをあけて警察官をうながし、診療室へ入った。部屋の隅に、なにごとかと思って出てきたらしい妻が立っていた。

かれは、警察官に犬を診察台に置くよう指示し、素速く白衣を身につけた。犬は眼を大きく開いているが、弱々しい表情をし、体をふるわせている。

診察台のかたわらに立ったかれは、タオルを除いた。胸部に刺された痕があり、呼吸のたびにその部分から泡立った血が音を立てて出ている。肺臓が破れていることはあきらかだった。

緊急に手術をしなければ、と思ったかれは、妻に声をかけ、妻が渡してくれた注射器で軽い鎮静剤を注射した。ついで犬の口から気管にチューブを挿入し、酸素とともに麻酔剤を肺の中に送りこんだ。

麻酔がきいてきたらしく、犬の眼はうつろになった。

「それでは、よろしくお願いします」

警察官が挙手し、連れ立って診療室の外に出ていった。

磯貝は、犬の胸と脇腹の毛を刈り、消毒薬を塗った。音を立てて噴き出る血と泡が、無影燈の光に鮮やかであった。

有窓布をかけ、肋骨の間を切り開くと、切れた肺臓が見えた。

かれは、すばやく肺臓の切られた部分を縫合糸でとざし、さらに裂けた横隔膜も縫い合わせた。ついで胸腔の中にチューブをとどめて三方活栓をつけ、皮膚を縫合した。

それで手術は終り、念のため三方活栓で胸腔内の空気の漏れと出血の有無をたしかめた。

かれは、犬の麻酔を停め、酸素吸入だけにした。

しばらくすると、犬の耳が動き、眼をうっすらと開いた。

これで死ぬことはない、と思うと、急に疲労感が湧いてきた。

「御苦労さん」

かれは、助手をつとめてくれた妻に声をかけ、ゆっくりと白衣を脱いだ。

翌朝、犬は復調しているようなので点滴セットをはずし、ケージの中に入れた。

正午すぎに前夜来た二人の警察官が、非番になったので、と言って訪れてきた。

磯貝が、手術で命に別条はなくなったと告げてケージの中の犬を見せると、二人は喜び、犬に声をかけたりしていた。

「犬の飼主の方は、どうなりました」

磯貝は、たずねた。

「キスイでした」

警察官の一人が、答えた。

未遂の反義語として既遂という言葉があるのに気づいた磯貝は、無言でうなずいた。

不安が胸に湧いた。一人暮しであった女が死ねば、犬は取り残されたことになる。数年前、マルチーズを二匹、食欲不振であずかったが、飼主が借金の返済ができずに夜逃げをし、残された犬のもらい手探しに苦労した。手術をし、しかもそれが心中によるものだという犬を、もらってくれる人がいるとは思えない。

「一人暮しだったそうですが、御家族はいないのですか。犬の引き取り手がないと困るのです」

磯貝は、顔をしかめた。

「息子さんがいます」

警察官は、会社勤めをしている独身の一人息子が、少しはなれた地の会社の寮に住んでいて、犬を磯貝の医院に運び込んだことも話してある、と言った。

磯貝は、うなずいた。

警察官たちは、何度も礼を言って帰っていった。

数日たつと、犬は恢復し、ケージの中で吠え、近づくとさかんに尾をふる。可愛がられていたらしく、甘えるような声をあげたりしていた。

十日間がすき、かれは再び不安になった。警察官は一人息子だという男に、磯貝の医院の住所と電話番号を教えたと言っていたが、なんの連絡もない。

なぜ、男の母親は、あたかも心中のように犬を刺した上で自ら命を断ったのか。警察官にはきかなかったが、女は病いにでもおかされ、愛していた犬を残して死ぬのがたえきれず、犬に刃物を突き立てたのか。

息子にとって、犬は自殺した母親を思い出すいまわしい存在で、引き取ることはもとより眼にするのも避けたいのではあるまいか。

磯貝は、犬と心中同様の行為をした女の気持がわからぬでもない、と思った。女は、自分と一緒に犬を埋葬してもらいたい、と考えたにちがいない。

かれも飼っていた犬が死んだ時には、しばらくの間虚脱状態におちいり、焼いた骨を布に包んで箪笥の奥にしまい、今でも時折り出して指先でふれてみる。そのような犬を愛する者の気持をその息子は理解できず、母親の行為をただ愚かしいと考えているのではないだろうか。

かれは、憂鬱な気分になった。

息子だという青年が訪れてきたのは、手術後、半月ほどたった日の夜であった。長身の

身だしなみのよい青年で、

「連絡もせず、申訳ありません」

と、深く頭をさげ、母親の司法解剖、通夜、葬儀などに日を過したと弁明した。

退院はいつ頃か、という問いに、磯貝は、犬はすっかり元気になっているので、すぐにでも連れて行ってよい、と答えた。

ケージから犬を出すと、青年は犬を抱き、頬ずりをした。

磯貝は、青年の眼に光るものがうかんでいるのを見て、かれは犬を母親の分身として可愛がるにちがいない、と思った。

「立ち入ったことをきくようですが、お母様はどこかお体がよろしくなかったのですか」

磯貝はためらいながらも、獣医とは言え医師の身としてきく必要がある、と思った。

「物が咽喉につかえるような気がすると言って、かかりつけの医師のもとに行きましたところ、総合病院で精密検査をするように言われました。しかし、検査は受けず、それですっかり癌と思い込んで……」

青年は、少し口もとをゆがめた。

磯貝は無言でうなずき、青年とともに診療室から待合室に入った。

青年は、会計で手術費と入院費を払い、再び頭を深くさげると犬を抱いて出ていった。

一年ほどして、青年が犬を連れて訪れてきた。犬が下痢気味だというので、診察し、薬を渡した。

犬は青年に甘えていて、その姿に青年が犬を愛して飼っているのを感じた。

磯貝は、安堵をおぼえ、診療室から出てゆく青年の後姿を見送った。

遠い幻影

わびしい縁日の夜の参詣道に、その個所だけアセチレンガスの炎で明るんだ露店があるように、或る夜の情景が、過ぎ去った濃い闇のなかで浮び上ってよみがえる。

それは昭和十五年夏のことで、中学校の一年生であった私は、その日、両親と汽車に乗って静岡市に行き、旧駿府城内に兵舎のつらなる連隊の門をくぐった。

前年に徴兵検査を受けて第一乙種合格をした兄は、数カ月前に連隊に入営して新兵教育を受け、その夜、所属する部隊とともに戦地に出発することになり、両親が私と弟を連れて見送りに行ったのである。

木造の古びた兵舎から出て来た星一つの襟章の兵隊服を着た兄は、面映ゆそうにしていて、両親とどのような会話を交したかはおぼえていないが、母が営庭の隅で兄に茄子を食べさせたことは記憶している。

兄がなぜそのようなものが好きだったか不思議な気がするが、日頃から茹でた茄子を生姜（しょうが）醤油で食べるのを好んでいて、母は底の深いアルマイトの弁当箱に茹でた茄子を氷片とともに入れ、生姜醤油を詰めた小瓶とともに袂の中にかくしていた。連隊では食中毒予防のため家族の食料品持込みをかたく禁じていて、母は、父と私たちに体の壁をつくらせて素早く兄に茄子を食べさせた。

定められた面会時間がすぎて家族たちは連隊内から出され、その夜、兄の所属する部隊は駅にむかった。

営門から銃を肩に背嚢を背にした兵たちが、整然とした四列縦隊で軍靴を鳴らしながら出てくると、駅に通じる広い道を進んだ。両側には見送り人たちが幾重にもむらがり、万歳という声とともに兵の名を呼ぶ家族の声が飛び交い、小旗がふられていた。

私は、人波にもまれていつの間にか両親からはなれ、市内に住む従兄と人の体に押されながら、進んでくる兵たちの顔に視線を走らせていた。従兄は市の商業学校に通っていて、白絣の着物を着ていた。

不意に従兄が甲高い声をあげ、私の兄の名を口にした。

その視線の方向に眼をむけた私は、眼鏡をかけた兄の顔が兵たちの間からのぞいているのを見た。

私は人を押し分け、進んでくる兄の腕にしがみついた。

私に気づいた兄は、おう、と言い、私は兄の腕にとりすがっていたが、人の体にさまたげられて手をはなし、たちまち兄は視野から消えた。

それから一年後、兄は戦死し、その年の暮れ近くに遺骨としてもどってきた。野外で遺体を焼いたらしく骨に小石がこびりつき、遺品の眼鏡はつるが両方とも失われていて、黒いゴム紐がとりつけられていた。

夜、身を横たえて過ぎ去った日々のことを思い起し、それをたどっているうちに眠りの中に落ちてゆくのが常だが、一カ月ほど前から兄を見送った夜の情景が思い描かれるようになった。戦闘帽の下の兄の眼は輝き、腕にしがみついた私は、兄の体に皮革の強い臭いを感じた。それは背嚢にとりつけられた革や、銃剣を吊したベルトの臭いであったのだろう。二十二歳で戦死した兄はひ弱な体つきで、弱兵にちがいなかったのに、体力を要する軽機関銃手であったのを不思議に思ったりする。

兄と別れた夜のことを繰返し思い浮べているうちに、それに附随して突然、一つの記憶がよみがえった。それは闇の中から忽然とあらわれ、しかし、日がたつにつれて確たる形をとるようになった。

だれからきいたのか思い出せないが、出征兵士を乗せた列車にむらがった見送りの家族の多くが、かたわらを通過した列車に轢き殺されたという痛ましい話であった。

さらにその記憶を反芻しているうちに、不意に富士という列車名もよみがえった。当時、つばめなどと同じように最高速の特急列車に富士という車名の列車があって、家族たちを轢いて通りすぎた列車が特急富士であったのを思い起したのだ。

私は、落着かなくなった。死はいつ訪れるかわからないが、漠とした記憶を記憶のままにしておきたくない気持がある。この世に生きていた間の事柄は、出来得るかぎりはっきりとさせ、死を迎えたい。

富士という列車名までおぼえているからには、実際に起った出来事であったにちがいなく、その記憶が事実にもとづくものであったことをたしかめたい思いがつのった。

当時の新聞を調べてみるのが手っ取り早い方法だが、それについての記事がのっているはずがないのを私は知っている。報道機関に対する軍の統制はきびしく、戦争を続行する上で好ましくない記事の掲載は厳禁されていた。その事故を目撃した者、轢死した者の遺族などすべてに、口外を禁じたことは容易に想像できる。

しかし、と私は思った。戦時中の闇のなかに封じこめられた出来事であったとしても、戦後、それについての回想を口にし、書き記している人もいるのではないか。もしかすると、それが県内新聞などに大きく採り上げられて、県民には広く知れ渡っているのかも知れない。

私は、長身の男の顔を思い浮べていた。それは、静岡市に本社のある県内紙の文化部長で、私がその新聞に連載小説を寄稿した関係から親しく交わり、現在でも年賀状の交換をしている。その後、かれは本社をはなれて浜松総局の次長に転じ、その挨拶状も受けていた。

私は、受話器をとると、本社で浜松総局の電話番号をきき、電話をかけた。

若い女性が電話口に出て、すぐにまろみのあるかれの声が流れ出てきた。

私は、かれと短い挨拶の言葉を交した後、その出来事の概要を説明し、

「御存知ですか」

と、たずねた。

よく知っております、という答えを予想していたが、さあ、とかれは言い、少し黙ってから、

「それは初耳ですね。きいたことがありません」

と、答えた。

私は意外に思い、

「その事故について、戦時中の秘話などという類いで書かれたものをお読みになったことはありませんか。たとえばガリ版刷りの個人の回想記などで……」

と、問うた。

かれは、再びさあ、と言い、

「私は、終戦の年に四歳でしたから、戦争については知りません。しかし、職務柄戦時中

の県内の記録は、くまなく眼を通すようにしています。そのような事故があったのを書いたものは、今まで眼にしていません」

と、断定的な口調で答えた。

その言葉に私は、記録としてなにも残されていないらしいのを知った。しかし特異な出来事であっただけに当時の新聞記者たちは、記事にするのを控えはしたものの、記者としての習性でその内容を知るため動くことはしたのではないだろうか。

「いかがでしょう。戦時中、記者をしていてそれを知っている方がいると思うのですが、きいていただけませんか」

その頃二十五、六歳としても、すでに八十歳を越えているが、健在である元記者がいるはずだった。

「きいてみましょう。知っている人がいるかもわかりません」

かれは、答えた。

私は、礼を言って受話器を置いた。

しばらくの間、椅子の背にもたれて庭をながめた。事故の痕跡は全くなく、きいたのは幻聴かとも考えたが、耳にしたのはたしかで、実際に起った出来事であるのはまちがいない。

私は、あらためておぼろげな記憶の内容を検討してみた。

戦場へおもむく将兵たちの乗る列車が静岡駅に停車していて、見送りの家族たちが列車の周囲に集っていた。なぜそのような見送り方法をとったのだろうか。

兄の場合は、隊列をくんで駅にむかう将兵を、家族が一般の人々とともに声をあげ旗をふって見送った。しかし、戦争の激化にともなって軍が戦場への兵力の移動を秘匿しようとする傾向が強くなり、そのような賑やかな見送りは好ましくないとして禁じ、駅の構内に家族のみを入れてひそかに将兵を見送らせたのではないだろうか。

恐らくその推測はあたっているにちがいないが、轢死事故が起ったことについては基本的に不自然な点がある。書架にある当時の列車時刻表を繰ってみると、静岡駅は特別急行列車の停車駅になっている。燈火管制下でホームの燈火が乏しかったとしても、停車するため徐行してきた列車が、たとえ線路にはみ出していたとは言え多数の人たちを轢いたとは思えない。もしかすると、それは静岡駅からはなれた地点で起った事故なのか。

十日ほどして、浜松総局の次長から大きな茶封筒が送られてきた。封を開いた私は、かれが新聞記者らしい機敏さと周到さで、これ以上は無理と思える徹底した調査をしてくれたのを知った。

まずかれは、「静岡県二十世紀の記録」と題する書物の出版を企画している社の出版局次長に協力をもとめた。

次長は、出版の準備のため連日のように県史研究家たちと会ってさまざまな話をきいているが、そのような事故が起ったのをかれらから耳にしたことはない、と言ったという。

念のため出版局次長は、戦後出版された静岡県関係の秘史に類するものを手当り次第にあさってみた。それらの記録の中に新聞社の出版した「激動の昭和史」という史書があって、従軍カメラマンであった人が寄せた「悲涙の碑」と題する回想記に、昭和十二年八月二十六日に出征した兵を見送る人たちについて記した一文を見出した。

そのコピーが同封されていたが、そこには兵を送るおびただしい人たちの写真が数葉のせられていて、解説として「汽車の沿線も歓送の人たちでうずまった。この列車の歓送で当時は隠されていたようだが、焼津駅の構内で混乱して二人か三人の死者が出た筈だ」と記されていた。

その元従軍カメラマンは十年前に死亡していて、記述の根拠はたしかめられない。が、「出た筈だ」と記していることから伝聞にちがいなく、総局次長と出版局次長は、私の記憶にある話は、この伝聞が拡大されて誤り伝えられたものにちがいない、と結論づけたという。

それでもなお、総局次長は、近くにある浜松中央図書館に行って戦争関係の書物を調べてみた。その中にサンケイ新聞静岡支局刊の「ああ、静岡三十四連隊」という書物があって、昭和十二年十月、掛川駅近くの踏切で、出征兵士の名刺を拾おうとして列車に轢かれて死亡した人がいたことが記されていた。

かれは、無駄とは思いながらも当時の県内紙を繰ってみると、十月二十四日の紙面に小さい記事ながらもその事故が掲載されていた。それによると、前々日の夕刻、掛川駅近くの踏切で出征兵士を歓送中の二十二歳の女性が、列車の窓から投げられた兵士の名刺を拾おうとして線路内に飛び出し、上り七〇一号列車に頸部を轢断されたという。この記事がのせられたのは、中国との戦争がはじまったばかりで、軍の報道機関に対する統制が、まだきびしくなかったからなのだろう。

かれの手紙には、静岡県下で起った見送り人の生命にかかわる事故はこれ以外に見当らぬ、と書かれていた。さらに、調査中、眼にした静岡連隊将校職員表のなかに東京に住むかれの長兄の名を見出し、将校であるから秘匿されていたことを知っているかも知れぬと考えて電話をかけたが、「長兄は言下に否定、そんなことはなかったし聞いたこともないと言っていました」と記されていた。

総局次長と言えば、総局の実質的な現場指揮者で、時間に追われて日をすごしているはずであった。そのような身であるのに、出版局次長に協力をもとめ、自らも動いて可能なかぎりの資料を集めて送ってくれたかれに、深い感謝の念をいだいた。恐らくかれは、私の依頼にこたえるという気持と同時に、戦時の埋れた事実をあきらかにしようという、記者としての義務感で調査につとめたのだろう。

私は、かれに礼状をしたためた。

かれからの手紙と資料によって、私の耳にした出来事を知る手がかりが全くないのを知った。

いったいだれから、その話をきいたのか。

漠とはしているが、それをきいたのは昭和十六年末に兄の遺骨が家にもどってから終戦までの間で、なにか公けには口にできぬことをひそかに告げられたような気がする。

その頃、静岡市には母方の従姉と従兄がいたが、従姉は七年前に癌で死亡し、従兄のみが今でも市内に居住している。

従兄は、出征する兄を私とともに見送ってくれた翌年に、東京の高等商業学校に進学し、下宿先から私の家へもしばしば訪れてきた。もしかしたら、私の家に来た折に従兄がその話を私にしてくれたのかも知れない。従兄がだれかからきき、ひそかに私にもらしたのだろうか。

私は、躊躇しながらも受話器をとった。他にその話を私に伝えた人は思いつかなかった。夫人が電話口に出て、従兄が庭にでも出ているのか呼ぶ声がし、やがて従兄の張りのある声がきこえた。

私は、無沙汰を詫び、ためらいながら電話をかけた理由を口にし、一応電話をしてみたのだ、と言った。

「それは私があんたにしたのさ。私は現場にいたんだもの」

私は絶句した。現場に、という従兄の言葉に茫然とした。

従兄は、その場にいた事情を口早に説明し、多くの見送り人が通過する列車に轢かれた折の状況も口にした。静岡駅と思いこんでいたが、藤枝駅での出来事だったという。

「詳しくお話をききたいので、数日中にそちらへうかがいます」

私は、従兄の話をさえぎるように言った。

「それなら私も、あんたがくるまでに出来るだけ調べておくよ」

従兄は、軽い口調で答えた。

受話器を置いた私は、深く息をつき、やはり記憶はまちがってはいなかったのだ、と思った。

従兄の父は私の母の弟で、三十代で肺結核で死亡した。未亡人になったかれの母は美しい人で、市内の化粧品類を主として扱う老舗(しにせ)の主人に請われて、再婚した。

店の従業員が召集令状を受けて出征することになり、従兄は、その見送りのため義父、母とともに藤枝駅に行き、惨事を眼のあたりにしたのだという。

私は、再び当時の列車時刻表を繰ってみた。藤枝駅は、静岡駅から用宗(もちむね)、焼津の次の駅で距離は二〇・一キロある。

連隊が静岡市にあるのに、なぜ藤枝駅で列車に乗った出征兵士たちを家族に見送らせるようなことをしたのだろう。

その頃しきりに言われていた防諜のためにちがいない、と思った。浜松総局次長の送ってくれた従軍カメラマンの撮影した写真には、静岡駅前で家族が兵たちと面会する情景が映し出されていた。それは戦争が小規模であった頃のことで、大東亜戦争と称された戦争がはじまってから、軍は、部隊の移動を極力秘すことにつとめ、その折も兵たちをひそかに藤枝駅に移動させ、そこで家族の見送りを許したのではあるまいか。従兄の話によるとそれは夜で、その点でも人眼につかぬ配慮が払われているのが感じられた。

私は、四日後に静岡市におもむくことにし、その旨を電話で従兄に伝えた。

その日は朝から暑熱がきびしく、ポロシャツの軽装でノートと万年筆を小さな買物袋に入れ、新幹線の「こだま」に乗った。夏の帰省シーズンにはまだ半月ほどあって、車内はすいていた。

静岡駅で下車した私は、改札口の外に従兄夫婦が立っているのを眼にした。

昼食時にはまだ間があったが、従兄夫婦に案内されて駅ビルの中にある店に入り、トロロそばの馳走を受けた。市の郊外にある自然薯専門の料理屋が出している店であった。

私は、夫人の運転する車で従兄の家に行った。すでに長男、長女は結婚していて、夫婦だけの二人住いであった。庭の百日紅の花の色が鮮やかだった。

テーブルをへだてて坐った従兄は、

「あれから調べたことだがね」

と言って、メモを手にその内容を口にした。

従兄は、以前から親しくしている、テレビ局を定年退職後、放送関係の学園の講師をしている人に協力をもとめた。講師は興味をいだき、テレビ局の要職にあった頃の取材力を活かして、藤枝駅での出来事について鉄道管理局と県警察部関係に問合わせてみた。が、どちらにも記録は皆無で、きいたこともないという回答を得た。箝口令をしいた軍は、公的機関にも記録を残すのを許さなかったのだろう。

県内には戦争で死んだ人の遺族たちの会があって、講師は、藤枝市の遺族会の代表者に問合わせてみた。すると、会員の中に事故を知っている人がいて、電話で話し合ったが、昭和十八年四月のことだともらしただけで、それ以上は話したくないと言って電話を切ったという。

従兄は、メモから視線をあげると、

「たしかに十八年の四月、それも上旬だよ。高商の春休みで静岡に帰っていた時に、見送りに行ったんだから」

と、言った。

私は、遺族会の人が口にしたという昭和十八年の……という言葉に、事故が実際に起ったものであるのを確認した。

従兄は、その日のことを記憶をたどるような眼をして話しはじめた。

店の従業員が戦地に送られるのを知って、義父、母とともに藤枝駅に行った。将兵の乗る臨時列車は、下り線路の待避線に入って停止していた。

家族たちは車輌の両側に立ち、窓から顔を突き出している兵たちと言葉を交していた。あたりには夜の闇がひろがり、車内からもれる燈火に兵と家族たちの顔が浮び上っていた。

従兄たちは、軍装の従業員に声をかけて挨拶した後、見送りに来ているかれの家族に遠慮して後ろにさがった。

事故は、一瞬のうちに起った。上りの急行列車がカーブした線路上にあらわれて、高速度で近づき通過して去った。

「なにが起ったのか、わからなかったよ。悲鳴やそんなものはきこえなかった。静かだった。ただ、車内から流れるオレンジ色の光に、多くの倒れた人がもくもくと動いているのが見えた。死んでいるのに体は動いているんだな」

従兄は、表情をかたくした。

「通過した列車が特急富士だった、ときいたおぼえがありますが……」

私は、言葉をはさんだ。

「そんなことを言ったかな」

従兄は、首をかしげた。

「富士という列車名をきいたことは、はっきりおぼえていますよ」

「そうだったかね。急行にはまちがいなかったが、富士だったかな」

従兄は、思案するような眼をした。

列車が通過した直後の静寂がたちまち破れ、激しい混乱が起った。

従兄は、義父たちとどのようにして静岡市へもどったのか記憶はない。各駅停車の上りの汽車に乗ったはずだが、兵たちを乗せた臨時列車が、待避線から出て西の方へ去ってゆくのを眼にしたことはおぼえているという。

戦地にむかう兵たちが、眼前で列車に家族たちが轢き殺され傷つけられるのを見て去った心情は、想像を絶するものがある。

「その列車に乗っていった部隊は、南方戦線に送られ全滅したときいている。店の従業員も還ってこなかった」

従兄は、暗い眼をして言った。

全員が戦死したかどうかは調査しなければたしかめられないが、恐らく従兄はそれを従業員の遺族からでもきいたのだろう。

私は、藤枝市の図書館に行ってみようと思った。もしかすると、そこには関係者の手記に類したものがあるかも知れない。

従兄が電話番号を調べてくれて、私は受話器を手にした。女子職員につづいて館長が電話口に出て、私は二時すぎにうかがいたいと言った。

従兄の夫人に車で駅まで送ってもらい、下りの各駅停車の列車に乗った。窓ぎわの席に坐った私は、夏の眩い陽光を浴びた窓外をながめていた。

藤枝駅で下車し、タクシーに乗った。図書館は市役所の近くにあって、駅からかなりはなれていた。

館内には閲覧する人が多く、二階にあがった私は、事務室という標札のかかった部屋に入り、窓ぎわの大きな机の前に坐っている館長のもとに行き、名刺を差出した。向い合って坐った私は、事故の概要を説明し、それについて記した回想記の有無をたずねた。

館長は首をかしげ、資料に精通しているらしい三十歳前後の女子職員に声をかけた。顔をあげた彼女は、私の説明を黙ってきき終えると、記録はないが、そのような出来事があったのはきいたことがある、と答えた。

その言葉で私は、地元にも事故についての記録がないのを知った。

私は館長に、

「当時の藤枝駅の写真がありましたら、見せていただけませんか」

と、頼んだ。

席を立った館長が、資料棚から分厚い写真集を持ってきて私の前に置いた。

そこには戦前、戦後の静岡県内の交通機関を撮影した写真がおさめられていて、事故の起った一年前の藤枝駅の写真も数葉のせられていた。閑散とした駅で、ホームに煙を吐いた汽車が停車している写真もある。

ページを繰った私は、一葉の写真を見つめた。下りの線路からわかれた待避線の線路が、駅の柵に沿ってのびている。豚積み待避線と添書きされていて、その地方で出荷する豚を積む貨車が数輛とまっているのが常であった、とも記されている。

兵を乗せた列車が、その待避線に入っていたことはまちがいない。館長の話によると、明治になって鉄道を敷設する折に、東海道の藤枝宿がさびれるのを恐れた住民が遠くはなれた所に駅をもうけるように要求し、それに従って駅の位置を定めたので、駅の周辺は人家も少くわびしい地であったという。軍が兵の見送りをさせるのに藤枝駅を利用したのは、人眼にふれぬ地であったからにちがいない。

図書館を訪れたことで、記憶をたしかめる私の旅が完全に終ったのを感じた。死傷者の数、事故に対する軍の処置、鉄道省の動きなど調べてみればあきらかになるかも知れないが、私はそれが事実起ったことであるのを知っただけで十分であった。

私は、館長と女子職員に礼を述べ、タクシーを呼んでもらって駅にむかった。急に疲労が体に湧き、座席に背をもたせて薄く眼を閉じた。

帰宅した私の胸に、一つの疑念が湧いていた。

従兄は、上りの急行列車が疾走してきて見送りの人たちをはねたというが、上りではなく下りではなかったのか。

兵たちの乗る列車が停止していた待避線と上りの線路との間には下りの線路があって、待避線と上りの線路はかなりはなれている。兵たちの乗る列車にむらがっていた見送り人たちが、下りの線路を越えて上りの線路の上まではみ出していたとは考えられない。かれらが足をふみ入れていたのは、待避線のすぐかたわらの下りの線路と考えるのが自然である。

私は、あらためて列車時刻表を書架から取出して繰ってみた。

通過した列車が特急富士であるのはまちがいなく、従兄の言う通りそれが上りであったとすると、前日の一五・四〇長崎駅発の富士号で、その日の一一・三〇に浜松駅を出て正午少しすぎに藤枝駅を通過している。事故の起ったのが夜であったという従兄の証言からすると、その列車ではない。

下りの富士号は、東京駅を一五・〇〇に発車し、静岡駅を一七・四九にはなれて藤枝駅を午後六時頃に通過している。その時期の日の入り時刻を調べてみると、すでに日は没していて、夜の闇がひろがりはじめていたという従兄の言葉と合致している。

従兄に電話をしてみると、

「上りと思っていたが、下りだったのかな。列車の通過が六時頃というのはたしかだよ。

藤枝駅に行ったのは夕方で、すぐに暗くなっただから……」

と、答えた。

受話器を置いた私は、胸の一隅に淀んでいた澱(おり)のようなものが、跡形もなく洗い流されるのを感じた。

私は、なぜこのようなことに執着し、日帰り旅行とは言え静岡市から藤枝市に足をのばすことまでしたのだろう、と思った。

年齢を重ねると、幼、少年時代の記憶をたしかめようとしたり、家系などを調べたりする傾向があるようだ。それは時間の余裕ができたこともあるが、死が訪れるまでの間に、曖昧な事柄をすべて明確にしたいという心理が働くからではないのか。

私が事故の確認につとめたのは、戦時中に埋れた事実をあきらかにしなければならぬという、社会人としての意識によるものではない。戦争とは無関係に記憶を追い求めようとしたにすぎず、それは私が、すでに老いの領域に足をふみ入れているからかも知れない。

旅からもどった私には、なすべきことが残されていた。私の個人的な依頼をいれて動いてくれた浜松総局次長に、私の知り得た結果を報告しなければならなかった。

私は、総局に電話を入れた。女子局員が出て、次長は外廻りをしているのでポケットベルで連絡をとってみる、と答えた。

十分ほどして、次長から電話がかかってきた。

私は、これまでの経過を伝えた。

「そうですか、実際にあったことなのですか」

かれは、同じ言葉を繰返し、

「いろいろなことがあったのですね」

と、つぶやくように言った。

私は、重ねて礼を述べ、受話器を置いた。

椅子の背に体をもたせた私は、自分に直接関係のないことに執着した自分が不思議に思えた。関心を寄せる者などないこのような事柄が、数多く過去の時間の中に埋れているのだろう。

戦時はすでに私にも幻に近いものになっていて、それが闇のなかに果てしなく沈んでゆくのを感じた。

油蟬が鳴きしきっていて、たまにはこのようなことに時間を費やしてもよいのだ、と思った。私は、しばらくの間、眩い緑の色のひろがる庭に眼をむけていた。

聖歌

教会の二列目の席に、京子は夫と並んで坐っていた。前列の席には姉の夫の高瀬が坐っている。頭髪が薄れ、地肌が透けている。

姉は一年前に子宮癌の手術を受けたが、末期であったため日増しに衰弱し、手足が驚くほど細くなって死んだ。姉は、キリスト教の信者であった高瀬のすすめで洗礼を受けていたので、教会葬となったのだ。

司祭が入堂し、葬儀がはじまった。

「いのちを与えて下さった神よ。あなたのもとに召されたテレジア高瀬の上にいつくしみを注いで下さい」

司祭の柔らかみのある声に、京子は姉が天国に旅立つのを感じ、眼尻ににじみ出た涙をぬぐった。

高瀬が一流企業の役員をしていることから姉の死が新聞の死亡欄に報じられたので、会葬者は多く、壁ぎわに立っている人もいる。

司祭の祈りの言葉が終り、司会者が聖歌の題を口にした。京子は、歌詞を印刷した紙を手に立った。

オルガンの音とともに斉唱がはじまったが、思いがけず澄んだ男の歌声が会堂内にひびき渡った。驚くほど声量の豊かなテノールで、オペラ歌手の独唱のようであった。

会葬者の中には、声の主はだれかと思うらしく眼を向ける者もいて、京子もひそかにその方向をうかがった。壁ぎわに立つ人たちの中にひときわ長身の男がいて、特有の口の動きにその男が歌っているのを知った。若い男かと思ったが、髪に白いものがまじった五十年輩の細面の男だった。

京子は、思わずその男の顔に視線を据えた。頬がこけ額に皺(しわ)がきざまれているが、まちがいなく久保田であった。かれは、新聞で姉の死と葬儀が教会で営まれるのを知り、出向いてきたのか。

姉と久保田は、大学の音楽部にぞくし、姉から紹介されて三人で喫茶店に入ったこともある。その折に姉と久保田が無言で長い間見つめ合い、京子は息がつまるような思いで席をはずした。

姉は卒業後、母に久保田と結婚したいと告げ、それが母から父に伝えられた。商事会社の要職にあった父は、頑(かたく)なに反対した。久保田の生家が貧しく、その上かれは卒業したものの就職はせず、小学生相手の家庭教師などをして過し、将来が甚だ心もとないという理由からであった。それに父は、知人の息子である高瀬のもとに姉を嫁がせたいとひそかに思っていたのだ。

姉は激しく泣き、部屋に閉じこもって食事をとらぬこともあった。しかし、結局姉は、父の意向にしたがって高瀬と結婚し、二人の女児の母となった。

紺の背広に黒いネクタイをつけている久保田はうらぶれた感じで、父の予想は当っていた、と京子は思った。侘(わび)しい暮しをしているのが察せられた。

聖歌が終って司祭の祈りの言葉がつづき、やがて喪主である高瀬の挨拶(あいさつ)があって、オルガンの演奏の中で献花がおこなわれた。

献花をすませた京子は、高瀬家の者と並んで立ち、会葬者の挨拶にこたえていた。

久保田は、白いカーネーションを手に列につき、京子たちの遺族席には眼をむけず、台に近づくと花を置き、頭を深くさげた。

京子は、献花台の前をはなれて教会の扉の外に出てゆく久保田を見送った。夕刻近い晩春の空気の中に、溶け込んでゆくような後姿だった。

見えない橋

書棚の上の置時計に眼をむけた清川は、金色の針が三時十五分近くをさしているのを見た。

かれは、椅子の背に体をもたせかけ、窓外の青く澄んだ初秋の空をながめた。指示した通り君塚が午後三時きっかりに市の駅につく特急列車に乗ってくれていたなら、今頃は下車して改札口をぬけ、駅前のバス乗り場に歩いているはずであった。

かれは、君塚を引取るにあたって月形刑務所まで出向いてゆき、出所した君塚を市に連れてくるべきだと考えていた。君塚は服役と出所をひんぱんに繰返し、出所すると同時に自由の身になった解放感から気ままな行動をとり、その結果、軽い罪をおかして刑務所に逆もどりするのが常であった。そうしたことをさせぬためには、刑務所を出る君塚を迎えに行き、清川が主幹をしている市の保護会に連れてくる必要があると思っていた。

しかし、かれは半月前、刑務所の総務部員に電話をかけ、君塚を単独で保護会のある市までこさせたい、と言った。今後、君塚を自立させるためには自分の意志で保護会にこさせるのが第一歩であると告げ、その言葉に部員はためらいながらも同意したのだ。

君塚が果して保護会にやってくるかどうか。清川にとってそれは一つの賭けであった。


かれのもとに保護観察所を通して茶封筒に入った月形刑務所総務部からの手紙が送られてきたのは、七カ月前であった。満期出所する受刑者がいるが、出所後、清川の保護会に世話になりたいと強く望んでいるので、引受けて欲しいという依頼状であった。受刑者の氏名、年齢、略歴、現在までの服役状態等を克明に記した書類も添えられていた。

清川は、その書類を眼にして驚きというよりは呆気にとられた。現在服役しているのは三十六回目で、そのような累犯者を扱ったことはむろんなく、耳にしたこともなかった。

清川は、キリスト教会が附属する東京の大学を卒業後、故郷である北海道のこの市にもどり、道立高校の英語教師として十年間をすごした。

出身校である高校の先輩が、刑務所から釈放された者の指導と観察をする法務省管轄下の保護観察所の課長の任にあって、清川に観察所の所員採用試験を受ける気はないか、と誘った。課長は、観察所の仕事の内容を詳細に説明し、社会的にきわめて大きな意義がある、と力説した。

清川は、大学時代、教会で礼拝することはあっても洗礼は受けていなかったが、社会奉仕をしたいという気持はいだいていて、心を大きく動かされた。同じように教員をしている妻の同意を得ることができ、試験を受けて観察所に勤務する身になった。

その後、二十九年間に八カ所の観察所を転々として仕事にはげみ、所長の任にもついた。

六年前退官したかれは、自ら望んで現在身を置いている保護会の主幹となった。

かれは、保護会を刑務所と社会の間に架けられた橋の上に設けられた休息所に似たものに思っていた。釈放された出所者は、社会に通じる橋を渡ってゆくが、そのまま社会に足をふみ入れるのにはかなりのためらいがある。社会状況は服役中に変化していて、それにただちに順応するのはむずかしい。そうしたことを考慮して出所者を引受ける機関として保護会が設けられ、釈放者は、橋の中間にある保護会という休息所に達し、そこで一定期間を過して社会に出る心の準備をととのえ、それから橋を進んで社会の中に身を入れてゆく。

市のはずれにある保護会の主幹に就任した清川は、建物がすっかり老朽化し、設備も拙劣であるのに暗澹（あんたん）とした。保護会は釈放された者が安息を得る場所であるのに、それをみたす施設としては程遠い。出所者は、他人にわずらわされることのない一人きりの生活を望んでいるが、せまい部屋は二人部屋で、また厨房設備、浴場も粗末であった。

これでは出所者に好ましくない影響をあたえると考えた清川は、保護会の面目を一新しようと考え、熱意をもって各方面に働きかけ、奔走した。

その努力は二年間にわたり、ようやく法務省をはじめ近くの市町村、保護司団体等からの基金を得ることができ、建物を新築し、居室も個室にして設備を充実させた。

かれは、原則として出所者をすべて引受ける姿勢をつらぬいてきたが、保護会の環境が理想的なものになったことが服役中の受刑者の間に広く知れわたったらしく、出所後引取って欲しいという依頼が激増し、収容能力に限界があるので拒絶せざるを得ないことも多くなっていた。

月形刑務所からの依頼状も、君塚という受刑者が清川の保護会が充実しているのを耳にして希望し、刑務所側もそれに同意したことをしめしている。

かれは、添付書類を眼にしながら思案した。

事情はどうあれ、三十六回も服役したということは異常であった。犯罪歴が列記されていたが、初めは窃盗による服役とされているが、その後は無賃乗車、無銭飲食によるもので、微罪であるため服役期間は短い。

出所して二カ月間娑婆（しゃば）にいたのが最も長く、出所した日に即日入所している場合もあり、平均して十日前後で刑務所に収容されている。これらの記録からみると、君塚は社会に身を置くよりも刑務所での生活に落着きを見出し、すすんで入所する性向があるように思える。

もしもこのような出所者を引受けたとしたら、どうなるか。

保護会に入ってもその男の気持は絶えず刑務所の方にむいていて、些細な罪をおかして刑務所に舞いもどろうとするだろう。保護会には環境調整に必要な規則がもうけられているが、男はそれを無視して自由な行動をとり、会の秩序は乱されて他の者たちにも悪影響をあたえることになる。依頼状には、三カ所の保護会に引受けてもらうよう頼みこんだが、ことごとく断わられたと記されていたが、それは当然のことに思えた。

男が出所するという七カ月後には少くとも二室があく予定になっていたが、清川は、やはり拒絶すべきだ、と考えた。長年出所者に接してきたが、そのような異常な累犯者をどのように扱ってよいのか自信が持てなかった。

かれは、保護観察所に引受けかねるという回答をしようと思い、報告書を書きはじめたが、胸にかすめるものがあって筆の動きをとめた。

経歴に六十九歳という年齢が記され、さらに軽度ながら心臓に疾患があると書かれていることが気になった。受刑者の高齢化は一般社会同様進んでいるが、かれの保護会では七十歳にもなろうという年齢の者を扱ったことはない。男は全く身寄りがなく適当な引受人も見当らない由で、老いの身として清川の保護会にすがりつこうとしているのを、無下にその手を振り払うようなことをしてよいものか。

かれは万年筆を置き、このような孤独で病弱な老い先短い受刑者を引取ることこそ保護会の本質的な使命ではないのか、と思った。

出所者を犯罪歴によって引受けるかどうか選ぶようなことはすべきではなく、どのような結果になるかわからぬが、一応さしのべてきた老受刑者の手をつかんでやるのが自分の責務だと思い直した。

かれは、再び万年筆をとると受諾する旨の文章をつづった。

その回答が保護観察所から刑務所に伝えられたらしく、十日ほどして君塚からこまかい字がぎっしり書きこまれた葉書が送られてきた。この喜びは生きているかぎり忘れることはないと記され、「茲に厚く御礼を申上げる次第でございます」と書かれていた。

「茲に……」という二文字に、清川は君塚の過去がにじみ出ているのを感じた。

君塚は五歳で父を失い、五年制の旧制工業学校を卒業し、国家公務員になった。勤務状態は良好であったが、二十三歳の折に交際していた女性が他の男と肉体関係を持って去り、それに大きな衝撃を受けたかれは、昼間から酒を飲むようになり、無断欠勤も多くなって職を失った。その後、職につくこともせず飲酒に溺れ、飲み代欲しさに金を盗んで捕えられた。すでに母は死亡していたという。

茲に……という現在使われることのない文字に、かれの旧制工業学校卒という学歴と実直な公務員であった過去がそのまま現われているように思え、四歳下の清川は君塚に親しみと哀れな感情をいだいた。

かれは、健康に十分留意して出所の日を迎えるようにという返事を書き、それに対して再び君塚から葉書が送られてきて、清川の保護会に身をゆだねられる喜びが折目正しい文章で記されていた。

出所が二カ月後にせまった日、清川は車で月形刑務所に赴いた。

明治初年、維新成立の余波で各地でおこった内乱によって捕えられた者や治安の乱れで激増した犯罪者を収容するため、月形に大規模な集治監が設置された。その後、道内に集治監がいくつか建設されたが、月形は刑務所の町としての性格をそのまま持ちつづけ、町民はすすんで刑務所の誘致をし、それによって少年院につづいて最新設備の月形刑務所がもうけられた。それは、外観が美術館とでも見まがう瀟洒（しょうしゃ）な建物で、設備も充実していた。

総務部の部屋に行ったかれは、君塚の依頼状を寄越した担当部員に会い、かれに案内されて部長にも挨拶した。

長身の部長は、お引受けいただけるそうでありがとうございます、と言って頭をさげた。

「出所するとすぐにもどってくるのですから、困ったものです。そうしたことからどの保護会でも断わられましたが、それをお引受け下さるとのことで感謝しております。寄る年波なのだから姿婆に出て余生をおだやかに暮すように、と担当の者は言っているそうですが……」

部長の顔には、半ば諦めたような困惑の色が浮かんでいた。

清川は保護会の現状を話したりして、部員に案内されて面接室に入った。丸椅子に坐っていると、ドアがノックされて逞しい体をした若い刑務官にともなわれた一人の男が入ってきた。

部員が男を君塚だと言い、清川は立って保護会の主幹であると告げた。

驚いたことに、頭をさげた男の口から突然すすり泣く声がもれ、それが急に激しさを増した。肩をふるわせ、号泣というにふさわしい泣き方であった。

清川は、小柄な瘦せぎすのかれの姿を見つめた。髪に白いものがかすかにまじっているだけであったが、地肌がすけてみえ、たるんだ顔や首筋の皮膚には深い皺がきざまれている。男は、時折り幼児のようにしゃくりあげて泣きつづけている。その姿に、清川は老いた男の孤独を感じ、自分の眼に少し涙がにじみ出ているのを意識した。

やがて男の口から、泣き声とともに途切れ途切れの言葉がもれた。

「どこからも断わられまして……」「自分もすっかり諦めておりましたのに、お引受け下さるとのことで」

泣き声がつづき、「ありがたくて、ありがたくて」と言うと、顔を両掌でおおい、ふらついたかれの体を刑務官が無言でささえた。

清川は、君塚に近寄り、

「体を大事にね。出所したらまっすぐ来なさい。私も会の補導員も皆待っている」

と、言った。

君塚は、一層激しい泣き声をあげながら何度もうなずいた。

清川が刑務官に眼をむけると、刑務官はうなずいて、君塚の体をかかえるようにしてドアの外に出ていった。

清川は、ドアを見つめたまま身じろぎもせず立っていた。体の中に清流が走るような感覚がして、君塚と自分の心が通じ合っているのを感じた。

君塚は果してやってくるか。かれのこれまでの例では、出所すると同時に酒をあおって理性を失い、刑務所に舞いもどるような行為に走る。激しく泣いて感謝の言葉を口にした君塚に信頼感をいだいているものの、今日も同じことを繰返すのではないか、という疑念も湧いてくる。

一週間前に清川は、君塚に保護会にくるまでの経路を書いた手紙を送った。出所したら月形の町から駅までバスで行き、三十分間隔で出る特急列車に乗って市までくる。保護会に入る前に市にある保護観察所に出頭して手続きをすませる必要があるので、観察所に行く。そのためには駅前の一番乗り場のバスに乗り、花咲町四丁目で下車する。料金は二百円。バス停前の法務合同庁舎の一階に観察所があり、そこで手続きが終れば観察所から電話連絡がある手筈になっていて、保護会から職員が迎えに行く。

君塚が、手紙に書いた指示通りにしてくれているなら、今頃はバスに乗っているはずであった。

総務部員の話によると、今回の服役は懲役二年の判決を下されたことによるものだという。一昨年に出所した君塚は、安宿に泊り、サウナに入ってビール、日本酒を飲みつづけて泥酔した。出所時に手にした所内での作業賞与金四万円弱の金も尽き、無銭飲食で警察署に突き出されたのだという。

バスに乗った君塚の眼には、酒類の広告看板や道ぞいの小料理屋、バーも映るだろうし、酒に対する誘惑に勝てず、途中下車することも考えられる。

清川は落着かず、立って部屋の中を歩きまわったりしていた。

電話のベルが鳴ったのは、四時少し過ぎであった。

受話器を取ると、観察所の課長の声が流れてきた。

「お話のあった出所者の君塚貞一君の手続きが終了しました。保護会で守らねばならぬ規則もよく話しました。迎えに来て下さい」

清川は、すぐに職員をさし向ける、と答えた。

受話器を置いた清川は、受付を兼ねた事務室に入ると、昼間勤務の春田に観察所に行くよう依頼した。職員は二人で、夜間に執務をしている職員もいる。

春田はセーターを脱ぎ、上衣の袖に腕を通しながら入口のドアの外に出ていった。

清川は、そのまま事務室の椅子に腰をおろした。君塚が途中酒を飲むこともせず指示にしたがって市にやってきてくれたことに深い安堵をおぼえ、君塚の涙は真実のものだったのだ、とあらためて思った。

しかし、かれは引受けてどのようになるか予想はつかず、重苦しい気持にもなった。君塚は娑婆より刑務所での生活に好ましさを感じている節があり、自分の職務は、かれを刑務所に逆戻りさせないよう努めることなのだ、と自らに言いきかせた。

やがて車がもどってきて、風呂敷包みを手にした君塚が春田と入口から入ってきた。

清川が事務室から出てゆくと、君塚は直立不動の姿勢をとって深く頭をさげた。

「よく来たね」

清川は、主幹室のドアを押し、中へ入るよううながした。

またも泣き声をあげるのではないか、と思ったが、君塚は眼を輝やかせ、喜びにみちた表情をしている。口もとがゆるみ、清川は君塚の前歯がすべて欠けているのを見た。

清川は、君塚と今後のことについてじっくりと話し合おうと思っていたが、久しぶりに乗物に乗り、しかも列車、バスと乗りついできたためか君塚の顔には疲労の色が濃い。話は明日のことにしてひとまず休息をとらせるべきだ、と思い直した。

清川は、君塚の後ろに立つ春田に眼をむけると、

「補導員の春田さんだ。疲れただろう。これからあなたの部屋に案内させる。今日は一日

置きの入浴日で、お風呂にも入り、ゆっくり休みなさい。明日十時にこの部屋にくるように……。その時にいろいろと話をしよう」

と、言った。

君塚は、はいと答えた。

春田が、

「それでは、私についてきなさい」

と言い、君塚は清川に腰を折って頭をさげると、春田について部屋を出ていった。

君塚の返事の仕方や動作には、刑務所での規則正しい生活習慣がそのまま残されていて、清川は頰をゆるめた。

かれは、夕刻からもよおされる保護司たちの会合に出席するため、机の上の書類を整理して部屋を出た。


翌朝、保護会に出勤した清川は、春田から君塚についての報告を受けた。

二階の部屋に案内すると、君塚は、小型テレビもある清潔な部屋であることに嬉しそうな表情をみせ、畳の上に正坐して春田に手をついて頭をさげた。夕方、定められた時刻に食堂におりてきて、他の男たちに無言で頭をさげ、丼に米飯を半分ほど入れ副食物を前に食卓につき、あわただしく食事をとった。私語を禁じる所内の規則そのままに、かれはだれとも口をきかなかった。

入浴は他の者に遠慮したのか、最後に入り、短時間で出てきた。

「所内とちがって早く入浴する必要はない。ゆっくり入っていい」

と、春田は言ったという。

「午後九時きっかりに電灯を消し、就寝したようです」

春田は、かすかに笑いの表情を浮べた。

清川は、無言でうなずいた。

時計の針が十時をさした時、ノックされる音とともにドアが開き、

「君塚、入ります」

と言って、君塚が姿を現わし、頭をさげた。

清川は、かれをソファーに坐るようすすめ、向い合った椅子に腰をおろした。

「どうだ、よく眠れたかね」

清川は、おだやかな表情で声をかけた。

「はい、ぐっすりと眠れました」

君塚は、満足そうな口調で答えた。疲労の色は消えている。

「そうか、それはよかった」

清川はうなずき、少し黙ってから君塚の顔に視線を据えた。

「これから私たちがあなたを世話することになるが、初めにはっきりきいておきたいことがある。あなたは三十六回も入所、出所を繰返してきたが、なぜそのように刑務所に入るんだね。いや、入りたがるんだときいた方がいい」

清川の言葉に、君塚は恥しそうに眼をしばたたいた。

「それを知っておかないと、十分にあなたを世話することができない。いったいどういうことなんだね」

清川は、君塚を見つめた。

君塚の顔から笑いの表情が消え、視線を落した。

「異常だよ、三十六回なんて。出所して即日入所したこともある。なんなのだ。その理由を知らずに世話ができると思うかね」

清川は、少し語気を強めた。

君塚は、はいと言ってうなずき、

「実は……」

と言って、口を開いた。

清川は、眼をあげたり伏したりして話す君塚の言葉をきいていた。

主な理由は飲酒である、と君塚は言った。出所すると、激しい渇きが突き上げるように酒を口にしたくなり、職を探すこともせず酒びたりになって、やがて金もなくなる。このまでではなにか盗みのような罪をおかしそうな気がして、それよりも無銭飲食したりタクシーに無銭乗車して警察署に突き出される方がいいと考える。タクシーを交番や警察署につけてもらったことも多い。

「罪をおかすのが恐しいから、刑務所にもどるというのかね。それもわからぬではないが、私の質問の答えにはなっていない。私がきいているのは、なぜ刑務所に入りたがるんだということだ」

清川の言葉に顔をあげた君塚は、すぐに視線をそらすと、困惑したように口をつぐんでいたが、

「刑務所ですと、様子がわかっておりますので……」

と、低い声で答えた。

清川は、君塚の顔を見つめ、つづいて歯の欠けた口からもれる言葉をきいていた。

刑務所内の男たちの中には、険しい表情をしている者がいるにはいるが、概してそれぞれに思うことは多々あるにしても表面的には無表情と言ってもいい物静かな顔の者が多い。そのようなかれらにかこまれていると安らいだ気持になる。それが出所すると、男の女も甲高い声をあげ眼も落着きなく光らせていて、近寄りがたい恐れを感じる。

連れ立って歩いてくる若い男たちの眼と合うと殴りつけられるのではないかと思ったり、道を歩いていると後方から近づく自転車がぶつかってくるのではないかというおびえもい

だく。たしかに所内では規則にしばられてはいるが、刑務官に守られているという安心感がある。そのような刺戟の多い娑婆よりは、時間がおだやかに過ぎる刑務所にもどりたい気がして、事実、もどると安らぎに似た気持をおぼえる。

しかし、六十歳を越えた頃から娑婆ですごした方がいいと考えるようになった。出所して仕事について自立しようと思い、労働をともなう職探しをするものの高齢のため雇ってくれる所はなく、もとより事務などの仕事はない。そのうちに出所時に手にしていた金も尽き、それならば食うのに困らぬ刑務所に入った方がいいと、無一文でタクシーに乗る。

清川は君塚に視線を据え、窃盗、詐欺罪で服役した者は、その後も罪をおかして刑務所に収容される者が多いというが、君塚の場合はそれとは本質的にちがうのを知った。君塚にとって刑務所は身をおくのになじんだ、いわば安息の場で、娑婆からの避難所でもある。これまで扱ってきた出所者とは全く異質で、清川は、君塚の扱いはきわめてむずかしい、と思った。

「今度の刑期は二年でしたが、心臓も良くありませんし、このままでは獄死するのが落ちです。それを思うともう二度と刑務所に入るのはいやだと、こう思った次第です」

君塚は、真剣な眼をして言った。

獄死という言葉がもれたことに、清川は、顎に手を置いた。それは行刑（ぎょうけい）用語として残されてはいるが、そのような古びた言葉を君塚が口にしたことが意外に思えた。清川は、あらためて君塚が戦中、戦後の教育を受けた高齢者であるのを感じた。

さらに君塚は、言葉をつづけた。

出所してもだれにも相手にされないことを考え、保護会に身をゆだねれば罪をおかさずに生きてゆけるのではないか。それで担当の刑務官を通じて各地の保護会に頼んでもらったが、いずれも断わられ、清川のみが受け入れてくれたという。

君塚の眼に涙が光り、

「ここ以外におすがりできる所はないのです。お願いです。どうぞ私をお助け下さい」

と言って、頭を深くさげた。

清川は、地肌の透けた君塚の頭を見つめた。君塚の言葉には哀切なひびきがあり、獄死という言葉が胸に刺さった。

「そうか、あなたを信用しよう。ここにいなさい。できるだけのことはしてあげる」

清川は、おだやかな口調で言った。長年の経験で、君塚が現在の心境のままでいたなら刑務所にもどるようなことはしないだろう、と思った。

君塚は、頭をさげ、部屋を出ていった。

保護会は出所者を自立させるための施設だが、自立すると言っても君塚の場合は高齢で病身でもあり、職につくことなど望むべくもない。清川は、まず君塚に病気の治療を受けさせるため医療扶助の認可を得させる必要があると考え、翌日、市役所の福祉部に行って事情を説明し、証書を交付してもらった。

次の日、かれは君塚を連れて赤十字病院に赴き、体の状態を調べてもらった。服役中、狭心症の発作に見舞われたというだけに心臓に疾患がみられ、医師は当分の間通院するように、と言った。

君塚は、静かに保護会で日をすごしていたが、清川がかれの部屋をのぞいてみると常に中央に正坐していた。

「刑務所じゃないのだから、部屋にとじこもっていないで、外を出歩いたりしたらどうだ。どこへも行ける身になったのだから……」

清川は、笑いながら言った。

その言葉にしたがって君塚は、建物の外の掃除や草とりをするようになり、朝、清川が出勤すると、掃除の手をとめて、お早うございます、と言って頭をさげる。明るい表情であった。

清川が最も懸念していたのは飲酒で、それが君塚の生き方を狂わせているすべてと言っていい。保護会内での飲酒は厳禁されているが、君塚の内部には酒の魅力に抗しがたい気持があるのではないだろうか。

「どうだね、時には酒を少し飲んでみたいという気になることもあるのかな」

清川が探るような眼をして声をかけると、君塚は急に表情をかたくして、

「酒はやりません。この歳になって刑務所にもどりたくはないのです。獄死はいやです」と、甲高い声で答えた。

その表情に、清川は、飲酒についての恐れはなく、自分の手もとからはなして一人で生活させても差支えはないかも知れぬ、と思った。

就労が不可能であるかぎり、生活保護を受けさせる以外にないと考えた清川は、申請書を手に市役所に赴いて依頼すると同時に、君塚の住む部屋探しに手をつけた。

身許引受人のいない出所者の部屋をきめてやるのは、清川にとっていつも頭痛の種であった。不動産屋の店には適当な部屋のデータがいくつも備えられているが、部屋を借りるには必ず保証人を立てることを要求される。

そのような出所者の保証人になれるのは、現実として清川以外にいないが、一人の保証人になれば他の者にもならなければならず、実際問題として不可能であった。そのためかれは、不動産屋を全く無視して保証人を要しない部屋を探すため車に乗って市内をゆっくりまわる。そのうちに貸間ありという札の出ているアパートを見出すが、そのような部屋の持主は保証人についてとやかく言わない場合が多い。

かれは、その日から君塚の部屋探しのため市内を物色してまわり、二日後にようやく市の南部にある古びた二階建のアパートの外壁に貸間ありという紙が貼られているのを眼にした。下車したかれは、右手の仕舞屋(しもたや)風の平屋の家がアパートの持主と紙に書かれているのを確かめた。

保護会にもどったかれは、主幹室に君塚を呼んだ。

「ここに来てから半月が過ぎたが、あなたはもう自立できると思う。いや、してもらわなければ困る。年齢、病気を考え、就労はできないので生活保護を申請してあるが、受理されることはまちがいない」

清川は、生活保護を受けると月十万円、冬には燃料費も加算されて十二万円ほどが支給される、と説明した。

「保護会を出て一人で暮すことになるが、あなたの住めそうな部屋を見つけてきた」

清川は、不動産屋を通すと保証人を立てることが条件となるが、眼にしたアパートはその必要はなさそうだと思う、と言った。

「これから見に行って、家主が貸してくれるかどうか頼んでみるのだ。うまくゆくといいが……」

君塚は、はいと答えたが、眼に不安そうな色を浮かべ、

「どのように頼んでよいか、きちんとしたアパートになど住んだことはありませんので、先生、よろしくお頼みします」

と、言った。

清川は、すぐに首をふり、

「交渉するのはあなただよ。私がついていったら、家主はなぜ私が保証人にならないのかと不思議に思うだろう。私は多くの人をあずかってきたので、一々保証人になっていたらきりがない。保証人にはなれないのだ。私は、近くまで車であなたを連れて行き、車の中で待っている。自分でやってみるのだ」

と、強い口調で言った。

ついてゆけば名刺を出さなければならず、君塚が保護会であずかる出所者であることが知れる。君塚のためにそれはあくまでも避けねばならぬことであった。

「それでだ。家主と交渉する時、身寄りがないので保証人は立てられないが、生活保護を受けていると言うのだ。部屋の借り賃は役所から支払われる仕組みになっているので、滞納の恐れがなく、家主は安心して貸してくれる場合が多い。いいな」

清川の言葉に、ようやく安心したらしい表情が君塚の顔に浮かんだ。

椅子から立上った清川は、君塚をうながして保護会を出ると、助手席に君塚を乗せた。

車は、住宅街をぬけて川ぞいの道を進み、牛乳精製工場の裏手にある地域に入った。そこには商店や町工場が点在していて、かれは自動車修理の作業場の前を過ぎると、道の端に車をとめた。

「あれがアパートで、そのむこうにある平屋が持主の家だ。私はここで待っている。年とっているので職についてはいないが、生活保護を受けていると言うんだよ」

清川は、あらためて念を押した。

君塚が清川に眼をむけると、

「もしもこの町でどのようにすごしていたのか、ときかれたら、なんと答えたらいいのでしょう」

と、これまで考えていたらしく不安そうに言った。

「いいかげんな答え方をすればいい。親戚の者に世話になっていたけれど、その者が死んだので一人で暮さねばならなくなったのだ、と言ったらどうだ。根掘り葉掘りきくようなことはしないだろうが、うるさかったら黙っていればいい」

清川は、軽い口調で言った。

君塚は、なおも不安そうな眼をしながら車の外に出た。

清川は、背をかがめて歩く君塚が平屋の家に近づき、ためらいがちに粗末な門の中に消えるのを見つめていた。

十分ほどして、君塚が五十年輩の小太りの女と出て来てアパートに近づき、階下の右端のドアをあけた女の後から内部に入るのが見えた。

部屋を見せるというのは、家主が貸す意志があることをしめしていて、清川はドアの方に視線を据えていた。

やがて出てきた君塚は、女と立ってなにか話をし、頭をさげた。女はうなずき、家の方へもどっていった。

君塚が車にもどってきて、ドアを開け、助手席に身を入れた。

少し上気したその表情にうまくいったようだと思った清川は、

「どうだった」

と、声をかけた。

君塚は、歯のない濡れた唇をゆるめて、

「貸してくれるそうです。いつからでもいいと言ってくれました」

と、答えた。

「それはよかった。どんな部屋だったね」

清川は、車を動かしながらたずねた。

「六畳二間で、手洗いも炊事場もついていました」

「それは豪勢だな。部屋代は二万六千円と書いてあったが、安い」

そのあたりは場末で、古びたアパートではその程度が相場なのだろう。家主は借り手がつかず、生活保護を受けていれば滞納の恐れがないと考え、すぐに君塚の求めに応じたにちがいない。

かれは、明るい気分になって車を進めた。遠く見える山並に紅葉がはじまっているのが見えた。

二日後に市役所から生活保護が決定したという通知が来て、清川はそれを君塚にしめし、春田にすべてを一任した。

春田は、すぐに君塚を連れて市役所に赴き、所定の手続きをすませ、係員が君塚の住むアパートの地域を担当するケースワーカーにも紹介してくれた。春田はその足でアパートの持主のもとに君塚を行かせて賃貸契約をむすばせ、君塚は部屋の鍵を手にしてもどってきた。

「これで一国一城の主だな」

清川は、机をへだてて立つ君塚に椅子に坐ったまま言った。

君塚は面映ゆそうな眼をした。

「これからあなたは一人で生活をする。大切なのは社会の中にとけこむことだ。老人たちが所々に集まって、淋しさをまぎらすためそれぞれに楽しみごとをしている。そういう人たちの中に、臆することなく入ってゆきなさい。気持がなごみ、生きてゆくのが楽しくなる」

清川の言葉に、君塚は自信のなさそうな表情をしながらもうなずいた。

「病院には、お医者さんの言いつけを守って必ず通院するようにしなさい。決して重くはない症状だというから、体を大切にすれば長生きできる」

清川はやわらいだ表情をしながらも、眼に鋭い光を浮かべると、

「これはつつしめよ」

と、杯で酒を飲む仕種をした。

君塚は気分をそこねたように、

「酒はやりません」

と、強い口調で言った。

清川はうなずき、

「すべてがうまくいってよかった。私もあなたを引受けた甲斐があったよ」

と、言った。

自分の眼が、うるんでいるのを意識した。

翌朝、清川が出勤すると、風呂敷包みを手にした君塚が受付の前に立っていて、

「お早うございます」

と、挨拶した。

それにこたえた清川は、

「行くんだね」

と、言った。

「はい、色々と先生にはお世話になりました。心より御礼申し上げます」

君塚は、深々と頭をさげた。

「それじゃな。時々遊びに来いよ、ここを自分の家だと思って……」

清川は、君塚の眼に光るものが浮かんでいるのを見ながら言った。

君塚は、再び頭をさげると、受付の内部にいる春田にも頭をさげ、ガラス張りの入口の戸を押した。

清川は、道に出て左手の方向に歩いてゆく君塚の姿を見つめていた。

翌日は雨で、次の日の朝出勤した清川は、君塚が保護会の入口の前を掃いているのを見た。空気が澄み、空は青かった。

清川は、君塚の挨拶にこたえながら入口の戸を押した。これでいいのだ、と思った。

気温が急速に低下し、植込みの土に霜柱が立つようになった。

保護会には出所者の受入れがつづき、出てゆく者もいる。清川は、かれらの就職先の斡旋をし、出所者をすすんで引受けてくれる協力雇用主のもとに行って話し込んだりした。

君塚は、雨の日を除いて連日のように保護会に来て掃除をし、内部に入って浴室を洗うようなこともしていた。清川は、風邪を引くな、病院に行っているかなどと声をかけた。

雪が舞い、たちまち家並も道も分厚い雪におおわれるようになった。町は、冬の季節に入った。

雪が吹雪いている日の午後、君塚が買い求めたらしいゴム長靴をはいて保護会に来た。

事務室で春田と打合わせをしていた清川は、受付のガラス窓越しにかすかに頭をさげた君塚の姿を見て、なにか自分に話したいことがあってやってきたのを感じ、事務室を出ると主幹室に入った。

ついてきた君塚は、清川が坐った机の前に立った。

「どうしたね」

清川は、おだやかな口調でたずねた。

君塚は、肩をすぼめるようにして顔を伏すと、思い切ったように、

「先生は、些細なことでも困ったことがあったらくるように、と仰言って下さいましたが……」

と、低い声で言った。

「そうだ、どんなことでもいい。自分で解決できないようなことがあったら、いつでも来ればよい」

清川は、うなずいた。

君塚は、体を動かし、少し黙ってから口を開いた。

「実は、この保護会にお世話になっておりました時には、食事、入浴の時間はきまっておりましたし、私は夕食後外出したことはありませんでしたが、門限も定められておりました」

「そうだ、保護会には環境調整に必要な規則がもうけられていて、それに従ってもらうことになっている」

清川は、君塚がなにを言い出すのか、困ったこととその規則がどのような関係があるのか、察しがつかなかった。

かれは、君塚の顔をながめながら、このような折には性急に答えをうながすようなことをしない方がいい、と思った。かれは無言で、君塚が口を開くのを待ち、窓の方に眼をむけた。

「今は、一人でアパートに住んでおります」

低い声がし、清川は君塚に視線をもどした。

「毎朝、刑務所での起床時刻に自然に目がさめて起きますが、それからが困るのです」

「なにがだね」

清川は、ゆったりした口調でたずねた。

「食事の時間もきまっておりませんので、いつ食べてもよく、時間がだらだらと過ぎます」

そこで言葉を切ると、君塚は顔をしかめた。

「妙なことを言うと、お笑いにならないで下さい。外に出る時、ドアを押しますと開きます。入口の扉は外からあけてもらうことになれていましたので、ドアが開くと体がふわっと浮いているようで落着かないのです」

清川は、君塚の顔をうかがうように見つめた。

「一番変な感じがするのは、外から帰ってきてドアを鍵であける時です。これまで出所しても安宿にしか泊らず、鍵で開け閉めするような所には泊ったことがありません。自分で鍵をまわして部屋に入るのが、どうも変なのです。刑務所では自分が房に入ると後ろで鍵のしまる音がして、自分で鍵をまわしてドアを開けるようなことはしたことがありません」

二十四歳の春から入所、出所を繰返してきた君塚は、刑務所での生活が生活そのものになっていて、拘束されることがかれの気持を安定させ、自由はむしろかれを困惑させているらしい。

困ったことという意味がようやく理解できた清川は、危険だ、と思った。出所して即日入所したこともある君塚は、自分を落着かせる場所は刑務所だと無意識ながら感じ、自然に微罪をおかして刑務所の門をくぐる。現在の君塚は、刑務所にもどりたいという考えが胸の中できざし、それが抑えがたいものになっている。

「あなたは、いくつになったのだ」

清川は、うわずった声でたずねた。

「六十九歳です」

顔をあげた君塚は、あらためて年齢をきかれたことにいぶかしそうな表情をした。

「そうだろう。来年三月には七十歳だ。いつまで生きていられると思うのだ。これから五年か十年、それともあと一月か、明日かも知れない。あなたは獄死はいやだ、と言ったが、刑務所に入っていれば、獄房で朝冷くなっているのを発見されるか、それとも作業場で心臓発作を起して倒れて死ぬか」

君塚は、身じろぎもせず清川を見つめている。

「今のあなたは、自由の身になっているのだから、どこででも死ねる。部屋の中でひっそり死んでも、それはドアが自由に開く部屋だ。路上で行き倒れになっても、そこは果しなくひろがる地上の一点だ。少くとも刑務所のように拘束された場所ではない」

清川は、君塚の気持が刑務所にむきかけているのが腹立たしく、感情が激するのを意識した。

かれは、口をつぐみ再び窓の外に眼をむけた。これ以上話す必要はなく、刑務所に舞いもどりたければもどるがいい、と思った。

長い沈黙がつづき、清川は窓ガラスを通して雪が降りしきるのをながめていた。

すすり泣く声を耳にしたかれは、おもむろに君塚の顔に眼をむけた。泣いているのではなく、君塚は濡れた唇をゆがめ、笑いをこらえている。涎（よだれ）が口もとから流れていた。

「どうしたんだね。困っているんだろう。鉄格子のはまった房にもどりたいんだろう」

清川は、君塚の笑いの表情をいぶかしみながら、投げ捨てるような口調で言った。

君塚は、無言で首を何度もふり、

「わかりました。困りません。私はどこへでも行って死ねるんです」

と言って、唇をふるわせて笑った。

「そうか、それならいい。二度と愚かしいことを考えるんじゃない」

清川は、眼をいからせて言った。

君塚は、はいと答え、

「帰ります」

と、姿勢を正して一礼すると、ドアの外に出ていった。


気温がさらに低下し、雪がしばしば降って激しく吹雪く日もあった。軒庇からはつららが垂れ、路上の雪は氷状化した。

その後、君塚は時折り姿をみせ、浴室や手洗いの掃除をしたり、だれもいない食堂の椅子に坐ってテレビを観たりしていた。

清川は、さりげない会話を交し、君塚はアパートの部屋に買い求めた石油ストーブを置いて暖くすごしています、と言ったりした。その表情に、君塚がようやく落着きを得て一人暮しの生活になじんでいるらしいのを感じた。

年末近くなった頃、君塚は、

「日曜日にキリスト教会に礼拝に行っています」

と、照れ臭そうな眼をして言った。

清川は、意外に思いながらも、

「そうか、それはいい」

と、答えた。

君塚のおかした罪は罪とも言えぬもので、礼拝すると言っても懺悔などという大袈裟なことをするはずはない。保護会以外どこにも行くあてのないかれは、だれでも入って椅子に坐れる教会に足をむけるにすぎないのだろう。

そのことを口にしてから、君塚は日曜日に保護会には顔を出さず、年があらたまると平日でも保護会にくることが少くなった。

「どうだね、教会には行っているのか」

清川は、食堂でお茶を飲んでいる君塚に声をかけた。

「はい。教会には女の信徒さんがたくさんいまして、私のことをおじいちゃんと呼んでくれます。どこに住んでいるのとききますので、教えましたらアパートにお菓子を持ってきてくれたり、夕飯のおかずを持ってきてくれたりします」

君塚は、傍らの椅子に置かれたオレンジ色の毛糸で編んだマフラーを手にして、

「これももらいました」

と、気恥しそうな眼をして低い声で言った。

「それはありがたいことだな」

清川は、思わず笑った。

影の薄い小柄な君塚が教会にくるのに信徒たちが関心をいだき、近づいてきたのだろう。君塚にとって、一人の老人として自分に親しく接してくれる人たちはこれまでいなかったにちがいない。社会にとけ込むために老人の集りの中にでも入るように言ったが、はからずも女性の信徒たちが近づき、好意をしめしてくれるのは願ってもないことで、あらためて君塚の顔を見たかれは、常にみられた陰湿な翳り（かげ）が消えているようにも思えた。

君塚は、清川のもとにくると、信徒たちとの交流を必ず口にするようになった。交りが嬉しいらしく、清川にそれを自慢するような節もみられた。

信徒たちは、君塚が孤独で仕事もないことを知って、日曜日のみならず毎日教会にくることをすすめたようだった。教会にも清掃をはじめ雑用がかなりあって、それをやって欲しいと言われ、君塚はそのすすめにしたがって朝から行き、夕方まですごす。

「お昼御飯を出してくれるのですよ」

君塚は、歯のない口もとをゆるめて言った。

常に一人で食事をする君塚は、信徒たちとともに昼食をとるのが楽しいのだろう。それに昼食を無料ですませることに、金銭的な打算もはたらいているにちがいなかった。

君塚は、毎日教会に行っているらしく、保護会に顔を出すことも稀になった。信徒の子供たちが集まる教会の行事の飾りつけを手伝うこともしている、と言った。清川は、満足そうにそんなことを話す君塚に、これでまちがいなく落着いてくれるだろう、と思った。

寒気は一層きびしく、出所者たちの受入れやかれらの就職、部屋探しなどで、清川は忙しい日を送っていた。

二月下旬、君塚が訪れてきた。

「部屋を替えてもいいでしょうか」

君塚は、清川の表情をうかがうような眼をして言った。

清川の胸に、不安が湧いた。部屋を替えるということは、ようやく落着きを得た生活が変化することにもなり、現状のまま推移して欲しかった。

「なぜ、替えるのだね」

家主が、なにかの理由で君塚が出所者であることを知り、部屋をあけるように要求したのか。

「アパートに来た信徒さんたちが、この部屋では寒さが大変だ、神父さんに頼んで日当りのいい部屋を見つけてもらいなさいよ、と言ったのです。信徒さんがそれを神父さんに話したらしく、神父さんが教会の筋向いにある商店の二階の部屋の話をつけてくれたんです。

部屋代もほとんど変りません」

君塚は、そこが気に入っているらしい口調で言った。

清川の不安は消えた。教会の道をへだてた商店の二階がアパートになっているのは知っていた。そこを借りるには保証人が必要だが、神父の口ききで家主である商店主は承諾したのだろう。

清川は、君塚と教会との結びつきがさらに深まっているのを知り、君塚が社会の中にとけこんでいるのを感じ、安堵した。

「結構な話じゃないか。ありがたくお受けしなさい」

清川は、これで君塚が刑務所に舞いもどるようなことはしないだろう、と思った。

君塚は、嬉しそうな表情で主幹室を出ていった。

本来ならば、神父のもとに行って御礼の挨拶をするべきであった。穴の中にずるずるすべり落ちてゆくように刑務所にもどる傾向のある君塚が、女性信徒たちとの接触でその恐れは全くと言っていいほどなくなっている。出所者は、出会う人々の温かい気持によって心がなごみ、社会人として生きてゆく自信をいだくようになるが、君塚の場合、それは教会の信徒たちであり、部屋を斡旋してくれた神父であった。

しかし、清川は、教会に行って神父に礼を言う立場にないことを知っていた。保護会で引受ける者たちの職探しをする場合、雇主に過去のすべてを告げて雇ってもらうこともあるが、必要でない場合は決してさとられぬよう細心の配慮をする。神父や信徒たちは、君塚を身寄りのない一人の老人と見ているだけで、もしも神父に御礼に行けば出所者であることが知れてしまう。教会の近くにある保護会の存在は、神父たちも知っているはずで、主幹をしている清川が出向いてゆけば君塚の過去を知られることになり、それはあくまでも避けねばならなかった。

数日後、訪れてきた君塚は、部屋替えをしたことを口にし、住所を記した紙片を清川に渡した。日当りがよく、信徒が古びた小型テレビをあたえてくれたので、夜も退屈せずにすむ、と言った。

清川は、教会関係者に感謝した。

君塚が出所してからすでに五カ月、服役を繰返してきたかれにとって最も長い期間娑婆にいることになる。君塚を引受けるのに大きなためらいがあったが、これでまちがいなく自立——社会に定着する、と確信した。

清川は、保護観察所の所長あてにその旨を報告書として書き、郵送した。

君塚は時折り姿を見せたが、表情はひどく明るかった。清川が、

「病院へは行っているか」

と、声をかけると、

「別に異常はないとのことですが、薬だけは飲んでいます」

と、君塚は答えた。

雪が連続して降って、交通機関が杜絶（とぜつ）したりした。軒庇からさがるつららは長く、そして太くなっていた。

かれは、スリップする車をゆっくりと動かして、出所者が雇われている事業所巡りなどをしていた。教会の前を通ることもあった。

三月に入って間もなく、清川は風邪をひき、高熱を発して寝込んだ。午前と午後に保護会に電話をかけ、春田に事務的な指示をした。気になるような出来事は起っていなかった。ようやく熱もさがり、医師の許可を得て出勤した。気分は良かったが、足もとがふらつくのが気になった。

その日の午後、肉づきの良い四十年輩の大柄な女性が訪れてきた。君塚の生活保護を担当しているケースワーカーであった。

主幹室のソファーに腰をおろした彼女の口からもれる言葉に、清川は表情をこわばらせて彼女の顔を見つめていた。

連日のように教会に来ていた君塚が、五日間も姿を見せないので風邪でもひいて寝込んでいるのではないかと思った信徒が、アパートの部屋に行ったところ、小さな食卓の傍らに仰向けになっている君塚を見出した。

濃い死相が顔にひろがっていて、教会にもどった彼女は、すぐに警察署に連絡した。署員が出張してきて、検死の結果、食物が咽喉につまったことによる窒息死であることがあきらかになった。

生活保護を受けていることから、警察署ではそれを市の福祉部に伝え、ケースワーカーの彼女がその死を発見した信徒に会い、死の事情をきいて記録したという。

「君塚貞一さんには身寄りが全くありませんので連絡の仕様がなく、お世話をしていた保護会にお伝えする次第です」

ケースワーカーは、膝の上の書類に手を置きながら言った。

清川は、深く息をついた。心臓疾患による死ではなく窒息死だということが意外であり、哀れであった。死後何日も発見されずにいたということも、君塚らしい死に方にも思えた。

遺体はどうなったか、とたずねると、ケースワーカーは、

「遺体がいたみはじめていましたので、警察のすすめもあってすぐに火葬場に運び、葬儀は教会でしてくれたそうです」

と、言った。

清川は礼を述べ、入口の外まで出てケースワーカーが車で去るのを見送った。

部屋にもどったかれは、しばらく椅子にもたれていたが、思いついて君塚に関する書類をまとめ、春田を呼んだ。君塚の死のいきさつを簡単に述べ、書類を渡して保護観察所に持ってゆき、指示を仰ぐように、と言った。

春田は、顔をこわばらせて部屋を出ていった。

清川は、再び椅子に背をもたせかけ、窓ガラスを通してみえるどんより曇った空に眼をむけた。獄死はいやだと言っていた君塚が、たとえ窒息死とはいえアパートの部屋で死んだのは幸いだと言うべきだ、と胸の中でつぶやいた。

君塚の死によってかれのことはすべて自分の手もとからはなれた、と思ったが、なすべきことが残っているのに気づいた。すでに君塚の過去を知られぬよう配慮する必要はなく、かれのために部屋を斡旋し葬儀までしてくれた神父に礼を言うべきだ、と思った。

かれは、電話帳を繰り、番号をたしかめて教会に電話をかけた。澄んだ中年の女の声がして、かれが氏名を告げ神父にお話したいと言うと、外出しているという。かれは、再び電話をかけると言って受話器を置いた。

その後、二度電話をしたが、神父は多忙らしく外に出ていて、ようやく三度目に神父が電話口に出た。清川は、君塚のことで御礼の御挨拶をしたいので会って欲しいと言い、神父は承諾して時間を指定した。

次の日の夕方、清川は車で教会に赴いた。教会は四つ角の角にあり、かれは道をへだてた商店の二階にある部屋の窓に眼をむけた。次の人がまだ入っていないらしく、窓には色褪せたオレンジ色のカーテンが垂れていた。

教会の分厚いドアの内部に身を入れたかれは、正面の壁にかけられたキリストの像に頭をさげた。

電話で神父が言った通り右手に部屋があり、近寄ってドアをノックした。どうぞ、という声がし、かれはドアを押した。

奥の窓際に置かれた机の前に坐っている神父の服をつけた男が、清川と察したらしくすぐに立ってきた。年輩の神父と想像していたが、三十歳前後の逞しい体格をした男であった。

清川は、神父にうながされて大きなテーブルの前に置かれた椅子に坐った。神父は、清川の差出した名刺を見つめながら椅子に腰をおろした。

「御承知かどうか知りませんが、保護会とは刑務所から釈放された身寄りのない人などの生活指導、就職の援助をする施設で、私は主幹としてその世話をしております。君塚君はその一人です」

清川は、静かな口調で言った。

神父は、清川の顔に眼をあげ、再び名刺に視線を落すと、かすかにうなずいた。

「君塚君から、信徒さんをはじめ神父さんが親切にして下さっている、ときいておりました。御礼に参上したいと思っておりましたが、君塚君が出所者であることを知られぬようにするのが私の務めで、今日まで伺うことができませんでした。お許し下さい」

清川は、テーブルに手をつき頭をさげた。

神父は再びうなずき、少し黙ってから、

「私も、あの方は普通の生き方をしてきた人じゃない、と薄々感じていました。そうでしたか」

と、低い声で言った。

「三十六犯でした」

清川は、思い切って言った。

神父は、驚いたように清川の顔を見つめた。

清川は、君塚が服役を繰返した経緯を簡単に説明し、今回もまた刑務所にもどる気配があったが、信徒と神父に接することによってその恐れが全く消えた、と告げた。

「かれが刑務所ではなくアパートで死ぬことができたのは、皆さんのおかげなのです。かれは喜んでいると思います」

清川は、神妙な口調で言った。

神父は口をつぐみ、壁に眼をむけている。

「葬儀もして下さったとのことで……」

「はい。私が司祭をつとめ、多くの信徒さんに見送られて天に召されました。お骨は教会であずかっております」

神父は、淀みない口調で言った。

骨壺を渡されても、それは市役所の福祉部の吏員によって引取り人のない骨壺を集めた堂におさめられる。出来れば教会でそのままあずかってもらうのが望ましく、かれはそれについて口にすべきではない、と思った。

「君塚さんが亡くなられた時、食卓の上に礼拝に持参しようと思ったらしく献金と書かれた袋が置いてありました。一万円札が一枚入っておりまして、それもおあずかりしてあります」

神父の眼が、清川にむけられた。

清川には意外であった。君塚が教会で昼食をとらせてくれることを半ば得意気に話していたが、信徒たちと食事をするのが嬉しいとともに、食費を節約できるという打算が働いているとひそかに思っていた。君塚にとって一万円は大金で、それを教会に寄進しようとしたのはなぜなのか。これまで昼食をめぐんでくれたことに対する謝礼の意味か、それとも信徒たちに接するうちに奉仕の気持が自然に湧いたのだろうか。

清川は、神父に挨拶したことで主幹として君塚に対する自分の務めがすべて終ったのを感じた。これからも出所者が果しないように自分の前に現われ、かれらの自立のためにつとめなければならない。

かれは腰をあげ、あらためて感謝の言葉を口にし、深く頭をさげると部屋の外に出た。

車に身を入れたかれは、時計に視線をむけ、一昨日保護会に来た二十二歳の男を建築業者のもとに連れてゆく時刻がせまっているのを知った。

かれは、道の前後をたしかめ、氷状化した路面に注意しながらゆっくりと車をＵターンさせ、保護会に通じる道を引返していった。

死顔

駅の南改札口は、跨線橋(こせんきょう)の上に設けられていて、改札口を出た私は、橋の上を右方向に渡っていった。

橋の両側には事故防止のためか、高い金網が張られていて、その下方に列車、電車のレールが幾筋ものびている。

橋を渡り切ると、私は、いつものようにそこで足をとめた。前面に生れ育った町が遠くまでひろがっている。終戦の年の春に夜間空襲で町に焼夷弾(しょういだん)がばらまかれて焦土と化し、当時の面影は失われている。

石段をおり、道を横切って左に曲った。露地を進み、右手のホテルの自動扉の中に入った。

フロントの前に広い喫茶室があって、私は入ると左手の壁ぞいの椅子(いす)に腰をおろし、近づいてきたウエイターにミックスサンドとコーヒーを頼み、椅子に背をもたせかけた。

その喫茶室に入る度に、奇妙な感慨にとらえられる。母は空襲のあった前年の夏に子宮癌（しきゅうがん）で瘦（や）せさらばえて死んだが、父は母の療養のために隠居所を建て、母の死後、私と弟がその家で寝泊りしていた。

母が死ぬ前から父は待合の女将（おかみ）を愛人にしていて、隠居所が空襲で焼けた夜も女を相手に奥の座敷で酒を飲んでいた。そのうちに米軍機が飛来して、裏の家に焼夷弾が落ちて炎をふき出すと、酔った父は女とともに家を出てゆき、私もそれを追うように駅をへだてた谷中の墓地に避難した。

今から二十年ほど前に駅の近くにホテルが建ち、当時からあった道をたどってホテルが隠居所のあった池に建っているのを知った。喫茶室は庭のあった場所にちがいなく、鯉（こい）の泳いでいた池や梅の花をつけた樹が思い起される。

椅子に座っていると、空襲のあった翌日の午後、焼跡に足をふみ入れて白くひび割れた庭石に腰をおろしていたことがよみがえる。池の水は蒸発してコンクリートの底に亀裂（きれつ）が走り、焼きはらわれた町が干潟のように平坦（へいたん）にみえていた。

運ばれてきたサンドウイッチに手をのばした時、白髪の小柄な兄が喫茶室に入ってくるのが見えた。

兄は近づくと、よおと言うように少し右手をあげて、私の横の椅子に腰をおろし、ウエイターに私と同じものを註文した。

前日の夜、私は兄に電話をかけ次兄の病気見舞いに行くことを打合わせた。落合う場所を話し合い、適当な場所が思いつかず生れた町に建つホテルの喫茶室に定めたのだ。

兄は私より六歳上の八十歳で、横浜で寝具商を営み軽い肺気腫であるが、店は長男にまかせ、英会話をまなんだりしてすごしている。

次兄は、十年ほど前、肺癌の手術を受け、その後は再発することもなくすごしてきたが、昨年の晩秋頃から全身が衰弱したらしく、二十日ほど前に自宅に近い茨城県下にある総合病院に入院していた。

嫂が病床に付き添い、次兄の長男がしばしば病院に行っているようだったが、数日前、長男からの電話で、長くは持たないと担当医に告げられたという。

私は、病人の見舞いには行かぬことを常としていて、それは自分の病歴の経験から信条に近いものとなっている。

中学校に通っていた間に、肋膜炎、肺浸潤と二度の発症に見舞われ、戦後二十歳の冬に喀血し、寝たきりの肺結核の末期患者になった。菌は腸もおかして、食糧が枯渇していた時代に、わずかな栄養価の乏しい食物を口にしただけであったが、それも消化されず痩せに痩せた。咳は絶えずつづき、発熱にもおそわれて、眼から熱い涙が流れた。

戦後、焼跡に建てられた六畳と三畳二間のバラック建の家で病臥していたが、時折り親戚（しんせき）の者や友人が見舞いに訪れてきた。ベニヤ板の張られた天井を見るだけですごしていた私には、それらの人の訪れが嬉（うれ）しかった。

かれらと対する時、私の内部に作為ともいえる意識が働いていた。私は決して重病人ではなく、近いうちに病いも癒（い）えて日常生活にもどれる。それをしめすため、張りのある声で話し、笑うこともする。それは当然体の負担になり、かれらが辞してゆくと、必ずたとえようもない疲労が体を無感覚にし、熱はあがり、息も絶えだえになって長い間眼を閉じていなければならなかった。

一日置きにやってくる町医は、死は時間の問題だと兄たちにひそかに告げ、私も、意識を失って、気がつくと町医とともに兄や弟たちが私の顔を見つめているのを眼にしたこともある。後にきくところによると、町医が臨終に近いと兄たちを呼んだのだという。そうした私が、半ば実験的な肋骨（ろっこつ）を切除することによって治療に導く手術があることを知り、兄たちがこぞって反対したが、私はそれを押し切って手術を受け、それによって奇蹟（きせき）的にも死をまぬがれ、それから五十年近く生きつづけている。

末期患者であった頃の記憶が胸に焼きつき、見舞いに訪れてきた人に元気を装（よそお）っていた自分の姿がよみがえる。虚勢をはり、それ故（ゆえ）にその後の甚しい苦しみが思い起される。

このような経験は、重病人に共通したものではないか、という思いから、その後、死の確定し病臥している人の見舞いに行くことはひたすら避けている。それに、病み衰えた人の顔、体を眼にするのは失礼だという気持もある。

それでも、やむを得ぬ事情から死の間近い人の入院する病院に足をむけたこともある。しかし、病室の近くまで行った私は、末期患者であった頃の記憶が私の足をとめさせ、そのままとって返したりした。

肉親の場合は、事情がちがう。肺癌で入院し激痛で苦しみ悶(もだ)える弟を、その死までの半年間、近くのホテルに寝泊りして毎日のようにかれの病臥する部屋に通った。死の直前、ぽっかり開いた弟の眼の瞼(まぶた)を、もう生きていなくてもよいのだと指先でなでて閉じさせることもした。弟は子がなく、身近な肉親という意識から、その死までを見守ったのだ。

次兄は、父の遺(のこ)した家業の一つである寝具会社を経営し、二男二女に恵まれ、長男と次男はそれぞれ事業を引きついでいる。

それらの子が病臥する兄のかたわらにいて、そうしたことから見舞うことはしないできたが、死が間近であることを知ったかぎり、病院に足をむけねばならぬ、と思ったのだ。

母は九男一女を産んだが、八男である私は、四男と七男を知らない。いずれも当時、幼児を襲う疫痢(えきり)で死亡したが、七男を留吉と名づけたのは、これ以上子供を欲しくないという父と母の願いがあったからにちがいない。

私が知っているのは、一人の姉と五人の兄それに弟だけであったが、姉は小学校に入学した夏に疫痢で死亡し、九才上の兄は戦死して、四人の兄と弟、そして私の六人が生き残った。父と母は終戦前後に病死していた。

戦後は、私が死病にとりつかれはしたものの、死をまぬがれ、それぞれ兄も弟も病気をせず元気にすごしていた。それでも二十年前に三兄が胃癌で死亡し、ついで弟も死んで、長兄も循環器系の病気でこの世を去った。次兄が死ねば、横浜の兄と私の二人きりになる。

病院の面会時間は午後二時以降で、時計に視線を走らせていた私と兄は、サンドウイッチを食べ終えると、ホテルを出た。ホテルで待合わせたのは、最寄りの駅から郊外電車に乗ると、病院のある町に行くことができるからであった。

電車内は客が少く、私は兄と並んで座席に坐った。家が空襲で焼けた後、父や弟、次兄夫婦と、その沿線にあった父の経営していた休業状態の紡績工場の家に移り住み、その電車に乗ることが多くなっていた。

電車は常に超満員で、閉った出入口の外に突き出た鉄棒につかまっている者もかなりいた。電車が隅田川にかかった鉄橋を渡りはじめると、鉄棒につかまっている者がふり落される事故が起ったが、川から吹き上げる風にあおられるせいだ、と言われていた。兄が復員したのは戦後一年がたった頃で、そのような事故を知るはずはなく、私は黙って鉄橋の下を流れる川筋を見つめていた。

電車は進み、疎開していた紡績工場のあった町も過ぎ、駅にとまることを繰返した。いつの間にか、両側に田畠や林がつづくようになった。

次兄は何歳になるのかなと言うと、兄は、

「私と七歳ちがうから、八十七歳だろ」

と、言った。

一応、死んでも悔いはない年齢で、次兄の家族も切迫した気持にはなっていないだろう、と思った。

車内のアナウンスがあって電車が目的の駅に近づき、下車した私は兄と改札口をぬけ、駅前に並ぶタクシーに乗った。人家はまばらで周囲に畠(はたけ)がひろがり、低い丘陵のつらなりが見えている。

タクシーは駅前をはなれ、北にむかって走ってゆく。耕地がつづき、なにを栽培しているのかビニールハウスが点在している。

病院があるような地には思えず、私は窓の外に眼をむけていたが、コンクリートづくりの橋を渡ると、前方の岡の上にホテルと見まがうような白い建物が見えてきた。タクシーは窓ガラスの光るその建物にむかって丘陵の坂道をのぼり、途中に病院名を記した標識が見えた。

タクシーが、四階建の瀟洒(しょうしゃ)な建物の前でとまった。

私たちは、明るい院内に入り、右手にあるエレベーターで二階にあがった。

次兄の長男が電話で指示した通りの病室の前に立ち、白いドアを押した。清潔な部屋の奥の窓ぎわにベッドがおかれ、そのかたわらの椅子に坐った嫂が私たちの方に顔をむけた。長男から私たちが見舞いに行くという連絡を受けていたらしく、腰をあげた嫂が、

「すみませんね」

と、眼もとに笑みをうかべて言った。

私たちは、嫂にすすめられるままに、ベッドの傍らにある丸椅子に坐った。

兄はいつもとはちがうやわらいだ表情で、頬をゆるめ、かすかに、

「やあ」

と、言った。

時にみせる事業家らしい鋭い眼の光は失われ、柔和な表情をしている。

私たちは、天候のことなどさりげない言葉を口にし、次兄はか細い声で応じる。嫂が茶を淹れてくれ、私たちはもっぱら嫂と言葉を交した。次兄は、相変らず頬をゆるめ、天井に眼をむけている。

時計に視線を走らせた私は、二十分近くが経過しているのを知り、兄をうながして腰をあげ、

「また来ますよ」

と、次兄に言った。

次兄は、おだやかな眼をしてうなずいた。

私たちは病室を出、嫂がついてきた。

エレベーターの前まで送ってきた嫂が、

「お医者様は、もう長いことはない、と言っているのよ。葬儀は日暮里(にっぽり)でします」

と、乾いた声で言った。

葬儀という言葉に、私は思わず嫂の顔を見つめ、嫂が次兄の死が近いことを予感しているのを知った。

私たちは、エレベーターで階下におり、病室を出た。

タクシーに乗り、駅につくと、すぐにやってきた電車に乗った。

「どのくらい持つと思います？」

私は、並んで座席に坐った兄に声をかけた。

「そうね、十日かそこらかな」

兄は、思案するように答えた。

「そんなに持たないんじゃないんですか。三日か四日と思いますけど……」

兄はうなずき、

「そうかも知れないな」

と、つぶやくように言った。

次兄の、いつもは見せぬ柔和な顔は死が間近にせまっていることをしめしているように思える。私たちが腰をあげた時、次兄は引きとめる気配もしめさなかったが、私たちと接することに疲れをおぼえていたのだろう。少し長居をしたのかも知れない、と悔いた。

電車が、音を立てて隅田川にかかった鉄橋を渡ってゆく。日が傾き、空が茜色に染りはじめていた。

翌日は空が青く、寒気がきびしかった。

午後、次兄の長男から電話がかかってきた。

「これから車で病院へ行くところです」

長男は言い、次兄が意識を失っていることを告げた。

その日、嫂が病室を少しはなれてもどってくると、次兄はなにかを取ろうとしたのか、ベッドから床に落ちていた。

医師と看護師がすぐに来て次兄をベッドにもどしたが、次兄は眼を閉じたまま一切反応はないという。

「お医者さんは、あと二時間か、持っても二十四時間以内だと言っています」

辛うじて生の領域にふみとどまっていた次兄の体は、ベッドから落ちたことで死の領域に入りこんでいるのだろう。私は、自分の予測より死が早まっているのを感じた。

長男が、言葉をつづけた。

「病院ではペースメーカーで延命することもできるが、どうなさいますか、と言ったそうです。母は、その必要はありませんとおことわりしたようです」

長男の言葉には、それについて私の意見をききたいというひびきが感じられた。

私は、即座に、

「君のお母さんの言ったことは正しい。そうであるべきだ」

と、答えた。

「それでは病院に行きましたら、また電話します」

私は、受話器を置いた。

スケルトンという英語の発音がよみがえった。中流程度の会社の経営者であった中学時代の友人が、病名はなんであったのか知らないが、数年前重篤状態におちいり、延命措置を受けた。事情はつまびらかではないが、遺産相続にまつわる税金への家族の配慮であるらしく、かれは意識のないまま多くの管を体につけて生きつづけた。

かれの体から管がはずされたのは、措置を受けてから二年半後で、家族のみで密葬をすませた。その直前、医師である中学時代の友人が家族の請いでその知人を診察したことがあり、その状態について、

「もはやスケルトンだった」

と、言ったことを耳にした。

さまざまな事情があり、それぞれに理由はあるのだろうが、骸骨同様になった肉体のみを人為的に生かしておくのは酷ではないのだろうか。

友人の体に延命措置がほどこされたのは家族の意志によるもののようだが、本人はすでに死者であることに変りはなく、その意志は無視された形になっている。

嫂が延命措置を辞退したのは、恐らく病院側の申し出たその措置の内容を十分に知らず、夫の臨終に際した従来通りの妻の態度に単純にしたがったまでであったのだろう。むろん高齢な夫に死の安らぎを得させようとした気持がその基本にあったことはまちがいない。

嫂が病院側の申出を辞退したのは、私の考えと一致し、それは遺言にも記してある。幕末の蘭方医佐藤泰然は、自ら死期が近いことを知って高額な医薬品の服用を拒み、食物をも断って死を迎えた。いたずらに命ながらえて周囲の者ひいては社会に負担をかけぬようにと配慮したのだ。その死を理想と思いはするが、医学の門外漢である私は、死が近づいているか否か判断のしようがなく、それは不可能である。泰然の死は、医学者故に許される一種の自殺と言えるが、賢明な自然死であることに変りはない。

私は、書斎の窓から枯れ研がれた庭の樹木をながめながら、父が死んだ折のことを思いうかべていた。

父は、終戦の年の暮れに近い深夜、根津の大学附属病院で息をひきとった。臨終の折に父を見守っていたのは、前年に母が病死後、家にひき入れるようになっていた元待合の女将と私だけであった。

その死を隅田川につづく荒川をへだてた地に住む次兄と三兄に伝えねばならなかったが、電話は不通になっていて、私は病院から路上に出た。

両側には夜間空襲で焼きはらわれた地がひろがっていて、月光に明るんだ所々にくぼみのある舗装路を走って急いだ。

隅田川を渡り、荒川にかかった長い木橋の中央にさしかかった時、前方から自転車の灯がゆれながら近づいてくるのを眼にした。

ハーレーという英国製の自転車に乗った、ソフトをかぶった三兄で、私に気づいて自転車をとめた。

父の死を告げると、

「そうか、死んだか」

と、兄はつぶやくように言い、再び自転車にまたがると、私の走ってきた方向に遠ざかっていった。

その時、私は川の異常さに気づき、川面(かわも)に眼をむけた。

ゆったりと流れる川を見なれていた私は、川があたかも激流のように、こまかい波を立てて流れ下っているのを見た。月の光が波頭に反射し、川は太い光の帯になっている。

人の死は、干潮時に訪れるときいたことがあり、それがまさしく事実であるのを感じた。大干潮であったのだろう。私は川面を見つめながら父の霊が海のかなたに流れ去ってゆくのを感じていた。

その折の記憶がよみがえり、私は、机の上に置かれた日記を手にし、巻頭にある干潮時刻を見た。その日の干潮は午後二時すぎと深夜三時の二回と記されている。私は書斎で仕事をしながら、時折り置時計に視線を走らせていた。

午後三時すぎ、電話がかかってきて、受話器をとった。次兄の長男からで、次兄が二時四十二分に息をひきとったと言った。意識が失われたまま息絶えたという。

ベッドから落ちてそのまま冷くなった次兄の死がうらやましく思えた。苦しまず家族に負担を強いることもなく、次兄にとって最も望ましい死であったのだろう。

「そうか、死んだか」

荒川の橋の上で父の死を知った三兄がもらした言葉を、私も自然に口にしていた。

受話器を置いた私は二階にあがり、書斎で仕事をしていた妻に兄の死を告げた。

椅子から腰をあげた妻は、

「すぐに出掛けますか」

と、言った。

私は、返事をせず窓の外に眼をむけていた。

駆けつけねばならぬ立場にあったが、次兄の長男と言葉を交している間も、私にはそのような気持は不思議にも胸に湧いてはいなかった。

次兄には妻と四人の子がいて、かれらは兄の死顔を見つめ涙を流し、思い思いの悲しみの言葉を交しているのだろう。それはかれらのみの持つ悲しみの刻であり、たとえ弟とは言え、一歩はなれたつながりである私が、その雰囲気の中に立ち入るべきではないように思った。

「そっとしておいてやった方がいい。行けば行くで、おれの応対に気をつかう」

「行かなくてもいいんですか」

妻は、私の言葉が意外らしかった。

「いいんだ。行っても仕様がない」

私は答え、階下におりた。

横浜の兄に、電話をかけた。

電話口に出た兄に、次兄の死をつたえた。

「ベッドから落ちて、そのまま死んだのか。いい死に方だね」

兄は、言った。

「女房が、すぐに行かなければいけないんじゃないですか、と言うんですが、私は行きません。兄さんも行かなくていいんじゃないんですか。八十歳の兄さんが横浜から茨城県下まで寒さの中を出掛ければ、体に変調を来す恐れがありますよ」

「そうか。この寒さだからな。そうしてもらうとありがたい」

兄は、安堵(あんど)したように言った。

私は、受話器を置いた。

父と母の死の場合、通夜(つや)、葬儀は兄たちの手で進められ、長兄、三兄の場合は傍観していただけであったが、弟の死の折には死ぬ前から葬儀社をさだめ、通夜、葬儀をすべて取りしきった。次兄の長男は、むろんそうした知識は皆無で、私が教える必要があった。

夜になって、次兄の長男から電話があった。

嫂は、次兄の死が確実になった時、すでに葬儀社と打合せをしていて、遺体を自宅に運び、通夜、葬儀の段取りもすませたという。通夜は二日後、葬儀をその翌日にいとなみ、共に隣接した町の火葬場に附属した斎場でおこなうことも定めていた。

「そうか、それはよかった。お母さんは、しっかりしているな」

私は、嫂の顔を思い浮かべながら言った。

その日の夕刻の死亡欄に、出版社の役員の死が報じられていた。

三十五年前、無名に近い私に長篇小説の執筆の依頼をしてくれて、それによって私は小説家としての一歩をふみ出すことができた。私には忘れてはならぬ恩人というべき人で、その死を知ったかぎり、なんとしてでも葬儀におもむかねばならない。

新聞には葬儀の日取りが記されていたが、それは次兄の葬儀の日と合致し、ただし兄の葬儀は午前中、役員のそれは午後であった。

舞台に立つ役者は親の死に目にあえず、葬儀に出向くこともしないという。それと同じように、小説家の私は役員の葬儀を第一義的に考えねばならぬ立場にある。

偶然にも兄と役員の葬儀には時間のへだたりがあり、兄の葬儀に顔を出して役員の葬儀のおこなわれる北鎌倉に行けばよい。

私は、それを妻に話し、妻は無言でうなずいていた。


二日後の午後おそく、喪服をつけた妻とともに家を出た。

生れた町の駅まで電車で行き、駅前に並ぶタクシーに乗って通夜の営まれる斎場にむかった。

私の知っているのは火葬場だけであったが、門を入ると二階建のコンクリートの真新しい建物があって、区切られた斎場の一つに次兄の通夜をしめす標識が立っていた。

その区劃の中に入った私と妻は、次兄の妻をはじめとした遺族、近親者に挨拶をし、横浜から来ていた兄夫婦と親族席の椅子に並んで腰をおろした。

終戦の年の末に父の遺体をその火葬場に運んだ折のことが自然によみがえった。

大学の附属病院で死んだ父の遺体は、翌早朝、ダイカストという軽金属で鍋釜などを鋳造する次兄の工場の工員たちによって、長いリヤカーにのせて家に運ばれた。

それから火葬ということになったが、度重なる空襲で町々は焦土と化して柩などはなく、その調達からはじめなければならなかった。

幸いにも、江戸川河口で木造船所を経営していた長兄が、船材をのせた機帆船を近くの荒川の岸につけ、それをリヤカーで家に運んだ。

家の近くに茶簞笥専門の老いた職人がいて、その人を呼んで柩をつくってもらった。職人は丹念に見事な柩を作り上げてくれたが、長年の習慣で角を丸くした。

区役所に火葬のことを問い合わせると、火葬に要する燃料が極度に不足していて、燃料の持参が原則となっているという。これも長兄が木造船所から木片を、次兄がダイカストで使用するコークスを用意し、火葬が可能になった。

柩と燃料が二台のリヤカーにのせられ、私は、喪服をつけた兄や親族の者たちとリヤカーをかこんで荒川の長い橋を渡った。両側にひろがる焼跡の彼方に火葬場の黒い煙突が見え、私たちはリヤカーとともに煙突にむかって歩いていった。空は晴れていた。

七歳で病死した姉、父の死んだ前年に癌で死亡した母も、この火葬場で焼骨された。火葬場は、斎場の背後にあるはずで、父の柩が黒ずんだ窯の扉の中に押し入れられた時、これからは兄たちの庇護のもとに生きてゆかねばならぬ心細さが胸につき上げ、嗚咽したことをおぼえている。

斎場に僧が入ってきて、読経がはじまった。

嫂もその子たちも、一様に涙を見せていないことが救いに思えた。かれらは、すでに存分に泣き、今となっては次兄の死を既定の事実として受け入れているのだろう。

焼香となって、私は傍らに坐る兄夫婦についで妻とともに焼香した。次兄の遺影は、おだやかな笑みをふくんでいた。

葬儀は翌日の午前十時から営まれるので、それにそなえて私は、妻とともに生れ育った町のホテルに部屋をとった。

ウイスキーの水割りを飲んでテレビの画面に眼をむけていたが、妻は早々に眠りについた。

翌朝、食事をすませた私たちは、タクシーで斎場に行った。

私は、嫂と喪主である長男に役員の葬儀参列のため中座することを話し、二人とも諒承してくれた。

会社の経営から次兄ははなれていたが、会葬者は多く、焼香の列は長くつづいた。

親族の会葬者への挨拶は、私が引受け、型通りの言葉を述べた。

焼骨の時が来て、葬儀場の入口に霊柩車がついた。斎場のすぐ裏手に火葬場があるものの、葬儀の形式にしたがって柩を車にのせ火葬場まで運ぶようだった。

柩が葬儀社の男たちの手で祭壇からおろされ、斎場の中央に置かれた。最後のお別れがおこなわれることはあきらかで、葬儀社の人の指示で遺族、親族につづいて会葬者も柩をかこんで中に花を置く。それはいつの頃からか焼骨前の仕来りに近いものになっていて、私は斎場の隅に立って葬儀社の人に声をかけられても、柩に近づくことはしない。

柩の中の死者は、多かれ少かれ病み衰えていて、それを眼にするのは礼を失しているように思える。死者も望むことではないだろうし、しかし、抵抗することもできず死顔を人の眼にさらす。

妻とそのことについて話し合い、容易に一つの結論に達していた。死は安息の刻であり、それを少しも乱されたくはない。

自分の死顔を会うことの少い親族はもとより、一般会葬者の眼にふれられることは避け、二人の子とそのつれ合い、孫たちのみに限りたい。そのためには、死後出来るだけ早く焼骨してもらい、死顔は、死とともに消滅し、遺影だけが残される。

斎場では、弟として次兄の柩の中に花を置かねばならないが、その死顔に眼をむけることはしたくない、と思っていた。

はからずも出版社の役員の葬儀におもむく私は、その場に立ち合わずにすむことを幸いだと思った。

次兄の長男に短い言葉をかけ、斎場を出ると大通りでタクシーに乗った。私は、葬儀社の人が柩のふたを除き、嫂が子とともに柩に近寄ってゆく情景を思いえがいた。

タクシーは、商店街をぬけて走り、生れた町の駅前でとまった。

私は電車に乗り、東京駅で横須賀(よこすか)線の電車に乗り換えた。

北鎌倉駅でおりた私は、すでに葬儀がはじまっている時刻であるのを知り、役員の葬儀の営まれている寺にむかって急いだ。

人通りは少く、やがて前方に寺の山門が見えてきた。

その夜、家に帰った私は、妻に次兄の死顔についてたずねた。妻は、柩に近寄ることは避けたかったが、嫂やその子の手前、渡された花を手に柩の傍らに行った。

「おだやかな死顔で、少し笑みをうかべているように見えました」

妻は、安堵したように言った。

次兄は長患(ながわずら)いすることなく、あらためてベッドから落ちたまま息を引取ったことが幸いだった、と思った。死後硬直がとけて筋肉がゆるみ、それが笑みをふくんだような顔にしていたのだろう。

妻は、焼かれた骨を拾ったことなどを話した。

「そうか、それはよかった」

次兄の死後の手つづきが、それですべて終ったのを感じた。

着替えをすませ、居間でウイスキーの水割りを口にふくんだ。妻が、横浜の兄に私が葬儀を中座した理由をつたえたことを口にし、私は、兄に電話をかけた。

兄は、毎晩少量の酒を飲むと言っていたが、声には明るいはずみがあった。

「寒いのに出掛けて行って、風邪でも引かなかったですか」

私の問いに、兄は、

「厚着をしていったから大丈夫だよ」

と、言った。

「とうとう二人きりになりましたね」

「そうだね。考えてみると、つぎつぎによく死んだものだな」

私は、兄が私と同じことを考えているのを知った。

「兄さん、長生きしてよ」

私は、思いをこめて言った。

「わかっていますよ。ただし私も八十だからね。いつこの世におさらばかわからない」

兄の声は、相変らずはずんでいる。

「なんのなんの。兄さんは元気だから大丈夫だよ。私の方が先かも知れない。でも、年の順は考えて下さいよ。私は六歳若いんだから……」

「わかっていますよ。そのくらいの常識はありますから……」

兄のかすかに笑う気配がした。

「ともかく御苦労様でした。これですべてが終りましたね」

私は、受話器を置いた。

テレビの画面では、車のコマーシャルがうつし出されている。

年の順か、と私は胸の中でつぶやき、コップを手にするとかたむけた。次兄の葬儀の夜らしい夜だ、と思った。

編者解説

池上冬樹

本書について／傑作短篇集『秋の街』から三作

本書『花火　吉村昭後期短篇集』は、『少女架刑　吉村昭自選初期短篇集Ｉ』『透明標本　吉村昭自選初期短篇集Ⅱ』『冬の道　吉村昭自選中期短篇集』に続くシリーズ第四弾で、一九八四年（昭和五九年）から二〇〇六年（平成一八年）に亡くなるまでに刊行された七冊の短篇集（『秋の街』『法師蟬』『碇星』『遠い幻影』『天に遊ぶ』『見えない橋』『死顔』）から短篇十一作、掌篇五作を選んだ。

七つの短篇集はいずれもみな秀作・佳作揃いで、一つ一つしみじみと読ませるのだが、初期や中期と比べると、相変わらずどれも硬質であることにかわりはないものの、現実の冷徹な認識よりも、生きてあることの不思議さを象徴的に捉えている傾向がある。不思議さとは悲しみであり、喜びであり、驚きであり、心にしみいる何かである。表現はときに美しく鮮やかで詩的。いつものように淡々と記述するだけなのに、はっとするような瞬間と胸をうつ情動があり、作者の観察に心がふるえてしまう（これこそが吉村文学の素晴らしさだが）。ふだん見過ごしている生の本質が示されているからである。

では、さっそく収録作を見ていこう。まず冒頭には、『秋の街』（一九八四年）所収の短篇を三作並べた。本来ならば時期的にみても中期短篇集に入れるべきなのだが、収録数の関係で『秋の街』の短篇を後期にいれることにした。というのも『秋の街』が吉村昭の中でも特に粒揃いの傑作短篇集であり、とても一、二作ではすまないと思ったからである。結局ほかの短篇集とのかねあいで七作のうち三作に絞ったが、できれば他の作品（たとえば仮釈放が決まった無期刑の受刑者が半日だけ社会見学をする「秋の街」、実験用マウスを飼育する研究員の不安と恐れを捉える「赤い眼」など）も機会があればぜひお読みいただきたいと思う。

さて、冒頭においたのは「船長泣く」（一九七五年「群像」）である。ノンフィクション作家・歴史小説家である吉村昭ならではの傑作だろう。漂流船で生き残る船長と船員の葛藤を描いたもので、もとになったのは、大正十五年十二月に難破したマグロ漁船「良栄丸」に遺留されていた航海日誌。その「たどたどしい文章に触発されて」書いたものだが、最後まで生きた乗組員の視点などは創作だと「あとがき」で触れている。飢餓と渇きに追い込まれていく状況が凄まじいし、その中で船長に疑心暗鬼を抱く船員の心の動きも生々しく、サスペンス小説としても読める。興趣をそぐので詳しくは触れないが、日誌が明らかになるくだりに思わず嗚咽する人もいるかもしれない。それほど人間が最後の最後に抱く思いが痛ましく、普遍的で崇高なる受難劇に結晶化させた作品といえる。

「雲母の柵」（一九七五年「新潮」）は、監察医務院につとめる新米検査技師村瀬和夫の物語である。変死体の解剖にあけくれる毎日で、どうにか堪えることができたのは同期の二人、曽根と典子の存在が大きかったが、やがて典子が一身上の都合で休職する。「透明標本」もそうだったが、死体解剖に従事する者たちの仕事をここまでリアルに描けることに驚く。登場人物たちが吐き気を覚える腐乱死体の臭気も伝わるほどなのだが、この作品が印象深いのは、最後にある事実を通して典子の肖像をうっすらと浮かび上がらせている点だろう。生きる果てを見た者たちにとって「生きていることと死との障壁」はどのくらい薄いのか静かに問いかけている。

「花曇り」（一九八四年「文藝」）は、母と一緒に葬儀へと赴く少年洋一の話である。母は妻子もちの男と不倫関係にあり、洋一が認知されていないことが少しずつ見えてくる。いったい何があったのかもさりげないカットバックで示され、少しずつ母親の押し隠した哀しみが捉えられていく。この淡々とした事実を中心に書いていく抑制のきいた叙述がいい（この文章の魅力については後述）。余談になるが、『秋の街』には父と息子の話を描いた「さそり座」もある。母親が別の男と心中したために残されてしまった父と息子がプラネタリウムを見にいく話で、こちらも少年の視点から静かに再生へと向かう端緒が綴られていて心にしみいる味わいがある。

同じ構造の「手鏡」と「法師蟬」／吉村文学のひとつの結晶「花火」

『法師蟬』（一九九三年）からは「手鏡」（一九九〇年「新潮」）と「法師蟬」（一九九二年「文學界」）を選んだ。この二つは（というかほかの作品もそうなのだが）同じ構造の物語である。主人公のもとに中学校の同期会のメンバーの訃報が届き、通夜に向かうなかで、肺結核の闘病時代が回想される。「手鏡」では病床の中で鏡を通して艶やかな季節と様々な生き物を見出し、「法師蟬」では蟬が羽化した情景を目の当たりにする。死と生の鮮やかな対比であり、そこには生の不安が貼りついている。肺結核については、作者は過去に何度も触れているけれど、後期になってよりいっそう感覚が尖れたというか、十二分に痛みを喚起させながらも、文章は詩的な美しさを獲得している。掌の鮮やかな毛細血管の色に、蟬の〝羽化したばかりのはかない生命〟を重ねる場面などは、吉村昭以外に誰も書きえない象徴的な境地といっていい。

「花火」（一九九一年「中央公論　文芸特集」）は、生と死を描いてきた吉村文学のひとつの結晶だろう。肺結核の手術をしてくれた主治医が亡くなったので、通夜におもむくのだが、その過程で主治医が病気で倒れてからの経緯と、自ら入院していた時期を振り返る。そして通夜のあと、「私」は家族が待つ熱海のホテルへと向かい、そこで花火を見る。幼い孫を抱いて。この最後の場面に読者は思わず胸をうたれ、落涙するのではないだろうか。吉村昭の私小説のほとんどは自分の親や兄弟の話ばかりで、長男や長女の話は少なかった気がする。ましてや孫の話などなかったように思う。生命が受け継がれていくことの驚きと喜びを、花火の鮮烈な描写を通してエモーショナルに捉えている。厳然としてある死のそばで生が華やかに息づくことのありがたさ。それは誰もが経験していることだが、短い枚数でこれほど見事に書き切った作品はないだろう。

「花火」は短篇集『碇星』（一九九九年）から採ったが、「寒牡丹」（一九九三年「中央公論　文芸特集」）もそう。夫の定年と同時に家を出た妻と、娘の結婚式で再会する話である。いったい何故妻は家を出たのかということよりも、人生にはそういうこともあるのだと、静かに受容していくことのほうに重きを置いている。人生をともに過ごした妻にのぞく疲れを、決して非難することなく、わがことのように胸のなかにしまう姿勢も、慈しみを隠して印象深い。なお、この作品のような中高年の男女の別れというテーマが『法師蟬』『碇星』から顕著になったことを付け加えておく。

「桜まつり」（一九九五年「新潮」）は、亡くなった長兄の娘の頼みで、長兄が認知した婚外子に会いにいき、長兄の遺産相続問題を片づける話である。婚外子が住む地方都市はちょうど桜が満開の時期で、街のアーケードには「桜まつり」と記した横断幕が掲げられている。ひときわ美しい季節の中で繰り広げられる、殺伐として事務的な交渉が妙に心に残る。話がどう転がるかわからない緊張感があり、同時に人間の矜持とは何かという点も考えさせられてしまう。血が繋がっていても二度と会わないだろう断絶（一度しかない出会い）があることを静かに感得させる。矛盾する言い方になるが、温かな酷薄さが際立つ。

掌篇小説集／十枚という枚数で一つの小説世界を創り上げる

「観覧車」「西瓜」「自殺」「心中」「聖歌」は、掌篇小説集『天に遊ぶ』（一九九九年）から選んだ。原稿用紙十枚を原則とした掌篇を「小説新潮」に百本載せる企画があり、「それを引受ければ、私にとって挑戦ということになる。十枚という枚数で、一つの小説世界を創り上げられるかどうか」と、「原稿用紙を前に置き、白刃で相手と対峙するような思いで」書き上げたのが、「観覧車」であった（以上引用は『天に遊ぶ』後書きより。以下も同じ)。「十枚の短篇を書くのがこんなに楽しいとは思わなかった」と編集者に告げたら、二十篇以上を「波」に連載してみないかといって完成したのが、『天に遊ぶ』である。上梓にあたって三枚半の「聖歌」を加えた。

「わずか十枚でも、短篇小説として一応、人間の姿が描けたことが嬉しかった」というが、まさにさまざまな男女の人生が凝縮されている。獣医を主人公にした「自殺」や「心中」では病んだ犬たちの姿も正確に捉えられてある。筆致はゆるがないが、行間には憐憫の情もこめられて、悲しい話なのに不思議と心があらわれる。

注目すべきは、離婚した男と女が再会する「観覧車」と「西瓜」だろう。男が未亡人と浮気をして離婚、別れた妻には父親のアパートを慰謝料がわりに譲るという入口設定は同じなのに、出口は異なる。吉村昭にしては珍しい、嫉妬に揺れ動き、情欲をかきたてられる男のエロティックな眼差しが印象深い(「観覧車」のオチにはニヤリとする)。

安楽椅子探偵的なドキュメント「遠い幻影」／刑務所ものの秀作「見えない橋」

「遠い幻影」(一九九八年「文學界」)は、歴史小説家吉村昭の面目躍如の一篇だろう。ミステリ的には安楽椅子探偵ものとしても読める秀作だ。中国で亡くなった兄と最後に会ったのは昭和十五年の夏で、両親が私と弟をつれて、戦地へと出発する兄を静岡まで見送りにいった。その記憶とともに、出征兵士を乗せた列車に群がった見送りの家族の多くが、かたわらを通過した列車に轢き殺されたという痛ましい話を思い出す。その記憶が事実に基づいたものであるかどうか「私」は探っていくのだが、これが紆余曲折あって何とも読ませる。

「戦時はすでに私にも幻に近いものになっていて、それが闇のなかに果てしなく沈んでゆくのを感じた」というのがタイトルの由縁であるが、人生の一瞬ならぬ歴史の一瞬の揺らぎを鮮やかに剔出して戦争の悲惨さをにじませる。語りの巧さがいちだんと冴えた作品といえるだろう。

「見えない橋」（二〇〇一年「文學界」）は、作者が得意とする刑務所（囚人）ものの一つである。前科三十六犯、六十九歳で満期出所する君塚の面倒を保護会の清川が担当する話である。出所して二カ月娑婆にいたのが最長で、出所した日に即日入所する場合もある男だった。いったい何故そのようことになるのか。清川の視点から初老の元囚人の生活ぶりを見ていく話だが、ほかの囚人ものに比べて不穏さはなく、むしろ温かく優しい手触りが伝わってくる。刑務所のなかで死にたくないという男の必死の、でも静かな覚悟の人生が点綴されていく。

　保護会とは、「刑務所と社会の間に架けられた休息所に似たもの」で、釈放された出所者は、「社会に通じる」見えない橋をわたっていくことになる。清川すら予想もしなかった君塚の少しずつの変貌が心地よい。だから最後のくだりには少し胸がふさがれる思いがするけれど、それはそれで君塚の望む姿だったのかもしれない。背景が教会ということもあるが、祈りが聞こえてきそうな静謐な幕切れも余韻が残る。

遺作「死顔」と同じ題材の「二人」の違い

「死顔」（二〇〇六年「新潮」）は、吉村昭の遺作である。八十歳の兄と七十四歳の「私」が、八十七歳の次兄を見舞いに行く場面から始まり、次兄の死と葬式を迎える。一読して思うのは、最後まで吉村昭の筆致は衰えず、鋭さと温かさを持っていたことである。細部は異なるが、次兄の死を兄と「私」が見つめる作品に「二人」（二〇〇三年「新潮」）がある。『死顔』（二〇〇六年）に収録されているので読み比べるといいだろう。同じ話を扱いながらも、まるで別の作品の印象に仕上がっているのは、「二人」が文字通り、二人きりになってしまった点に重きを置いているのに対して、「死顔」は死者の尊厳、死の受容がテーマになっているからだ。おそらく自らの病気と死を視野に入れたためのものかと思うが、読んでいると自然で、〝遺作〟の印象は薄い。死に際してことさら強いメッセージを残した感じをうけない。初期から死と生というテーマを中心にすえてきた吉村昭にとって、あらためて述べることはしたくなかったのではないか。死をここまでごく自然に、それでいて厳粛さをもちつつ描ききることの凄さを改めて思う。決して美化もしないし、劇的でもないし、ことさらな無表情さを装うわけでもなく、ただただ淡々と過去の記憶とともに描くことの凄さ。もうこういう作家はいないのではないか。まっさらな水のごとく柔らかく描ききる作家は。

同じ話を何度も書くことの意味／話の強度の高まり

私小説の作家はみなそうだが、同じ話を何度も書く。本書をふくめての四冊のアンソロジーを見ても、同じ体験をアレンジしたものがある。本書の場合は「手鏡」と「法師蟬」、さらには「死顔」と「二人」の例もある。だが、同じ話は何度書いてもいいのである。意味内容が同じだ、使い回しだという読者もいるが、それは違うのだと「私小説を生きる作家」の佐伯一麦がいっている（以下引用は、山形小説家・ライター講座二〇二一年三月／講師・佐伯一麦の談話より）。「同じ話であっても、それを書く自分というものはその折々で変わってきているわけだから、作品に入っていく角度は、同じエピソードでも異なってくる」「反射して出てくる角度も違ってくるし、違う味わいがあるはず」、書いている人間が動いている以上、「書き手が死ぬまでその関係性が固定されることは絶対にない。常に相対的なんです」、だから「繰り返しになることを恐れないでください」という。「震災の語り継ぎなんかでも、時間を経るごとにみんなうまくなって、生々しさは薄れたかもしれないけど、話の強度は高まっている」というのだが、まさに吉村昭の小説を読んでいるとその角度の違い、味わいの違いに気づかされるし、話の強度が高まっている印象を受ける。とくに「二人」から「死顔」に至る細部の変化を見るとそう思う。

吉村昭の文体の魅力について／ヘミングウェイと志賀直哉

さらに、もうひとつ。『冬の道』の解説の最後で、吉村昭の刑務所ものにふれ、「情感はあるものの、より叙述は乾いていて、クールな部分がある。何かしら劇的な展開があるわけではなく、犯罪者たちの行動を冷静に分析するだけなのに、読む者の心を一瞬震わせる感覚や感受性がある。それは晩年になっても衰えず、より深まっていく」と書いたが、これはやはり吉村昭が影響をうけ、培った文体によるものだろう。

吉村昭の『私の文学漂流』を読むと、長篇よりも短篇小説を愛して繰り返し読んだことが書かれてあるが、その中で二回言及されている作家がアーネスト・ヘミングウェイである。「ヘミングウェイの短篇が好きで、その中の『拳闘家』という作品に創作意欲を刺戟され、私もボクサーを主人公にした小説を書いてみたいと思った」（「第六章「文学者」の復刊」）という記述がある。これは「鉄橋」のことで、『少女架刑　吉村昭自選初期短篇集Ⅰ』に収録されているし、芥川賞にはじめてノミネートされた作品でもある。

別のところでは、一九五〇年代後半は「サルトルやカフカの小説が高い評価を得ていたが、私には興味が湧かなかった。それよりもアメリカの作家ヘミングウェイ、フォークナー、スタインベック、コールドウェルの作品に感嘆し、何度も繰返し読んだ」(「第九章 睡眠五時間」)とも語っている。なお影響を受けた日本人作家は志賀直哉、川端康成、梶井基次郎、歴史小説の分野では森鷗外の名前をあげている。

佐伯一麦も『芥川賞を取らなかった名作たち』(二〇〇九年、朝日新書)の「第7章 吉村昭『透明標本』」で、「透明標本」の人称が「かれ」なのは、その少し前にヘミングウェイ『老人と海』の「翻訳が福田恆存訳で出て、吉村さんは影響を受けたのではないかと思います」と推測している。佐伯一麦にとっては吉村昭は自己の文学を後押しをしてくれた作家であり(野間文芸新人賞受賞作「ショート・サーキット」の人称は「透明標本」や「水の音」からとられた)、詳細に読み込んでいて、その具体的な分析が鋭くて参考になるのだが、実は僕も『秋の街』(二〇〇四年、中公文庫)の解説で、ヘミングウェイの影響にふれている。

つまり、肺癌に冒された弟の死を凝視する『冷い夏、熱い夏』の、言葉をきりつめた、ある種即物的な文体の強さは、ヘミングウェイを想起させるハードボイルドの文体で、極度に抑制された描写と冷徹な視点に貫かれている。ハードボイルドというと日本では大藪春彦の小説の強烈な印象が強く、暴力と犯罪に彩られた過酷な世界のイメージをもたれるが、ヘミングウェイの初期短篇を想起されるとわかるように、人物が対象との正確な距離を測定し、対象を冷徹に見すえる文学である。心情を書きこむことなく、行動と会話を通して、できるだけ客観的に捉えていく。心情が吐露されても、できるだけ行間に思いをこめ、充分に抑制のきいた筆致で物語を進めていく。切り詰めた言葉と凝縮されたイメージで、静かで厳かな死を屹立させている。それは吉村昭の初期作品から見られることだし、ヘミングウェイから大きな影響を受けたのだろう。

もうひとつは、ハードボイルド的な文体もさることながら、端正な文章で紡がれた、くっきりとした物語と見事な結構である。これは『私の文学漂流』でも名前をあげている志賀直哉から学んだことだろう。「『城の崎にて』は、この三つの動物のことが描かれていいます。簡潔な文章なのですが、そこに何も自分の感情というものを入れていない。しかし、その動物の生態というか、動きというか、そして死というものが、実に的確に描かれているのです。／こういう世界が私は好きです」と吉村昭が『わが心の小説家たち』（平凡社新書）でもとりあげているが、志賀直哉もまた、端正な簡潔な文章で短篇らしい短篇を書いた。しかも〝簡潔な文章〟なのに〝そこに何も自分の感情〟を入れないで、〝死というものが、実に的確に描かれている〟。そういう世界に愛着があるという。「複雑な文章を書くことを得意とする作家もいますが、私は一字でも少ない文字を使って、対象を的確に描写したいと思っています」と語っているが、これはハードボイルドの方法論と近いだろう。

忘れてはならないのは、ヘミングウェイの短篇デビューが一九二三年（ミステリ系のハードボイルド作家ダシール・ハメットの短篇デビューが一九二二年）なのに対して、志賀直哉の「城の崎にて」はすでに一九一七年発表であることだ。志賀直哉のほうが早い。『冬の道』の解説で、吉村昭の小説をドイツのフェルディナント・フォン・シーラッハと比較して、海外文学・ミステリファンにも充分に愉しめる魅力を書いたが（シーラッハもまた極端に言葉をきりつめ、感情表現を極力抑えてイメージを凝縮している）、同時代の文学のみならず、いまいちどヘミングウェイや志賀直哉と比較しながら、あらためて吉村昭の高い文学性を知ることも大切だろう。ヘミングウェイや志賀直哉と同じくらいの、いや現代人にとってはそれ以上の小説を読む豊かな喜びがあるはずだ。

（いけがみ・ふゆき　文芸評論家・東北芸術工科大学教授）

初出と初収

船長泣く「群像」昭和50年8月号　『秋の街』昭和59年11月　文藝春秋
雲母の柵「新潮」昭和55年2月号　『秋の街』昭和59年11月　文藝春秋
花曇り「文藝」昭和59年4月号　『秋の街』昭和59年11月　文藝春秋
手鏡「新潮」平成2年1月号　『法師蟬』平成5年7月　新潮社
花火「中央公論 文芸特集」平成3年秋季号　『碇星』平成11年2月　中央公論新社
法師蟬「文學界」平成4年11月号　『法師蟬』平成5年7月　新潮社
寒牡丹「中央公論 文芸特集」平成5年冬季号　『碇星』平成11年2月　中央公論新社
桜まつり「新潮」平成7年1月号　『遠い幻影』平成10年1月　文藝春秋
観覧車「小説新潮」平成8年1月号　『天に遊ぶ』平成11年5月　新潮社
西瓜「波」平成9年7月号　『天に遊ぶ』平成11年5月　新潮社
自殺「波」平成9年12月号　『天に遊ぶ』平成11年5月　新潮社
心中「波」平成10年1月号　『天に遊ぶ』平成11年5月　新潮社
遠い幻影「文學界」平成10年1月号　『遠い幻影』平成10年1月　文藝春秋
聖歌「週刊新潮」平成11年4月22日号　『天に遊ぶ』平成11年5月　新潮社
見えない橋「文學界」平成13年4月号　『見えない橋』平成14年7月　文藝春秋
死顔「新潮」平成18年10月号　『死顔』平成18年11月　新潮社

底本一覧

『秋の街』平成16年8月　中公文庫
船長泣く／雲母の柵／花曇り
『法師蟬』平成8年6月　新潮文庫
手鏡／法師蟬
『碇星』平成14年11月　中公文庫
花火／寒牡丹
『遠い幻影』平成12年12月　文春文庫
桜まつり／遠い幻影
『天に遊ぶ』平成15年5月　新潮文庫
観覧車／西瓜／自殺／心中／聖歌
『見えない橋』平成17年7月　文春文庫
見えない橋
『死顔』平成21年7月　新潮文庫
死顔

編集付記

一、本文中、今日の人権意識に照らして不適切な語句や表現が見受けられるが、著者が故人であること、刊行当時の時代背景と作品の文化的価値を考慮して、底本のままとした。

一、作品の収録にあたり、ルビは底本に拠りつつ難読と思われるもののみ付した。

中公文庫

花(はな)火(び)
——吉(よし)村(むら)昭(あきら)後(こう)期(き)短(たん)篇(ぺん)集(しゅう)

2021年5月25日　初版発行

著者　吉(よし)村(むら)　昭(あきら)
編者　池(いけ)上(がみ)冬(ふゆ)樹(き)
発行者　松田陽三
発行所　中央公論新社
〒100-8152　東京都千代田区大手町1-7-1
電話　販売 03-5299-1730　編集 03-5299-1890
URL http://www.chuko.co.jp/

DTP　嵐下英治
印刷　三晃印刷
製本　小泉製本

Published by CHUOKORON-SHINSHA, INC.
Printed in Japan　ISBN978-4-12-207072-1 C1193

各書目の下段の数字はＩＳＢＮコードです。978－4－12が省略してあります。

中公文庫既刊より

よ-13-13
少女架刑　吉村昭自選初期短篇集Ⅰ　吉村昭
歴史小説で知られる著者の文学的原点を示す初期作品集（全二巻）。「鉄橋」「星と葬礼」等一九五二年から六〇年までの七編とエッセイ「遠い道程」を収録。
206654-0

よ-13-14
透明標本　吉村昭自選初期短篇集Ⅱ　吉村昭
死の影が色濃い初期作品から芥川賞候補となった表題作、太宰治賞受賞作「星への旅」ほか一九六一年から六六年の七編を収める。〈解説〉荒川洋治
206655-7

よ-13-15
冬の道　吉村昭自選中期短篇集　吉村昭　池上冬樹編
透徹した視線、研ぎ澄まされた文体。『戦艦武蔵』以降、昭和後期までの「中期」に書かれた作品群から、吉村文学の結晶たる十篇を収録。〈編者解説〉池上冬樹
207052-3

よ-13-2
お医者さん・患者さん　吉村昭
患者にとっての良い医者、医者からみた良い患者とは？　20歳からの大病の体験を冷厳にまたおかしく描き、医者と患者の良い関係を考える好エッセイ。
201224-0

よ-13-3
花渡る海　吉村昭
極寒のシベリアに漂着、わが国に初の西洋式種痘法をもたらしながら、発痘の花を咲かせることなく散った海の男の生涯を追う長篇。〈解説〉菅野昭正
201545-6

よ-13-7
月夜の魚　吉村昭
人は死に向って行列すると怯える小学二年生。蛍のように短い生を終えた少年。一家心中する工場主。さまざまな死の光景を描く名作集。〈解説〉奥野健男
201739-9

よ-13-9
黒船　吉村昭
ペリー艦隊来航時に主席通詞としての重責を果し、のち日本初の本格的英和辞書を編纂した堀達之助の劇的な生涯をたどった歴史長篇。〈解説〉川西政明
202102-0